殉葬者

喻智官 著

題記

所有自由享受愛情的後來者們，我妒忌你們。因了這份妒忌我告白自己的故事。當你們從中瞭解到世上曾有過那樣的社會和時代！那樣的社會和時代鑄造出那樣的戀人戀情！會倍加珍惜你們的幸福。

《粗瓷杯裡的白玉蘭》

引子　林守潔走了

「林守潔走了！」

程維德周身冷凝，白色電話筒似一根冰棒，從他手上滑落，滑到山澗深淵……他的心跟著往下墜……即使相隔千里萬里，胡春芸也能估計他受到的巨大衝擊，她畏怯地靜等他的反應，好半天沒回聲，才催問「你怎麼啦？」他木然地拎起晃蕩的話筒，咬住顫抖的嘴唇艱澀吐字，「她——啥時候走的？」

「已經走了快十年了！」

「已經走了快十年？」

「是的，事發的日子想忘都忘不了，一九九九年九月九日！」

「九月九日?! 春芸，能不能告訴我，到底發生了啥？這十年裡？」

電話啞火了，程維德躁急地等了好一會兒，胡春芸才語無倫次地說，「我，我，不知怎樣說才好……嗯……電話裡說不清，這樣吧，請把你的郵件地址告訴我，我定下心來給你講……」

……

程維德的腦子被抽空了，臟腑被抽空了，就像一具喪失了精氣神的軀殼戳在那裡……

壁爐裡的炭火狀電熱器壯烈地彈出紅光，閃耀在爐架上兩只半尺見方的鋁合金相框，左邊一張：林守潔站在一條甬道上，背景是一排高大的白玉蘭樹，幽深中，一尊尊絢爛的白玉蘭花似蠟燭型燈泡熠熠發光；右邊一張是當年住宿員工的集體照，林守潔站在小姐妹胡春芸邊上，他站在胡春芸男友袁少魁邊上，這是他和林守潔唯一的「合影」。他走上去，把左邊相框反過來，默讀背面上的一首詞：

一剪梅

題林守潔之白玉蘭

春淺林園少蕊芳。
白玉獨嬌，搖曳霓裳。
銀樽古色惑今夕，
處處花魂，幽遠清香。

不辨奇妍自悴荒。
歆慕何人？鬱鬱悽惶。
仙葩難耐夏復秋，
無盡情懷，空訴衷腸。

鏡框裡迸出一個聲音，「我還是喜歡白玉蘭花。」他望一眼壁爐架上的牆面掛著的對聯「一室春風蘭氣，半窗明月梅花」，步子滯礙地挪近窗前。

門前的一道小徑把花園一切為二，兩邊各栽著一棵一人高的白玉蘭樹。來Y國後他遍尋玉蘭花而不得，去圖書館查閱，方知中國是白玉蘭的原產地，已有二千多年的種植史，難怪這裡罕見。十年前，他買下這棟房子後做的第一件事，就是請回國的朋友帶來兩株白玉蘭樹苗。五年前，白玉蘭長到一個人高，第一次開花了。

此後，每年花期，他把咖啡桌搬到窗前，拿來一瓶威士忌，獨自邊賞花邊自酌自飲，一坐就是半夜。奪目的白玉蘭花熒熒煜煜，微風起時，在屋簷上的照明燈看護下，有如一盞盞燭火明晃晃地躍動。他盯著輕搖的花苞看，花蕊中不時探出一方秀顏，他聽到林守潔在哀怨，「你為啥不回來看我？」她嘴角的酒靨嘟起來，「你回不來？為啥不把我接出來？你忘了我，一定是忘了我！」花苞上的露水一點一滴往下掉，那是她愴悢的淚珠……他每天呆坐著「聽」她苦訴，直到十天半月花朵罄盡。他只恨花期太短，不然可以永遠坐下去。

今年暖春，白玉蘭早開早謝，玉潤冰心的花魂去天國與和它一樣貞潔的林守潔相聚了，尚剩一些花的遺骸散落樹下，剛冒出葉芽的枝枝椏椏劃向悲靄淒霧的半空，鎖住欲探頭而不得的淡薄超然的太陽……

白玉蘭是上海的市花，也是愛民醫院的院花，更是獨屬林守潔的人花。與林守潔失聯後，每年一入春，他給父母打電話時總不忘瞭解白玉蘭花訊，網路開通後就圖文並茂地直觀尋覓。

此刻，明知上海的白玉蘭花也已凋謝，他還是習慣性地坐到電腦前，熟稔地點開地球搜索。他手上的滑鼠從歐亞大陸的極西速翔至極東，彈指間已盤旋在故鄉的上空。他穿過淹沒市容的靉靆煙霾，確認了愛民醫院的方位……當然不見白玉蘭花影。

整整二十年，他無法和林守潔在白玉蘭花間的甬道相會，他一直期待出現更高清晰的搜索功能，讓他找到在那裡行走的林守潔。

這一天不會再有了。

他翻出一件黑色T恤衫，撕下一條黑布，披在林守潔的遺像上。

他踉蹌出門，走了二十幾分鐘，進入一個海灣。他一步一步踏過沙畈疊鋪的海灘，走近海波啃咬的水邊，極目無垠的天際。地球上的海水渾然相通，衝擊鞋面的涼水一定去過故土，它們來向他通報：那邊已無情地葬送了林守潔。

他無數次來這裡，眺望氤氳混沌的水準線，林守潔的倩影一次次幻現：她搖著小舟遠遠的駛來，或抵抗狂風驟雨的撕扯顛覆；或躲避凶浪惡濤的軋轢吞噬……如今，經過漫長無盡的漂流掙扎，小舟破漏了，自沉了，終於抵達了她嚮往的彼岸。熱心傳教的鄰居老太，苦口婆心向他講道，只要信主就能得救，就能去天堂永生；還向他描述，天堂裡鮮花遍地，人人過著和平安逸的日子。他一直將信將疑，此刻卻聊以自慰，遐想林守潔在那裡的情景。

不知何時蹦出一隻大灰狗，一對中年夫婦跟在後面。大灰狗竄到他前面的淺水中，叼起一根骨頭，他不由心驚，這可是林守潔的骨殖？他甚至想從狗嘴裡奪下。沒等他靠近，大灰狗就警惕地看他一眼，銜著骨頭躍回主人身邊。他哀哀地看著離去的狗，那對夫婦掠過他身邊，有說有笑大步往前，他們的背影虛幻成他和林守潔，也這樣踩著沙灘上的白沫，觀濤散步……

冷颼颼的罡風從海面刮來，一道比一道狠地抽他，已經抽了二十年了，在他身上劃下一道道鞭痕，宛如樹樁上的年輪。一年又一年，多少次，怒瀾挾著他的思念返回上海，重現他和林守潔從相識到分手——不知竟是永訣——的時辰！

林守潔卒於九月九日，這是她註定的宿命？一個不懂政治的人偏偏被政治揪纏，一個無辜的冤魂被閻王牢牢盯住，她這一生，活著就是為了殉葬？

目次

下部　139

目次 content

上部

一　文革尤物

一九七六年九月九日，毛澤東駕崩。

翌日，程維德揣著通知書去愛民醫院報到。

程維德擠上一輛公車，夾在個個惴惴不安的乘客中。一路上，斷續聽聞臨街居民家傳出的哀樂，電臺在反覆播放政府訃告，鐃鈸敲擊得一陣比一陣沉，有如把毛一層一層往十八層地獄送，也把乘客失去著落的心一墜一墜往下扽。

這一天來得太遲了！

他從哀樂中聽到「咚——咚——」一聲，是木棍敲擊舊鐵皮畚箕發出的，一個壯年女人不停地邊敲邊哭，「孩子他噠（爸）！你去哪了？怎麼不回來？——孩子他噠！你去哪了？」孩子他噠上了天國，永遠喚不回來了，要是毛早走十年，孩子他噠應該還活在人間。

這一天來得太遲了！

哪怕毛早走一年，他就可去別家醫院，就不會遇上林守潔，也就沒有後來的故事……

世上沒有如果，就有了四月的天安門事件，群眾自發集會悼念周恩來抗議毛派四人幫，毛下令鎮壓並再次打倒鄧小平。醫學院天天學中央文件，聲討反革命事件，他說對鄧的指控是「莫須有」，引起軒然大波。團委組織大會小會逼他認錯，他堅持己見據理爭辯，結果罪加一等，真理可以抵制謊言，卻無法戰勝強權。團委準備開除他的團籍和學籍，所幸，重審他的檔案，發現他曾「捨己救人」，過硬的政歷讓他僅受「記大過」處分。

不過，當外科醫生的夙志泡湯了。

他去農村插隊不久的一天，房東家的小兒子患闌尾炎，他幫房東一起用板車送病孩，兩人花了四、五小時，推了二十多里路送到公社衛生院。不料衛生院沒有外科，再用拖拉機趕往縣醫院，一切都晚了，一個闌尾炎就要了男孩的命。後來，大隊推薦他上醫學院，他就鎖定目標當外科醫生。

詎料，他的志向成了受罰用具，天安門事件不久畢業分配，醫學院送他去只有內科的「愛民醫院」。

他步子拖遝地跨進醫院，神情像求診患者而不是新來的醫生，還好與周圍的氛圍倒十分吻合。醫護人員在甬道上穿梭往來，他們的白大褂袖子上套著黑紗，人人表情悲戚低頭行走，彼此避免目光交織。

程維德去人事組（文革時科一律改成組）報到，負責接待的幹部忙於準備悼念活動，臨時安排他去治喪委員會宣傳組幫忙。

宣傳組負責人是團委書記林守潔，她還沒從驚愴中回過魂。昨天，全院職工在飯廳收聽訃告，她不能承受遽來的噩耗，轟然哭昏在地，外公作古她都沒這麼哀痛，因為毛是她心中的神，她從沒想過毛有一天也會死。

文革初期，大、中學生可以參加紅衛兵，可以去全國大串聯，可以去北京接受毛檢閱。還是小學生的林守潔沒資格，只能帶著企慕心一部不落看毛接見紅衛兵的記錄片，通過狂熱的畫面沐浴偉大領袖的奕奕神采，還在睡夢中被毛接見，緊緊握住毛的手不放。那時，上廁所時她會突發奇想，「毛主席也大小便？」隨即又狠狠地自責，毛主席哪會做如此汙穢的事？

如今這尊神竟然死了?!

林守潔正在慟切地抒寫悼念文，人事幹部帶程維德來找她，打斷了她的思路，人事幹部一走她便沒好氣地衝程維德說，「你為啥挑這個日子來報到？」

程維德說，「我上禮拜收到分配通知，今日是報到截止日，我也奇怪他為啥挑這個日子死去！」

林守潔驚道，「他？你說誰？」

「你們在忙著在悼念誰？」

「偉大領袖毛主席啊！」

「我就說他囉！」

竟然稱毛主席為「他」？林守潔這才瞪眼正視程維德。他身材頎長俊拔，比她高出一頭，正在注視她的眼珠不大，卻在寬額下閃出犀利的光，就像巨岩下的兩個黑洞，散發出倒吸她的力量。她這才不好意思地問，「你叫啥？」

程維德不懷好意地看著她笑道，「人事幹部不是告訴你了？」

林守潔自知失禮，卻沒向他道歉，醫院裡的青年都屬她管，她居高臨下慣了。

程維德放過她的窘相，豁達地說，「我可以再告訴你一遍，我叫程維德。不過，可別再忘了！」

「你就是程維德？」林守潔馬上知道他是誰了！他的團員檔案上有被「記大過」的記錄，難怪他咄咄逼人，原來頭上長著反骨。她頓生疑竇，有「思想問題」的人憑啥上大學？

程維德敏感地追問，「怎麼？你『早就認識』我了？」

林守潔打馬虎說，「是的，你們醫學院只來你一位，容易對上號……」

林守潔說話時，程維德有點心蕩意迷，他被她的瑋昳驚呆了，暗歎世上竟有這樣的尤物：兩彎纖細墨亮的柳眉；一對窅深撩人的明眸；一道小巧挺直的鼻子；一張妃色薄嫩的櫻桃嘴；說話時，兩只酒靨不停地凹凸翕動，好似兩窪淺水塘中的漣漪……配上一身白大褂，比電影《護士日記》裡的王丹鳳更迷人。

可惜，林守潔的嗓音有點「不著調」，尖利而大大咧咧，毫無女性的柔和，一看便知是在衝殺殺的文革練就，與她古典尊容形成極大反差。看著她快速翻動的嘴唇，程維德錯覺有人躲在她身後發高論，恰如配音劣質的外國電影，聲音損壞了銀幕上的演員形象。

午餐時，林守潔脫下白大褂去食堂，程維德又一愣。她上身一件藍布兩用罩衫，還緊鎖頸項的第一顆紐扣，用衣領把裡面的襯衫蓋嚴實，下身一條灰暗的藍布褲，雖是時代「流行裝」，裹在她身上格外彆扭，似西施披上醜女無鹽的舊外套；或是一尊精製的宋代青瓷器擱在一團粗布上。

異樣的林守潔觸發了程維德的探奇心和「好色心」。

第二天上班，程維德跟林守潔去貼悼念毛的大字報。

愛民醫院「解放前」叫「仁愛醫院」，是外國人開辦的私立醫院，當年用作病房的幾棟小洋樓如今都被行政部門佔用，團委辦公室在四號樓的三樓。程維德隨林守潔出門時一掃昨日的委頓，精神煥發地評鑒起院裡的景致。跨出洋樓門廊時，他捋了一把麻花狀石柱子說，這種波浪式造型看上去格外靈動；踏上樓後一大片草坪時，他說，草坪四周加植一排大樹就更美了；越過桑榆河上的石橋時，他說，橋墩上的石獅子雕塑得十分精細，可見過去匠人的高超手藝，若石橋地面的青石板不打平就更古樸天然了……

程維德講得繪聲繪色，林守潔聽得懵懵懂懂，心下暗忖，自己進院時只覺得這裡的環境好，哪裡想到他說出的那些門道，這個新來的醫生有點古怪。

他倆來到橫貫南北不下百米長的風雨長廊，這裡保持著文革的激戰氣息，畫梁雕棟的圖案被破壞得模糊不清，衰殘的樣貌似緞子絲棉襖漏出破絮。廊柱與廊柱間釘滿板條，製成貼大字報的專欄，大字報一層一層糊了十年，如滿身爛補丁的百衲衣。程維德反感地說，「你看，大字報已經糊了近寸厚，撕下來可以做納鞋底的袼褙了，不知要糊到哪天為止？以我看，這次黨中央操辦全國悼念，基層單位再搞一套純屬多餘！」

昨天，程維德毫無敬意地用「他」指毛主席，今天又如此出言不遜，林守潔停下刷漿糊的手，瞪起杏眼說，「你說得太輕飄了，是毛主席逝世啊，全國性悼念哪能代替每個人的感受，拿我來說，心中鬱著一腔悲情，除了單位我到哪裡去表達？」

程維德拖長聲調說，「你對毛主席真是情深意切啊！」

林守潔頗為自得地坦露「私情」，「那當然羅，不瞞你說，十年前，我還夢想著『將來長大了嫁給毛主席呢』！」

程維德扭過臉，重新確認她似地乜她一眼，奚落說，「你竟然想嫁給這副尊容？」說罷，他擺出難看表情：頭部半躺半仰，眼睛半開半闔，嘴巴病魚樣半張半閉……他在演示毛最後一次接見外賓時的垂死模樣：毛的身子靠在沙發背上，浮腫虛胖的頭顱癱在沙發頂部，抿不緊的嘴唇木木地張著，涎水從口角流淌下來。「幸虧毛主席死了，不然，你嫁他沒幾天就要做寡婦了。」

這話不啻嘲褻了神聖的毛主席，也玷辱了林守潔，她惱怒地漲紅臉說，「所謂嫁給毛主席是精神意義上的，表明我對毛主席的忠誠。」

程維德緊逼道，「好一個精神意義上的，那你就是他精神上的寡婦！我哪裡說錯了？」

林守潔氣呼呼地嚷道，「你這張嘴怎麼這麼刻薄！怎麼對毛主席沒有一點感情，難怪你……」她想說「難怪你被記大過」，但怕洩露檔案，慌忙剎車。

程維德不以為然地說，「你不理解我說的，我倒理解你說的。因為十年前我也崇拜過毛主席。」

「現在為啥不了呢？」

「因為林彪折戟沉沙，毛主席的神聖光環隨之落地，把『叛徒』、『賣國賊』選為接班人的領袖談何『英明』！」

「文件不是解釋了，當初毛主席是欲擒故縱。」

「把林彪的地位寫進黨章，讓他掌握中國的未來，有如此欲擒故縱的？國家大事是過家家兒戲?!評價當政者的好壞，只有一個標準，就是誰真正關心老百姓。林彪說『農民缺吃少穿』，主張停止政治運動搞經濟建設，就很難得！」

「難怪你否定毛主席，原來你聽信了叛國賊的話！」

「你從小生活在上海，雖然糧票布票配給，但不愁溫飽，所以不知真相。我插隊地方的農民穿的是破衣爛衫，吃粗糧也只能半饑半飽。我全靠母親從上海寄東西才沒挨餓，可見林彪說得對……」

「你怎麼能以一個村子的情況說明全國，怎麼不看大寨農民豐衣足食，不看小靳莊的農民都在寫詩作畫？」

「你說反了，大寨和小靳莊是政府樹立的標本，才不代表真正的農民。正因為把政治宣傳當主業，不讓農民不好好種地，才弄得他們沒飯吃……」程維德突然住口，他明白林守潔一下子接受不了他的見解，便把話題拉回來說，「總之，我理解你，但我不會像你這樣戇了！」

林守潔加重語氣說，「不戇當然好，但別自以為是聰明過頭！不要醜化毛主席！」

程維德急忙申辯，「醜化毛主席？我沒那麼大的膽，我只是客觀描述，主觀願望再好，也改變不了客觀現實。中國人高呼了十年『萬壽無疆』，結果呢，他還不是死去！」

「人們高呼『萬壽無疆』是表達心願，再說，如果真能換來毛主席萬壽無疆，會有許多人甘願為之犧牲！文革中為保衛毛主席而獻身的人還少嗎！」

「可惜他還是『萬死無疆』了，他們都成了殉葬品！」

林守潔忍不住又瞪了程維德一眼，「現在我知道你了！」

過後，程維德嚇出一身冷汗。他太瞭解林守潔這類女團幹部了，她們滿腦子階級鬥爭，聽到出格話就上綱上線，抓住犯禁的事就彙報，醫學院處理他時，就有一位女團委委員堅持要開除他的學籍。儘管他如此警惕，但站到林守潔面前就是忘了戒心，本該話不投機半句多，卻率真地把她當成了可以交心的知己，一股腦地傾倒自己的內心想法，啥聳人聽聞的危險話都出口了……

雖然後怕，程維德又憑直覺林守潔不會「出賣他」。

果然，林守潔「知道」程維德了，也揪住了他「放誕亂言」的「把柄」，卻意外地沒有上報。治喪活動結束後宣傳組解散，林守潔恢復本職，回變態病科當護士。程維德「跟蹤追擊」，力爭去變態病科當醫生。院黨委委員兼變態病科黨支書李湘筠詢問林守潔，程維德在宣傳組表現如何？林守潔竟為他評功擺好，「程維德很會寫東西，審閱悼念文稿時，許多詞不達意的句子和段落，經他一改就通順了。」

李湘筠躊躇了一下說，「你知道，他犯過錯誤，我擔心他來變態病科……」

林守潔說，「依我看，那就更應該讓他來了。」

李湘筠不解，「為啥？」

林守潔笑道，「你是主治醫生，把他放在你手下，可以一舉兩得，業務上由你指導，政治由你督察，誰比你更合適？」她說的是事實，但自覺在說謊，表情頗不自然。

事後，林守潔自己都不明白，為啥替程維德說好話？為啥對他另眼相看？

程維德進變態病房和林守潔一起工作，猶如顛簸的小舟被鐵錨栓住，他打消了伺機調往他院外科的念頭。

上班第一天，李湘筠帶程維德熟悉各病房，經過大樓高敞的日光室時，看見林守潔在教病人打太極拳，她打得輕捷飄灑，婀娜迷人。李湘筠讚歎道，「你看，守潔太極拳打得多漂亮！」程維德早看呆了，連說「確實漂亮，確實漂亮，好似曼舞！」

「你別看她太極拳打得像慢（曼）舞，用不了多久你就會知道她快人快語的潑辣一面！」李湘筠自滿地介紹得意門生，末了不忘教戒程維德說，「小許政治覺悟高，鬥爭性強，遇事講原則，是年輕人的表率，你要向她看齊。」

毛屍骨未寒，他的爪牙四人幫就倒臺了，各地民眾湧上街頭遊行慶祝三天。

傍晚，林守潔遊行回來上中班，見程維德在護士辦公室寫病程記錄，瞠愕地問，「黨委規定除值班的都參加，你為啥不去？」

程維德微笑著尋釁說，「團委書記同志，哦，變態病科黨支部委員同志，請問，你是代表團委還是黨支部來查問我？」

林守潔回不上話，難堪地翻了幾頁護理記錄才說，「到底是新科醫生，氣度不凡，說話這麼衝，我隨便問一句，到你嘴裡就成了查問！」

「不是正式查問？太好了，省了我必須回答。」

林守潔又一愣。

程維德滿面狡黠，那意思是「讓你認識認識我！」便進一步追擊，「跟你說老實話，你們遊行得太晚了，我幾個月前就『遊行』過了」。

「幾個月前？在哪裡？」林守潔杏眼圜睜地看著他。

「在醫學院討論天安門事件時，我對打倒鄧小平提出異議，矛頭就是對準四人幫的。醫學院團委為這事給我『記大過』，那些處罰我的人今天一定去遊行了，他們又一貫正確了，我還有必要去趕那種熱鬧？今日參加遊行的人如果當時就站出來，四人幫早垮臺了。」

林守潔爭辯道，「你不要把問題弄混淆了，當初四人幫代表毛主席批鄧，如今黨中央執行毛主席的遺願打倒四人幫，我們當然都要堅決擁護！」她搬出上級的說教。

程維德試圖提高她的分析能力說，「你不覺得矛盾？鄧小平和四人幫互相對立，毛主席兩派都反，那麼就有一派是反錯了。」

「你又來了！上次你在林彪事件上懷疑毛主席，這次在四人幫問題上又懷疑毛主席，你怎麼不懷疑自己？」

程維德嘗到林守潔對他網開一面的甜頭，更加率言無忌，便說「看你一副吃驚的樣子，『毛主席萬歲』的時代過去了，『毛主席萬能』的時代也該結束了。當年提拔劉少奇、林彪、鄧小平、四人幫的都是毛主席，如今把他們統統打倒的也是毛主席，在事理上講得通嗎？」

林守潔覺得程維德太離譜了，想不客氣地斥責他，「你竟然……」她明白他不是可以隨便訓斥的小團員，也拿不出詰駁的理由，氣哼哼地脫口而出，「你啥都反對，難怪醫學院團委處罰你！」話出口才意識到洩露了檔案內容，趕緊解釋，「我的意思是……」

程維德含笑著替她圓場，「現在我甘受處罰，不然我就不能站在這裡了！」

「你這話啥意思？」林守潔迷惑了。

程維德提高聲量說，「我的意思是，不受處罰，我就不會來愛民醫院，也就不會在此和你說話了！」他合上寫好的病例，身子放鬆地靠上椅背，意味深長地望著她。

程維德的瞳仁迸出光澤，如一束束電波穿透林守潔，蘊熱升騰，她怕自己輕易被擊破，「反擊」說，「那樣說來，醫學院對你的處罰太輕，應該把你送到鄉下當赤腳醫生。我不明白，貧下中農怎麼選你這樣的人上大學！」

程維德立即斂容說，「被你說對了!本來確實輪不上我。多虧一場暴雨，引發河水氾濫，我救起一個不慎滑入河中的五、六歲女孩，她是大隊黨支書的女兒，憑著捨己救人的『壯舉』，我才贏得機會。」

林守潔更費解了，「你奮不顧身救人，組織上悉心培養你，你應該感恩才是，為啥對抗上級領導，反對中央的決定？」

「見到孩子落水去救命，見到國家落後就進言，正如我們醫生護士救死扶傷，都是義不容辭的職責，有啥矛盾？真正矛盾的是政府，他們要求醫護人員治好病人，卻不許老百姓指出國家的病根……」

林守潔嘴上辯不過程維德，心裡還是不服氣，認定程維德走在歧路上，要盡力把他引回正道。

桂花時節到了，滿院處處馥鬱，程維德坐在臨窗的辦公桌，秋風夾著濃一縷淡一縷的香陣飄入，他覺得不過癮，便拿了只粗瓷茶杯作花瓶，采來一叢桂枝插進去，讓幽香在鼻下生根。他還抄了李清照的詠桂花詩壓在玻璃板下：「暗淡輕黃體性柔，情疏跡遠只香留。何須淺碧深紅色，自是花中第一流。」

一日，林守潔去醫生辦公室問程維德要醫囑，見到粗瓷杯裡的桂花，詫為奇事地問道，「這花是你放的？」

程維德停下記病程的筆，抬頭看林守潔疑惑的眼神，不解地反問，「是啊，怎麼啦？」

林守潔用指責的口吻說，「你一個年輕小夥子，滿院的花看不夠，還在辦公桌上放一個花瓶，你可是醫生啊！給人看到了是啥印象？」

「醫生怎麼啦？醫生不能愛花？當年大元帥朱德的一大愛好就是養蘭花。」

「為這事他不是在文革中挨批了麼？毛主席不是說過，擺設盆花是舊社會留下的東西，是封建士大夫階級、資產階級公子哥兒提籠架鳥人玩的，他們吃了飯沒事做，才有閒工夫養花。」

「你只知毛批判養花，不知毛愛看《紅樓夢》，還喜歡林黛玉，林黛玉不但愛鮮花，還正正經經去埋葬枯萎的花呢！對了，你看過《紅樓夢》嗎？」

「小時候翻過幾本《紅樓夢》小人書，還跟著媽媽有一句沒一句地聽越劇《紅樓夢》，知道是講寶玉黛玉男男女女那種事。沒看過大部頭《紅樓夢》，也沒興趣看。越劇《紅樓夢》都禁播，證明它是大毒草，毛主席哪會看那種書？」

程維德哈哈大笑，「這次你錯了，你敬仰的毛主席不但愛看《紅樓夢》，還號召手下的幹部都去讀，並說不讀五遍沒有發言權，你不照毛主席的指示辦，該當何罪？」

林守潔知道自己出洋相了，只好硬撐下去，「毛主席哪會鼓勵大家看那種書？我不跟你瞎辯了，你喜歡花就插著吧！不過，我提醒你，不光我，其他護士也在背後議論你『與眾不同』。」

程維德體諒地說，「你（們）事事以毛的教導為準繩，以此來衡量我的言行，我肯定『與眾不同』，不過，面對千篇一律的輿論，千人一面的環境，我樂意『與眾不同』，說明我還有點獨特個性，可以起點獨特的作用。」

林守潔糾正說，「獨特個性也分好壞，依我看，你的獨特個性就是恃才傲物，是不合群的自命不凡，完全不值得誇口！」說完，拿起醫囑走了。

程維德對著林守潔的背影歎息，「真是名不虛傳的『花瓷磚』！」

林守潔人見人迷，年輕的男同事誰不眼饞？但她處處擺團委書記的威嚴，任何輕佻的言行都遭她叱呵，她成了一堵誘人的薔薇籬笆，瑰麗又滿布棘刺，鬥膽攀附的小夥子沒少扎破手，懊喪者給她起了一個綽號「花瓷磚」——美妍而冰冷，哪怕熱膠水都沾不上。

程維德本是好勝之人，又有林守潔的「情有獨鍾」慫恿，便生出融化這塊堅硬「花瓷磚」的自信。

午飯後小憩，只要林守潔在護士休息室，程維德就去打發時間，笑談大家感興趣的社會新聞，少不了風趣的插科打諢，引得護士們笑聲不斷，惟有林守潔「漠視」他，有心離他遠遠地坐著，側身對著他，幾乎不搭話。但鑼鼓聽音，哪怕背對著他，她也明白，他的話中至少一半是衝她說的，其中含情夾意的詞句也只有她能夠領會。敏感的護士們私下調笑林守潔，說她們不過是她和程維德之間的屏風。

只有他倆輪到一起值班，各自忙完後坐下來小憩，林守潔才比較自然地和程維德閒聊。可惜，這樣的機會幾周才輪上，程維德熬不住，去找和林守潔一起值班的醫生換，這戲法當然長不了。

程維德決定住宿。

那天晚上，林守潔上中班，程維德笑吟吟走進護士辦公室，他像剛得到一個新玩具的孩童，顯出與高大身軀不相稱的頑皮。

林守潔明知故問，「沒見你這麼開朗過？你喜歡過集體生活？」

「當然喜歡，不住宿我現在能來這裡嗎？」程維德盯著林守潔看。

林守潔嘟起羞紅的酒靨說，「你別顛倒了主次，讓你住宿是方便你晚上觀察病人，不是方便你來聊天，不然，你自己工作沒盡責，還影響我的護理工作！」

程維德朗聲笑道，「你說得不錯，晚上我可以來觀察病人，同時也可以來觀察你，或者說讓你來觀察我，用你的話說是幫助我，不是各得其所麼？」

「哼！幫助你？我沒這麼不自量力，政治上你固執己見，有自己的一套套理論，哪裡聽得進我的話！」

「既知如此，為何非說那些嚴肅的『政治』，我們可以說點別的麼！」

程維德很善於說別的，看過的閒書都是他的談資。

圖書室裡文革初期查封的書還沒開禁，同宿舍的袁少魁是圖書室管理員，為他開後門偷借。一次，他看完《牛虻》後忍不住向林守潔推薦。

林守潔不愛看書，勉強拿過《牛虻》，卻意外地被吸引了。她同情女主人公瓊瑪，問程維德，牛虻從南非回來後為啥那麼冷酷，竟然不願和苦苦等待他的瓊瑪相認？他說，牛虻自尊，用革命行動洗刷自己的恥辱前，不肯向因誤解而打他耳光的瓊瑪澄清。她自言自語似地說，真不可思議，兩個相愛的人竟誤會到這種地步。他說，這就是革命的魔力，革命會使人喪失理智。她說，真會那樣嗎？

林守潔把《牛虻》還給程維德時，指著扉頁上「愛民醫院圖書室」的印章問，「袁少魁為你開後門了吧？」

程維德默然，心裡叫苦，這事一直瞞著林守潔，不想書看得入迷，忘了禁忌。

林守潔沒追究他看禁書的事，卻不放過袁少魁說，「你瞭解袁少魁嗎？」

程維德說，「我看他醉心畫畫……」

「我問的是你瞭解他的家庭嗎？」

「他家庭怎麼啦？」

「他爸爸是反革命分子，至今還在勞改農場。」

「他爸爸是反革命又怎麼啦？他爸爸是反革命，他就成了小反革命了？」

「他當然不是小反革命，但這種家庭出身的人，哪能不帶父母的遺傳因子，你和他一起住久了，就會瞭解他，他最大的問題就是『思想複雜』。我事先提醒你，別受他的壞影響。」

程維德不無譏刺說，「謝謝你的好心，我和他住一起的日子不長，已經知道他『思想複雜』了。不過，我的思想也不簡單啊，所以，今後不知誰影響誰呢。」

三 「異人」袁少魁

程維德早就聽說袁少魁的事了。

袁少魁的爸爸是大學教師，五五年被打成胡風反革命分子，先受刑十二年，出獄後留在勞改農場。文革時，他爸爸人不在，但妻兒是反革命家屬，母親挨鬥，全家被抄，還被趕出兩間廂房，趕進一個帶小閣樓的亭子間。

袁少魁媽媽在他爸爸的大學當會計，政治上抬不起頭，經濟上靠一個人的工資撫養五個子女。她白天戴罪上班，回家忙著餵五個孩子的嘴，縫製五個孩子的衣服，天天不到十二點上不了床。在雙重壓力下生存，她沒時間也沒餘力給孩子們溫存。所以，袁少魁對父親只有恨，對母親沒有愛。

袁少魁一進醫院就申請住宿，說家裡沒他放一張床的地方，單位領導去查看，竟是實情。他孤僻寡言，不願和同事交往，正好一個人管圖書室，除辦借書手續也無需跟人打交道。下了班，他就窩在宿舍裡畫畫。那是被逼出來的愛好。上中學時，他受不了同學的欺侮，乾脆翹課避禍，在家無所事事愛上了畫畫。他用繪畫把自己封閉起來，就像蠶寶寶做一個繭，既可以和這個殘忍的社會絕緣，又以此自慰。

袁少魁任由命運擺佈，但內心始終不肯順服。程維德的出現，強烈刺痛了他落魄的心。同樣高中畢業，程維德因為政治身分過硬，去農村轉一圈後上大學當醫生，他卻只能當圖書室管理員。他像一隻折斷腿的傲慢兔子，看著一隻烏龜悠哉悠哉爬到自己前面，憋屈憤慨又無可奈何，惟用自尊自衛。

程維德秋末時節進宿舍，那時蚊子早已消亡，袁少魁卻仍舊把蚊帳套在床的四邊，弄成一個架子床，隔出一間房中房。他不主動和程維德說話，程維德問他一句答一句，說出來的一言片語都夾槍帶棒，借張鐵生揶揄工農兵大學生，說他們完全憑政歷和拍馬上學，以此貶低程維德。

程維德知道袁少魁心裡埋著苦憤，推己及人不與他計較，儘量繞開敏感話題，和袁少魁多談他的繪畫。

袁少魁學畫的勁頭實在少見。每天晚上他放下碗筷就練素描。牆角舊寫字臺上放著毛的石膏頭像，一盞立式檯燈照在像上，他不時變換光照角度，用鉛筆在卡紙上塗立體投影。檯燈的餘光也照著他那雙沉鬱眼睛，他一會兒瞇左眼傾身右看，一會兒瞇右眼傾身左看，一直畫到夜深，天天如此，從不疲倦。

袁少魁一論起畫就變了個人，他向程維德侃侃闡述構圖立意，兩人的僵局由此打開，待彼此熟絡了，程維德就求他借禁書。

程維德偷看的第一本書是《悲慘世界》，他被小說中的人物震撼了。他把書還給袁少魁時感概地說，「少魁，你看過這本《悲慘世界》嗎？寫得太好了！米里哀神父慈悲為懷，感化了偷麵包的冉・阿讓，冉・阿讓從此改過自新，並承傳他的精神行善半生。」

「《悲慘世界》！」袁少魁漠然地說，「書上描寫的悲慘世界哪有現實中的世界悲慘，只因你生活的世界太美好了才為書中人物動情。」

程維德覺得袁少魁答非所問，解釋說，「雨果不是簡單描述人物的悲慘命運，而是通過刻畫米里哀神父和冉・阿讓的博大胸懷，深刻闡明了人道主義的真諦。」

「問題就在這裡，《悲慘世界》還有這樣的好神父，而我們的生活，不！應該說我的生活中有這樣的人嗎？……」袁少魁不願再說下去。

程維德承認，袁少魁是對的。他在閱讀米里哀神父和冉・阿讓幫助窮人時，腦子裡蒙太奇地跳出柳直枝和柳父，還有更多他在農村見過的苟活著的農民，這些都是他一直在關注的被侮辱被損害的人群，當然包括袁少魁這樣的人。所以，到平反文革冤假錯案時，程維德自我反省，「文革初期抄家批鬥那陣，我們一群小孩在看『白戲』起哄，覺得那些『壞人』活該，現在知道那些『壞人』都是『人造』的。」

袁少魁放下畫筆，回頭盯著程維德，「這就是你和我的關係：嘲笑者和被嘲笑者，害人者和被害者！」他不無苛責地說，「我感謝你的覺悟和反省，但恕我直言，與受虐者的苦難相比，你（們）的反省過於輕鬆，甚至可以說是唱高調。你（們）一時一刻就卸下了包袱，撫平了二十多年『人上人』應負的愧疚，卻永遠感受不到『人下人』的無望，那是整整二十多年的煎熬，還將影響我們的一生！」

袁少魁的話是刀削斧砍的創口結出的疤痕。程維德默認，自己是旁觀者，某種程度上也可以說是受益者，無法感同身受，但如何避免悲劇重演才是更重要的現實課題。他對袁少魁說，「你說的沒錯，任何加害者，無論是有心還是無意，都不能簡單地說聲抱歉就了事；同樣，任何受害者也不能輕易地接受平反就了結，因為深刻反思是每個中國人的份內事。我們必須追問，利用一部分人——所謂的無產階級，去迫害另一部分人——所謂的資產階級是如何興起的？幾十年你死我活的階級鬥爭，使人與人之間不僅喪失應有的信任，還像好鬥的公雞，無原由地充滿敵意。就拿你我來說，同處一個寢室，按中國人的傳統習俗，這是緣分，應十分珍惜，和睦相處，然而我們卻近乎本能地彼此防範……」

袁少魁被程維德的誠懇打動了，不好意思地低下頭說，「是我不好，缺乏善意，造成不必要的隔閡，確實，經過文革，我已經無法相信任何人了，可以說患了嚴重的文革後遺症……」

「這不是你個人的問題。最近我一直在想，只有社會恢復正常，人際關係才會正常。而恢復正常社會，需要建立有章可循的民主和法治，這樣老百姓才能在制度上得到安全保障。當然，這不是一蹴而就的事，但第一步要從清算無法無天的政治運動開始，所以，我們每個人都要責無旁貸地參與這項工作。」

「你說得不錯，我非常認同，也佩服你有這份社會責任，但對你想做的事沒興趣。我受夠了，也把這個社會看透了，不會參與任何社會活動，只想遠離躲避這個社會。現在，我只求畫好自己的畫，繪畫是我的安全防空洞，他們總不能在我畫上找出『罪行』吧！」

袁少魁用繪畫贖潦倒，連禮拜天也不回家，整日在院子的風景處寫生。他手拿折迭帆布凳和畫架，腋下夾著卡紙和畫布，或在院東角桑榆河邊的夕陽亭下，讓畫布落下油漆剝脫的橫匾上字跡難辯的「夕陽」；或在亭上，臨摹散植在亭子和宿舍間的十幾株櫻花樹；或在草坪上素描橫貫院子的桑榆河和對岸的紅磚病房大樓……

變態病科護士胡春芸禮拜天值班，去藥房或食堂的路上常撞見袁少魁。那年月，專業文藝工作者都賦閒，一個圖書管理員卻癡迷繪畫！她抑不住好奇，就站在他身後看一會。次數多了，他們開始有一搭沒一搭說話。她問的最多的是「你為啥禮拜天都不回家」？袁少魁先是緘默，慢慢熟識了，才東一句西一句地回答她。整整一年，她才從他的話中拼湊出他的「簡歷」，她為「畫癡」的遭遇抱屈，由同情生出愛意。

林守潔聞風來找胡春芸，追問「真有這事」？

胡春芸和林守潔是住同一里弄的鄰居，從小一起跳著橡皮筋長大，又是從小學到衛校的同學，還一起分到愛民醫院共事。胡春芸知道林守潔對袁少魁有偏見，好長時間不敢相告自己的戀情。

果然，林守潔生氣了，「你糊塗啊！關係你一輩子的大事，事先為啥不跟我商量！他是反革命的兒子，你甘心做反革命的媳婦？」

胡春芸說，「黨的政策不是『重在本人表現嗎』？」

「正因為『重在本人表現』，團委才不歧視他，每次組織青年活動都允許他參加。他喜歡畫畫，就發揮他的特長，讓他幫忙為壁報畫報頭，但他不是回避就是胡亂應付，至今連入團申請書都不寫，哪有要求上進的表現？」

「他中學時申請加入紅衛兵，因家庭出身被人嘲笑，他哪裡還有勇氣爭取入團？他說『與其自討沒趣被組織拒絕，乾脆先自知之明絕望在先。』不信，你試試，只要你保證接受他，他一定會提出申請。」

「虧你說出這種話！他本人沒意願，卻要組織揺給他一塊團員的牌子，哪有這樣的規矩，難道你當年是這樣入團的？」林守潔不快地說，「我們是小姐妹我才多管閒事，你是團小組長，和這種落後青年談戀愛，影響你的前途，我非常擔憂。」

胡春芸辯解說，「就算袁少魁落後，不是更需要團組織的關心？為啥我不可以幫他進步，教他受我的好影響？」

愛情的魔力使胡春芸任性和倔強。

林守潔不認識胡春芸似地看著她，眼前還是那個昔日的玩伴嗎？過去，遇事都是她拿主意，胡春芸總是順著她，也可以說是遷就她，現在為啥變了？她失望地提高聲調說，「春芸，你看！以前你沒這麼『能說會道』，可見不是你幫助了袁少魁，而是受了他的壞影響，你要真和他結婚還不知成啥樣了？你看袁少魁，不知藏著啥陰暗心理，說出來的話陰陽怪氣，一副不滿現實的樣子，今後保不定出意外。」

胡春芸說，「你的好意我領了，但你也要相信，我是快三十的人了，知道婚姻是一輩子的大事，不會草率從事的。」

林守潔沒想到胡春芸如此違拗，沉下臉說，「既然你仔細想好了一切，就對自己的一切負責，也不用我瞎操心了。」她認定，胡春芸被春心迷亂了！

四　少年心事總是詩

誰不為春心迷亂？程維德晚上睡不著，眼幕上盡是林守潔晃動的浮影，詩興勃然盎溢，忍不住寫了一首詞《長相思・無題》——

窗月輝，窗月稀，
軒廡和風吹幾絲？
夢輕聞鳥啼。

長歎息，短歎息，
年少心思難為詩，
苦吟知為誰？

詞寫好了，他卻不敢出手，有個女子在「阻撓」他。

程維德上中學時就開始寫打油詩，第一首也是「情詩」。他前排的女生叫夏蘊秀，她高挑身材，頸脖細長瓷白光潤，像大理石雕塑，整日擱在他眼下，撩得他意緒紛亂。一天，語文老師講解革命烈士的形象，如何昂首挺胸赴刑場。程維德設想著夏蘊秀仰面拔脖的樣子，搞笑地下筆讚美——

你的脖子，豎立在我面前，
像一節銀柱閃亮光鮮。
若想華貴麗質，
只需掛一根金色的項鏈。
如不嫌棄，
我願套上一隻多彩的花環，
又怕你高得無法攀緣，
……

程維德把紙條扔到夏蘊秀課桌裡，欲博她會意的一哂，她卻嚇得上交老師。他為此在全班批判會上讀檢查，還得了個「程愛脖」的外號。當他還沒懂得「愛」時，先品嘗了「愛」的可怕，就像烤火時被灼傷，會本能地畏懼火光。

遇上林守潔後，夏蘊秀的身影不時閃出，像頭上壓著一片黑雲，程維德時時擔憂下雨，他怕林守潔是第二個夏蘊秀，接受不了「情詩」，思慮再三，覺得先拿另一首試探林守潔。

早春的一日，林守潔上夜班的次日清晨，她拎著放病人血尿標本的木籃，沿著白玉蘭樹間的甬道去化驗室。這時節，水靈的白玉蘭花銀盃玉盞地掛滿枝頭，在微茫的晨曦中閃閃爍爍。林守潔疾走到半道時，樹叢間蹦出一人，她嚇了一跳，本能地往邊上躲，「誰?!」

程維德站到她面前，「是我！」

「是你?!大清早，你在做啥？」

「等你啊！」程維德舉起手上欲綻的花苞，「見天時早，就順手摘幾朵花。」林守潔這才看到樹下攤著報紙，上面還放著幾朵。他把手上的花伸到林守潔眼前，「你看，三小片毛絨絨的紫褐色花萼，托著九片光潔如玉的花瓣，好似一尊夜光玉杯，」他輕輕撚著花葉說，「花瓣帶著露水，晶瑩柔軟富有質感，還散發出淡淡的清香。」

林守潔嗔怪道，「你對花太過傾心了吧！不過，白玉蘭花確實別具一格，像白玉純潔無瑕討人愛。」

程維德頗感意外地說，「難得你喜愛，我送你幾朵。」說著從地上拿起幾株欲放進她的木籃。

林守潔趕忙把木籃轉到身後說，「你又來了，讓人看到像話麼？」說著下意識地往周圍掃了一眼。「對了，你在這裡等我有啥事？」

程維德從口袋了掏出一張紙，不無幽默地自謙說，「最近寫了一封『思想彙報』，請你點評點評。」說完把折好的紙張遞到她手上，上面寫著一首詞——

《鵲橋仙．春日偶感》

衰園春日，舊年草色，
夢繞殘雕廊怨。
霧沉風滯過橋欄，
撩不動、柳簾荏燕。

老民新病，姣容失嫣，
變態雜陳繾綣。
懸壺醫護蹇足忙，
自難辯、因源診斷。

林守潔在中學語文課上背過毛澤東詩詞，也熟知報上大批判文章中引用的古詩句，諸如：「爾曹身與名俱滅，不廢江湖萬古流」；「青山遮不住，畢竟東流去」之類，卻沒學過賞析詩詞的基礎知識，因不懂她就覺得程維德了不起，能寫那麼深奧的詞。過後，她稱讚程維德，「你也會作詩填詞？快成小毛澤東了？」

程維德笑盈盈的臉頓時刮上漿糊，略帶譏諷地說，「你以為全世界只有毛澤東會寫詩填詞?!」

林守潔因迷信毛而忽視程維德的感受，不甘示弱地回敬說，「我不過是隨便打比方，你想做小毛澤東還沒那麼容易呢？」

程維德揚了一把頭說，「我對自己很滿意，你送我小毛澤東的名號是羞辱我，除非我不拿自己當人！」他愈說愈氣。

林守潔意識到自己的話確實煞風景，但不願服軟，便換一種語氣說，「好，你不是小毛澤東，你是『大詩人』，我就向你這個『大詩人』請教，這個『荏』字是啥意思？」

程維德這才轉怒為喜說，「就是弱的意思。」

「那『鵲橋仙』詞牌又是啥意思？」

程維德說了曲牌和牛郎織女的故事，還順帶注解了詞意：上闋描寫風景，愛民醫院是解放前的老園子，因沒人照應衰敗了；下闋說，變態病科專治疑難症，弄得醫生們犯難，自己也快成病人了。

林守潔的腦子繞回去，又習慣性地拿出毛來比附說，「這首詞文字不錯，但格調不高，不是『衰園』『舊年』，就是『殘雕』『茌燕』，你看毛主席詩詞的氣象，『到處鶯歌燕舞，更有潺潺流水。』『踏遍青山人未老，風景這邊獨好。』『數風流人物還看今朝。』這樣的句子充滿光明，有一種鼓舞人心的力量，讀了精神振奮。」

程維德嗤之以鼻地說，「你記了不少毛的好詩，怎麼忘了去年發表的一首『鳥兒問答』？裡面有『不許放屁，試看天地翻覆！』寫得多好啊！翻遍中國古詩詞，有誰把「屁」寫進詩詞的！」

林守潔被噎住了。

爭拗為程維德的情詩作了鋪墊，他大方地把《長相思．無題》遞到林守潔手上。林守潔一看詞牌就臉紅了，詞意更一目了然，「苦吟知為誰？」他偉岸的身子包藏著細膩春情，撞擊了她堅固自閉的春心。她竭力自製不為所動，反用誚責的口氣低聲說，「你是新社會青年，為啥盡寫老八股的舊體詩詞。」

程維德慨然歎道，「是啊，我們連中學都沒好好上過，怎麼會寫舊體詩詞？我插隊的村裡有個右派叫柳直枝，他接受監督勞動，貧下中農派我去審問他的歷史。四九年，中共建政後取消律師職業，五四年上海、北京試點恢復律師工作，他在上海做律師，不料五七年又中止了，他就發了一句牢騷『一個國家怎麼可以沒有律師』，為此被帶上右派帽子趕回老家，因父親是地主，便成了雙重壞分子。

「我們兩人相處時，柳直枝一休息就掏出一本沒有封面的破書，我好奇地問，是啥書？讓我看看。我粗魯地從他手上奪來看，書脊上寫著《唐詩三百首》。從小聽說過這本書，還知道『熟讀唐詩三百首，不會作詩也會吟』，隨口問，你會背書裡的詩嗎？他反問我，你翻到哪一頁了？我說了一個頁碼，他一口氣把那頁上的詩全背了出來，我又換了幾頁，他也是倒背如流。我佩服地追問，你也會作詩了？他說會一點。他不敢給我看他寫的詩，只是告訴我如何作詩。

「我問他借過《三百首》，晚上或農閒沒事幹，就拿出來讀。唐詩的浩繁唯美教我驚歎，我也開始吟詠背誦會心得意的句子，漸漸上癮了，就琢磨押韻合轍平仄，興味盎然地寫起詩來。那一陣，常為一個切當的字徹夜搜索枯腸，一旦覓得又如沙裡淘到金，那份苦中作樂的滋味令人著迷。後來又找來宋詞一百首，學著填詞。」

說到柳直枝，我至今對他心存感激，他不但教會我如何寫詩詞，還給我解惑釋疑，使我認識了社會現實，他的受難就是一個縮影。毛主席搞土改，把他父親的土地和財產都沒收，一舉消滅了中國維持了幾千年的鄉紳階層；搞反右，又把他這樣的知識人打成敵人，中國從此不再有獨立人格士族階層。」

林守潔恍然大悟地說，「難怪你的思想那麼極端，對毛主席都是負面評價，原來你是受了右派分子的蠱惑，只看社會的陰暗面，寫出來的詞也充滿小資情調，缺乏光亮的色彩。」

程維德沉住氣說，「到底是我被右派蠱惑歪曲了現實，還是你被報上的宣傳蠱惑美化了現實，時間會作出結論。至於你動不動就給人戴『小資』帽子，我要問你一句，啥叫『小資』？就是有點資產的階級。剛才說了，經過土改消滅了地主，經過文革，資本家和高級知識份子都被洗劫一空，當下的中國除了高級幹部，全國只剩一個平民階級，我想當『小資』也沒本錢，你不是無的放矢？」

林守潔無以言對。

五　趕考，「烤」焦了

林守潔嘴上給程維德戴「小資」帽子，心裡卻被《長相思》溫熱了。她每天睡前從枕套裡拿出詩箋，賞閱薰染愛意的詞句和漂亮仿宋體。不過，她內心愈是激蕩，為防程維德的攻勢升級，外表愈強抑自己故作冷淡，程維德看著揪心，以為惹惱了她。幸好林守潔遇上一個難題，便顧不得佯裝，程維德來探她心緒，她急切地說，「今天不談詩詞風情，有件事要請教。」

程維德這才安下心問，「今天飛來了喜鵲？請教我？啥事能難倒你？」

林守潔煩慮地說，「前不久全國恢復高考，醫院裡不安於現職的年輕人爭相報名，我也想上醫學院回來當醫生。不過，高考停止了十多年，全國積累下多少人才，都在等這一天，考場就是百裡挑一的競技場。我為此犯難，報名吧，即使考七八級也只有半年時間，憑我的數理化基礎毫無勝算，考不上丟醜；不報吧，身為團委書記，就像不敢上戰場的戰士，臉面上也過不去，我不知如何是好？」

林守潔少了往日的自信，有點慞惶失措，程維德見了心裡暗笑，「在考試面前，你的『政治才能』失靈了！」他欲直言相告，憑林守潔現有的基礎知識，還是儘早斷念，但話到嘴邊又改變了主意，他建議她考中文系。他解釋說，中文系的主考科目是語文、政治、歷史和地理，可以臨時抱佛腳死記硬背。林守潔說，還要考數學啊！程維德說，他在農村插隊時自學過數學，有一套數學自學叢書，可以幫她補習。

林守潔覺得這主意不錯，中文系畢業可當專職行政幹部，便決定博一記，渾然不覺地落入程維德設下的「圈套」——利用幫她復習的機會培養感情，也教她明白啥是貨真價實的知識？她擅長的「政治」多麼空洞！

林守潔每逢中、夜班提前二、三小時來，然後在休息室請程維德輔導。數學難度超過林守潔預想，她只會解排列好的一元一次或兩次方程式，遇上應用題就束手無策，那是初中一年級的內容。文革期間搞「教育革命」，中學取消考試，學生率性上下課，她身上結著「革命」果實，如今才嘗到果實的滋味。

程維德頗為愜心，古代書生渴望紅袖添香，他卻「白衣扶筆」為林守潔「伴讀」，耐心幫她演示解題方法。

林守潔每次帶點小吃犒謝程維德。

一次，林守潔煮了一碗大餛飩給程維德，足有二十多個，她自己的小碗裡只放了幾個。他說，為啥都給我，這是點心，又不是晚飯。她說自己中午在家吃過了。他急吼吼地用調羹舀一隻放進嘴，邊吃邊嚷，「好燙─嗨─好鮮！」她笑道，「吃慢點，別燙了嘴！」

程維德贊道，「點心店都買不到這麼好吃的，是你自己做的？」

林守潔自滿地說，「那當然囉！」。

「你的廚藝不錯，比我媽媽做的還好吃。」

「哪裡談得上廚藝，餛飩的好壞全在用料上，我用一份薺菜一份鮮蝦仁一份肉糜拌和了做，能不好吃嗎？」

程維德嘴裡的餛飩更入味了，「難為你做得這麼精心，真不好意思。」

林守潔趕緊申明，「不是特為你，今天我阿姨來玩，我做了招待她們。」

如此否認讓程維德滿口留香。

一天晚上，林守潔在休息室等程維德，不意食堂炊事員錢羽飛先冒了出來。

林守潔見是錢羽飛，警惕地問，「是你？找我有事！」

錢羽飛嬉皮笑臉地說，「何必這樣生硬，沒事不可以找你？」

沒事林守潔當然不會理他。

錢羽飛的父親是海軍某艦隊副司令員，文革中被打倒，他從革命驕子一下子變成了「狗崽子」。中學畢業，他分到醫院食堂工作，他心裡不爽，整日牢騷怪話，自許是被打昏的小豹子，等待復甦雄起的時日。他早就打了入團報告，因家庭出身和人緣差幾年通不過，便藉口彙報思想搭纏林守潔。林守潔不能回絕「公務」，被迫接受他的約談。他有口無心地表白追求進步，甜言蜜語地尋求關心，還用色迷迷的眼神相覷，既為他入團說項，又傳遞戀慕之意。儘管每次談得不歡而散，林守潔卻擋不了下一次。

錢羽飛的怪招一出，心癢難忍的小夥子紛紛仿效，以各種名義約談林守潔。林守潔不勝騷擾後想出對策，教約見者先書面提交問題，如是有關入團等公事，她在團委黑板報上公開解答，如是個人思想問題，她用書面形式回復，這才阻絕了他們的攻勢。

錢羽飛受父親的影響，從小喜歡熱議政治，神吹胡侃中央領導，把歷屆中央政治局常委、委員，十大元帥、十大將背得爛熟，落難後仍處處抖露「失勢貴胄」「脫毛鳳凰」的驕橫。這次他報考軍事院校，一派志在必得的神氣，嘴上掛著拿破崙名言「不想當將軍的士兵不是好士兵」，好似馬上要繼承父親的衣缽，圓當將軍的夢了。他還向林守潔暗示，因他職業低賤她才看不上他，他要通過高考改變現狀，也改變他倆的關係。

錢羽飛一手把幾張油印紙放在桌上，一手遞上一盤素鴨，巴結地說，「我得到一份數學模擬題，是一位輔導高考的大學老師出的，讓你也看看；這是你喜歡吃的素鴨，我特意為你留著的。」在副食品短缺的年代，食堂炊事員名聲不高卻是一份美差，如聞聞臭吃吃香的臭豆腐。他用手上的勺子討好林守潔，賣飯時往她碗裡多裝點菜，還挑最大的魚塊肉塊蓋上去。

林守潔明知他居心不良，為應付考試，沒抵禦他的誘惑。

林守潔和錢羽飛正在看數學題，程維德進來，林守潔抬頭招呼說「你來了？」程維德見錢羽飛伏在桌上湊近林守潔，愣了愣後蹙眉說，「今天你還準備復習嗎？」林守潔趕緊解釋，「小錢從內部弄來模擬數學試題，他自己也要用，我只能抓緊看。」錢羽飛撇起嘴，用「嘎嘎」的鴨嗓門催林守潔，「你快抄吧，明天我得還給人家。」說這話時錢羽飛的三角眼向程維德眇了一下，一副佔先得勝的嘴臉。程維德看不下去，沒好氣地對林守潔說，「你慢慢看吧，我得去看自己的書了。」

林守潔望著程維德氣吼吼的背影後悔起來。程維德是錢羽飛的眼中釘。程維德當醫生，他只能圍著灶台炒鍋轉，油鹽醬醋瓶一齊打翻了，要不是文革，以他父親的官職，工農兵大學生這樣的好事是他的囊中物，哪裡輪得到程維德這樣的平民子弟？得知林守潔和程維德關係曖昧，廚房裡的爐火都成了他的妒火，程維德在他手上買飯，只能得到最小的荷包蛋或排骨。

好幾次，程維德在食堂飯桌吃飯，錢羽飛的羅圈腿一踠一踠搖擺著衝過去，活像一隻撲向水中的鴨子。他一壁用三角眼掃射程維德，一壁對程維德的鄰桌「嘎嘎」地說，「摔跤比賽得在擂臺上判高下，憑政治表現家庭出身上大學，這是哪門子規矩，中國歷史上可曾有過的這樣的怪事？」如果林守潔也在，他特意走近她問菜肴的味道如何，用親昵的張致氣程維德。

程維德羞恨地回到醫生辦公室，機械地打開桌上的書，卻一個字也看不進，耳邊盡是錢羽飛和林守潔嘁嘁喳喳的說話聲。

事後，程維德不失男子漢氣度，繼續幫林守潔復習。林守潔活受罪地惡補了近半年，臨考前連初二的數學都沒復完，便想打退堂鼓。程維德看了既愛憐又哀憐，恨不能代她去考試，但嘴上依然挖苦說，「你如半途而廢，就辜負了錢羽飛的一片厚意，除非你被他的素鴨吃葷（昏）了。」林守潔賭氣說，「你說吃葷（昏）就吃昏，我寧願在考場昏倒也不退下。」

硬撐的後果使考試成了走過場，就像小雞學老鷹飛翔，林守潔白忙活一場，唯一的收穫是知道了自己的斤兩，程維德的用心沒有白費。

錢羽飛也是口氣比力氣大，連考兩年都落榜，第二次他說自己差兩分沒錄取。詎料，為加快培養人才，教育部臨時增設大學分校，他報考的大學分數線下降三分擴招，他也沒戲，還應謊話被戳穿，成了打霜的茄子——蔫了。

袁少魁報考美術學院，也名落孫山。考前他信心十足。他在圖書室上班，沒事就看各種雜書，與文革十年荒疏學業的人相比，他文史基礎知識紮實，繪畫基本功又過硬。儘管如此，他對胡春芸歎氣說，這次不一定進得了大學。胡春芸說，既然憑真才實學，你怕啥？萬一今年不行，明年還可以再試！他說，不是怕文化考試，而是怕政審通不過！他大哥是市重點中學的尖子，六三年考大學因政審不過關進不了大學，最後將就上了一所大專。他的大姐是區重點中學畢業生，六五年考大學，那時政審更緊，結果連大專也進不了。如今他的爸爸還在勞改農場，他的家庭背景仍然漆黑一片，他怕自己也過不了關。

不幸被袁少魁言中，他通過了初審，卻沒通過復審，最後，沒有一個學校錄取他，他氣沖沖去招生辦查問，工作人員不無奚弄地說，「叫你爸爸來！」

袁少魁唯一的夢想幻滅了，好似捧在手上的精美玉器掉在地上，破碎了，再也無法粘合。他哭了，胡春芸一邊勸一邊比他還哭得凶，這個社會對他太不公了。

六　乍暖還寒

袁少魁魂散了，下班後，他不再碰畫筆，或呆坐，或蒙頭睡覺。胡春芸怕袁少魁過不了這道坎，幾乎天天晚上約他出來，耐心勸慰。早先，胡春芸見袁少魁一天畫到晚，就說，你不上美術學校，一個人關在屋子裡苦練，能畫出名堂嗎？袁少魁說，醫學等技術專業，必須經過學校系統訓練，但繪畫等藝術專業靠的是稟賦和靈性，有才氣的人只要刻苦自學也能成才。他以漫畫家張樂平和作家沈從文為例，他們都只上過小學，但一個畫出了享譽全國的漫畫《三毛流浪記》，一個寫出了《邊城》等許多著名小說。這一刻，胡春芸搬回這些掌故說服他。他卻說，文革時美術學校停辦，大家都是業餘學畫，他有自信，如今美術院校招了學生，他們接受專業指導和全日制訓練，他如何和他們競爭？

袁少魁鑽進牛角尖裡出不來，不僅為進不了美術院校，更是繞不過彎子，不住向天發問，為啥父親的事要影響他的一生？

這年嚴冬的一日，半夜突降大雪，清晨時強烈的白光從窗戶劈入宿舍，程維德被刺醒了，看窗外，已是別樣一個世界。他一邊對袁少魁大叫「下雪了！下雪了！」一邊穿上藍色羽絨服跳進園子。嫩滑的白雪密密鋪灑在光禿禿的各種樹枝上，在他眼中化成一棵棵巍峨的「銀花」，傲立在院落各處；風雨長廊的人字形屋簷，像一條長長的玉帶吊橋橫掛在半空，橋欄和亭子只顯出一個白色輪廓，是寫意國畫中的天然景象；一切汙濁被遮掩了，愛民醫院難得如此潔淨……程維德童心勃發，嬉戲著亂竄，球鞋到處，濺起「吱吱」的壓雪聲……

回宿舍後，程維德站在屋外的風雨走廊喚，「少魁，你出來看，下了一場好雪。」

袁少魁懨懨地起床，鼻子裡發音地說，「有啥稀奇的，又不是三歲小孩沒見過雪。」

程維德知道袁少魁的心病，走進門說，「對了，上次跟你說的上美術班的事，還有興趣嗎？」前不久，市、區文化館大門重啟，晚上開辦各種文化補習班和文藝創作班，吸引了渴求知識的年輕人，十分紅火。程維德參加了英語補習和文學創作兩個班，也誘勵袁少魁去美術班，他卻看不上。

「昨天我特意為你打聽了，授課老師不是美術學院講師就是專業畫家，課上一定能學到東西，你去了就明白了。」

袁少魁拗不過程維德的誠意，勉強答應先去看看。

袁少魁帶著幾幅油畫去報名，老師對他的作品大大嘉許了一番，他的自尊心得到了從沒有過的慊足，他也從老師的點評中看到老師的水準，便怡然入班學習，並很快成為班裡的高材生。

復舊的新風似彩蝶四處翻飛，程維德癖好的老電影解禁上演，他渴讀的外國名著重版上市，他第一次看到社會湧動起一股活力。他在創作班交出的散文《解凍》如是描述，「……越過漫漫寒冬，終於迎來拂面的春風，如密閉的山洞倏然裂開一條罅隙，受困的囚徒歡見幾縷扎眼的陽光；似開不到盡頭的悶罐子車臨時靠站，長途憋忍的乘客傾身而出，貪婪地吮吸一口新鮮空氣，舒坦地伸一個懶腰，感受掙脫監禁的自由……」

以前林守潔找程維德給黑板報寫稿，他駁不了她面子才塗鴉一篇，這次他主動交出一首詩，不過附帶申明，這不是詩，是表達心聲的口號——

「啊，春天來了！
這是一個真正的春天！
是億萬人等待了十年的春天！
冰封的大地解凍了！
和煦的陽光歡笑了！
……」

林守潔明白，這確實是一排口號，是程維德急於表露的喜悅。她早就注意到，程維德近來換了精神頭，每週四個晚上去區文化館，空餘時不是習英語就是寫作，忙得不再有閒工夫。她上中、夜班時他不常來了，護理完病人回辦公室，看著他常坐的椅子空空如也，她自覺被他冷落了，手上的空藥盤填滿了失意。當那張柔順的笑臉不再出現時，她才看穿自己，內心裡一直在期盼著他，只是不願向他承認，更不願向自己承認。

事實上，是她過分在意誇大了程維德的行為。

碰上林守潔上中班時去文化館，程維德總是匆匆趕回來，哪怕過了十點也會去護士辦公室，亢奮地和她談各種見聞。看著程維德樂陶陶的勁頭，林守潔明白，他天生一個弄潮兒，在僵死的社會，他是一條被甩上岸的乾涸的魚，如今，藉著高漲的潮水回到海裡，在激流中恣肆游弋。但她沒有明白自己，面對社會出現的變化，意識和認知還停留在文革，似下閘後的火車，著陸後的飛機，憑動力慣性繼續滑行，無法即刻停止，成了一塊擋道的頑石。

她一聽程維德抨擊文革就爭鋒相對地反擊，一聽他談政治改革就嘲諷，借公共議題吐露被「忽略」的私怨，她有著說不出的憋悶，無形中視捲走他的新潮為「情敵」。

程維德沒看破她的心曲，常被她說得摸不著頭腦，只好無所適從地苦笑道，「你說到哪去了？」有時被她的氣性話弄掃興了，就待在醫生辦公室悶頭學英語。

林守潔以為他賭氣避她，更加煩躁上火，一個人在護士辦公室靜不下心，就以病人有事為藉口去找他茬。

一次，她去時他正巧在聽美國之音，就非難他，「你在聽美國電臺？」

程維德不慌不忙地承認，「是啊，我利用美國之音學習英語。」

林守潔挑剌說，「上海人民廣播電臺也在教英語，你為啥不跟他們學？」

「練聽力當然美國之音正宗，是原汁原味的英語麼，再說他們教英語的調子和藹親切，不像國內播音員那麼生硬。」

「難怪要禁止聽敵臺，看你，已經聽迷糊了。」

「跟你說，我只是跟著美國之音學英語，沒有聽其他節目，『敵臺』兩字可不能隨便套用，那是一頂嚇人的大帽子！要在前幾年會抓進去坐牢的！」

「你知道非同小可為啥還不注意？我相信你是跟外國電臺學英語，別的人聽到會怎麼看？」

程維德「呵呵」笑著「譏誚」說，「謝謝你的好意，不過，只要你認為沒問題就好，醫院裡比你覺悟高的有幾個？」

林守潔沒消一口氣，還討了一個沒趣。

那時，北京和上海等地出現了民主牆，程維德和創作班的幾個同學辦了一份《民主論壇》，先以大字報形式張貼在民主牆上，後來貼大字報的人太多，剛貼上去就被覆蓋，他們就油印《民主論壇》小冊子，向看大字報的人派發。

程維德和同伴注意到，有便衣混在看大字報的人群中，他們拿著照相機假裝隨意拍攝，卻盯著貼大字報和派發小冊子的人，還手提袖珍卡式錄音機偷錄演講人的話。他們感到了潛伏的危險，互相叮囑小心謹慎，見到形象可疑的便衣停止活動。

程維德鼓動袁少魁也去民主牆看看。他說，「民主牆上貼滿各種形式和內容的大字報，都是突破官方禁忌的言論：有深刻揭露文革暴行的；有大膽宣導自由民主的；還有類似題材的詩歌、散文和短篇小說等。依我看，你也可以把你父親的冤案和你自己的經歷寫出來貼上去，讓更多人瞭解『胡風反革命案』是怎麼一回事，也為歷史留下一份真實的記錄。」

袁少魁說，「記錄啥？記錄父親寫了啥讓他被關二十多年？可笑的是，至今我都不知道那些文字，連牽累我半生的父親也只見過一面，還是在監獄裡。那次探監的情景我終生難忘。父親與我和媽媽隔著長條桌，他伸長手要和我握一下，我卻拼命把手往背後縮，父親難過的直掉淚。那天父親不停地只對媽媽和我說一句話，『我對不起你們！我對不起你們！』我跟著哭了，我一哭，爸爸更加一疊聲地說『我對不起你們！』他不知道，我不是因為想念他而哭，而是為自己哭。父親逮捕時我不滿三歲，對父親毫無印象，第一次看到的父親竟然如此形象：剃著光頭，面孔黧黑枯瘦，穿著邋遢囚衣，回到上海一定被當做要飯的。所以，我擔心一件事，萬一讓同學知道我有這樣一個父親，我的面子往哪放，我還怎麼做人？回家路上，我哭著跟媽媽說，我不要這樣的爸爸，望他永遠不要回來。媽媽這才第一次跟我講爸爸的案子，再三強調爸爸是被冤枉的……唉，不說了！」袁少魁已經帶著哭腔了，「這些年，別說寫這些事，我強迫自己不要去想，因為一想起來就滿腹『卑憤』，是自卑和憤怒，那是一種做不了人的感覺，一種近乎自賤為畜生的感覺……」

「少魁，你這樣想過於消極。只有把冤案的真相揭示出來，才能警醒更多人明辨是非，才能杜絕類似慘劇的發生？試想，如果參與大學招生的人認為你父親是無辜的，你完全有可能通過政審，這就是民主牆存在的價值。」

「不！不管你說啥，我沒這麼樂觀。最近我想穿了，不上大學就不上吧，哪怕苟且偷生也不落下文字受爸爸那樣的罪！」

程維德遺憾地說，「當局最樂見你這樣的態度，民眾逆來順受，隱匿冤情，遺忘一切，就沒人追究他們的罪責，所以他們非常害怕民主牆，派了許多密探監視參與民主牆的人。」

袁少魁自我譬解說，「可見，我不去撞槍口，沒錯！」

一天晚上，程維德十點多才從民主牆回院。未料，他推著自行車剛進通往宿舍的甬道就撞上林守潔，好像在等他，便訝然又高興地說，「你今天不上中班，這麼晚了還不回家，站在這裡做啥？」

林守潔用與早春同樣冰冷的語調說，「找你有事，宿舍裡見不到你的人影，我只能在這裡恭候！已經等你半小時了！」

程維德聽出了她的怨懟，忙不迭停了車，搓著冰冷的手說，「不好意思，教你等這麼長時間，有啥急事？」

「你缺席今晚的團組織生活，會上傳達團中央文件，我必須給你補課。」

程維德不當回事地說，「啥重要內容這麼急切，明天不能說？」

「事關重大，我才不顧大冷天在這裡等你！最近，一部分年輕人受西方思潮的影響，追求西方式的所謂自由民主，搞出一個『民主牆』，不少壞人乘機出動，利用民主牆惡毒攻擊毛主席和華主席，發洩對社會主義的不滿，破壞安定團結的大好形勢。團中央告誡各級團組織，密切注意青年動向，防治他們參與捲入。」

程維德挑戰地說，「難道看大字報也犯法，要受處分？我經過淮海路和人民廣場的民主牆時也會看大字報。」

林守潔憂心忡忡地說，「看大字報當然不犯法，我擔心，以你的性格，看著看著難免會捲進去，弄不好再犯錯誤！」說這話時，她迷人的眼波漾出溫婉的暖色。

程維德不失時機地試探說，「我要是捲進去，你準備怎麼處理我？」

林守潔頓了頓，既是審視又是正告地說，「要真那樣，按組織紀律處理，我不會徇私通融！」

程維德抓住她落下的把柄，乘勝追擊道，「我和你有『私』麼？」

林守潔凍紅的顏面更豔了，佯作奉公辦事地說，「你不要咬文嚼字，我該傳達都傳達了，你自己掂量吧！」

林守潔消失在暗夜，程維德心裡「咯噔」，幸虧對她隱瞞了一切，不然，出於阻止他犯錯的好心，她也可能向團組織告發。

一天下午，程維德去給《民主論壇》送稿件，他調休半天，向林守潔交代，病人有事找值班醫生。暗下慪氣的林守潔找到了滋事的藉口，詰責道，「最近也不知你忙啥？過去你晚上都來觀察病人，現在白天都顧不上病人了！」

程維德撒謊說，「文化館臨時有點急事要去一下。」

林守潔疑心道，「文化館不是晚上活動麼，怎麼白天也有事？」

程維德只得繼續胡編，「文學創作班辦了一份刊物，我是編委，要開編務會。」他說最近實在太忙了。

「是啊，你去文化館學寫作，交流的人多了，自然事多了，再說，你是到了多事的年齡了！」這話一出口林守潔就懊悔，她自己都感到其中醋味，那不是猜忌他在談女朋友？她酡紅了臉，卻收不回了。

林守潔好似冰天裡一鍋李鴻章油湯，寒氣漂浮的表面覆蓋著滾燙的熱流。程維德無意識的「疏遠」測出了「花瓷磚」的溫度，但他太專注社會活動，忽視了她的微妙反應，沒窺透她隱諱的怨慕。

「民主牆」運動因鄧小平覆手為雨被鎮壓，《民主論壇》的一個成員在派發小冊子時被捕，他一人頂罪被判三年，程維德的文章用的是筆名，逃過一劫。

七　玉蘭獨嬌

一個禮拜天的晚上，林守潔肩背被褥，手拎裝熱水瓶洗臉盆的網兜走向宿舍。

文革期間上山下鄉的知青鬧返城，林守潔在郊區農場的弟弟搞病退返回上海，家裡只有兩間斗室，她只得申請住宿。胡春芸在江西插隊的哥哥也回來了，比她先進宿舍。職工宿舍人滿為患，每間屋子放四張雙人床，林守潔和胡春芸睡上下鋪。

程維德早就在宿舍大門口等林守潔了，遠遠見到她馬上大步迎上去，笑著說，「我幫你把行李拿上樓吧？」

林守潔心下感動，第一反應卻是怕旁人看見，推辭說，「我自己行，不用你幫忙。」

「這麼大的包裹你怎麼拿上樓？」程維德說著伸手去接。

林守潔趕緊制止說，「別動，給人家看了像啥樣子？」

程維德若無其事地說，「誰這麼早回宿舍？再說，我們又沒做見不得人的事！怕啥？」

林守潔只得說，「不是怕人看見，我自己能行。」說著下意識地掃了周圍一眼，「這樣吧，我先把這只網兜拿上去，你幫我看一下這只被褥包裹，我回頭來拿。」說完她提起網兜上去了。程維德明白她的意思，等她走了一段才杠起包裹尾隨著上樓。林守潔在房間放好東西再回頭，用身子把他堵在門外說，「你幫我拿上來了？勞你的駕了！」說著接過包裹，這時聽到有人上樓，趕緊說，「對了，我要去病房更衣室拿東西，我們走吧。」她怕人見到程維德進她宿舍，那就太不像話了！

他們在樓梯口碰上胡春芸，林守潔此地無銀地解釋，「我的手電筒從網兜裡掉出來，程維德撿到了送上來。」沒說完臉就發燙，程維德不揭穿她，只是會心地遞過一粲。

次年春天的一個早晨，桑榆河雨後漲潮，煦暖的風撩起水面，不停地逗弄北岸新芽碧嫩的垂柳，南岸的桃花塢裡，沒煮熟的桃花尚未奔放，只有蕾蕊伸長頸脖張望，卻是最招人的當兒。

程維德走進花團錦簇的桃林，手拿卡片背英語單詞，不意在小徑撞見林守潔，只見她站在一棵桃樹前，右手輕壓著一支橫逸出來的桃花觀賞著。她穿一件碎花的罩衫（她總算換下了藍布衫），顴骨泛出兩片紅霞，在明亮的花色下，這副看似村姑的打扮，恰到好處地襯托出她的古樸清淳，簡直就是一副活的仕女圖。

他欣快地迎上去，「你這麼早就來賞花？到底也被『小資情調』感染了！」她的容顏映滿繽紛的桃花，像一隻嬌怯豔紅的小鳥，看得他迷醉難忍，真想撲上去輕輕地吻一口。

林守潔難得調皮地回敬，「我不來看花，你把粗瓷杯裡的花送過來我怎麼拒絕？」

程維德說，「現在那只粗瓷杯送不出手了，再送就得買一只上品的花瓶，再插上帶著春露的桃花，那才叫美，你要嗎？」

「難道我一定要盲從『小資情調』？再說，桃花雖然好看，畢竟太豔麗太招眼，散步時經過這裡看看就夠了，整天放在面前盯著看，要花眼的。」

程維德笑了，「你倒說出了古人評桃花的名句『顛狂柳絮隨風舞，輕薄桃花逐水流』，這樣說來『桃花運』也難交了！」

林守潔紅了臉趕緊轉話題，「比較起來，我還是喜歡白玉蘭花，雖然樹上的花苞不及桃花多，但有一朵是一朵，清麗素雅惹人愛。」

程維德又抓住話頭說，「你說出了白玉蘭花的秉性。它在春寒料峭時盛開，有一種傲然冷豔的美，傲然到不用綠葉陪襯，冷豔到讓人不敢靠近。」說完，他盯著她看，她避開他鷹視的目光，再壓低樹枝，佯作細察桃花的花蕊。「既然你這麼喜歡，明年開花時我一定給你摘幾朵。不過，院裡矮的白玉蘭，我可以站在凳子上摘，三、四米高的搆不著，有點『高不可攀』了，我得問花匠借帶竹竿的大剪刀……」

林守潔聽出程維德用重音說「高不可攀」，繼續裝傻說，「你這樣剪下來，好好的花不是被摔壞了？」

「我用破被單扎在樹枝間托著，不會損傷花朵。再說，我不去摘，不去品賞，再好看的花不也在樹上白白枯死？那才是糟蹋呢！」程維德說完再次深情地盯著林守潔，看得她難為情地轉過頭。

程維德心下嘆惜，林守潔沒意識到她自己也是一枝稔色的鮮花，宛如暗夜月色下一朵異豔的美人蕉，卻冷然地拒絕別人歎賞！

翌年白玉蘭花開的一個傍晚，程維德摘了幾朵銀綢似的白玉蘭花，用大紅紙紮成漏斗托住，裡面放著一張有花邊的信箋，上面用漂亮的仿宋體寫了一首詞——

一剪梅

題林守潔之白玉蘭

春淺林園少蕊芳。
白玉獨嬌，搖曳霓裳。
銀樽古色惑今夕，
處處花魂，幽遠清香。
不辨奇妍自悴荒。

歆慕何人？鬱鬱悽惶。
仙葩難耐夏復秋，
無盡情懷，空訴衷腸。

程維德敲開林守潔宿舍門，把手上的花束遞到她手上，「這是你喜歡的白玉蘭花。」

林守潔驚道，「你還真當回事啊，這麼記掛在心！」

「難得有你喜歡的花，我能忘得了？」

「可惜我從來不備花瓶。」

「這麼動人的花，隨便找個杯子插進去都好看，甚至就這麼橫臥在窗臺上也很雅致。」

林守潔接過花說，「好了，我一定放妥貼。」又不忘補上一句，「你不要老是把心思放在花花草草上！」

林守潔關注的都是正經大事。住宿後，她把上班時的身分帶到下班，以領導的眼光審察住宿者，最招她嫌的是袁少魁。

袁少魁在美術班恢復了自信，開始以畫家自居，一改不修邊幅的頹廢樣，弄出先鋒派藝術家的新潮打扮，留著過耳的長髮；穿起社會上剛流行的喇叭褲。

林守潔看著袁少魁不男不女的浪蕩樣就窩火，好幾次衝袁少魁的背影對胡春芸說，「他的喇叭褲腳管拖到地上，快成掃帚了，比文革掃四舊時的『奇裝異服』還招搖，丟人現眼！」

胡春芸不悅地說，「他的喇叭褲是從商店買來的，允許商店出售就允許大家穿，大家都不買，商店不要關門？」

胡春芸自己也開始翻行頭，服裝店的款式比以前多了，她有了挑挑揀揀的餘地，總是換最時髦的穿。

胡春芸和林守潔在穿著上一向不合拍。上衛校時，胡春芸就受不了終年不是藍就是上青色的衣衫，買來花布縫了幾個假衣領，穿兩用衫時敞開最上面的紐扣，露出一段三角形的頸項，把花布衣領翻出來，鏡子裡的人像頓時亮麗了。胡春芸正為自己的巧妙設計自得，林守潔卻看不順眼，示意她不要過分打扮，在班裡太招眼，影響不好。胡春芸不服氣，「你自己荒蕪一張漂亮臉蛋，穿得像老太婆，還教我也學你的樣？」

林守潔看不慣袁少魁和林守潔還另有因由。胡春芸有時禮拜天都不回家，去袁少魁宿舍點煤油爐開小灶，儼然一對小夫妻。她責備胡春芸說，「你們還沒打結婚證書，整天黏在一起成何體統？」

胡春芸不無牴觸說，「我已經老大不小，不再是不懂事的中學生了！」

上中學時，林守潔當紅衛兵排長，她推薦胡春芸參加校文藝小分隊。小分隊排演京劇《智取威虎山》片段「常寶訴苦」，胡春芸扮演小常寶，兩個男同學一個扮演楊子榮，一個扮演常寶的父親常獵戶。根據劇情，小常寶撲在父親的懷裡抽噎，還和楊子榮手把手。胡春芸和扮演楊子榮和常獵戶的男同學排戲時互相切磋，出了排練場也不再說話。一次，林守潔看了他們的排練後批評胡春芸說，正式演出時你不得不撲在「父親」懷裡、和「楊子榮」拉著手，排練時你就不必和「父親」貼得那麼緊，和「楊子榮」的手也不用抓得那麼牢。胡春芸發脾氣說，「你讓我去小分隊，現在又疑心我行為不檢點，快把我當『賴三』了！」她摜紗帽不去演出了。林守潔這才緩和語氣說，她只是預先提個醒，萬一別人看了會生出閒話，也是為胡春芸好。

進愛民醫院工作的第一個秋天，胡春芸摘了茉莉花別在紐扣上，林守潔說胡春芸身上帶著香氣給病人打針發藥，不知病人怎麼想？胡春芸氣道，「病人不喜歡聞香氣難道喜歡聞臭氣？」

胡春芸已不願事事依從林守潔，在愛戀這樣的大事上當然更加執拗，還處處為袁少魁辯解，林守潔十分不悅地說，「現在，你不僅懂事了，還有男朋友做靠山，哪裡在乎我這個小姐妹。」

胡春芸訕笑一聲，「你說反了，是你不在乎我，才不顧我的感受，不尊重我的選擇，總是帶著有色眼鏡看袁少魁。你的話我反覆考慮過，最終我想明白，我是找男人，不是找政委，如果他本人品行不好，或者花天酒地糟蹋錢財，可能影響我未來的生活，他的個人喜好和我有多大關係？」

林守潔被嗆住了，半天才吐出話，「既然你想好了一切，就算我多嘴，我也醜話說在前，萬一他弄出啥事，你受牽連別怪我不講情面！」

八　舞場跳不起民主

不久，文化館晚上開起了舞會，如磁鐵吸金屬末屑，年輕人蜂擁而至。袁少魁喚來胡春芸，文藝小分隊出身的胡春芸一學就會，跳起來渾身帶火，逸興飛揚。他倆在舞場和諧相伴，人變得輕飄飄了，從文化館跳到宿舍，晚上在走廊裡傳授，程維德也跟著學會了三步、四步。

一日，吃罷晚飯，林守潔和胡春芸從食堂出來，胡春芸一進風雨長廊就情不自禁地哼著歌轉起了舞步。程維德和袁少魁走在後面，袁少魁說，「春芸，你腳頭那麼癢，為何不教林守潔組織舞會？」

胡春芸停下腳說，「我催過她幾次了，她哪裡肯聽，她這種鋼化腦袋，大概只有程維德撬得動！」

程維德樂見同事如此調侃，便瞥向林守潔笑道，「打復甦藥的針扎不進鋼化腦袋，除非做換腦術，可惜我不是外科醫生。」

林守潔腦子裡的交誼舞都是負面的，在講述「解放前」故事的電影中，跳交誼舞的都是反派角色，跳舞等於是黃色淫亂的代名詞，參與的人都是流氓阿飛。六二年，放射科曹醫生因組織家庭舞會被勞動教養三年。如今開禁，難道要回到糜爛荒淫的解放前？她不滿地衝程維德說，「你怎麼也趕這種時髦！」她一出口就恨那個「也」字。

程維德翹起淡眉寫下得意，步步緊逼道，「不是我趕時髦，是你的意識落伍了，舉辦舞會可以豐富青年的業餘生活，我們醫院按兵不動，青年人早有意見了！」

林守潔說，「現在許多團員不參加團組織生活，一旦跳舞成風就更沒心思坐下來政治學習了！」

程維德說，「你正好說反了，正因為團組織生活不是讀報就是學文件，讓人生厭，許多人找藉口缺席。團委要改變活動形式，組織唱歌跳舞活躍氣氛，才能吸引更多青年，你何樂不為？」

衛生局團委對跳舞也持放任的態度，僅指點下屬團組織「端正舞風，適度控制」。林守潔禁不住他們的鼓噪只得鬆口，「這樣吧，團委不能出面組織，你們以自發名義開我不干涉。」

星期六晚上，程維德、袁少魁和胡春芸等人在食堂拉場子，院裡的年輕人幾乎都來了，林守潔嘴上說不干涉，又怕出亂子趕去監督，也有抑不住「觀摩」的好奇心。

「小城故事多，充滿喜和樂，若是你到小城來，收穫特別多。」伴著鄧麗君甜美的歌聲，袁少魁拉上胡春芸、程維德邀了一位護士等十幾對舞伴上場了。

錢羽飛也來了，還從院外帶來一個女舞伴。

錢羽飛的父親平反了，因患慢性疾病不再返回部隊，就去市文教委掛個閒職，是有權不費神的美差。文教委是衛生局的頂頭上司，他輕輕地提一句「我兒子錢羽飛在愛民醫院」，衛生局趕緊向愛民醫院發話。

錢羽飛早就等著這一天了，也早就在為這一天做準備了。他從小過著吃飯靠廚師，起居靠保姆的生活，父親倒臺讓他失去一切，甚至沒資格參加紅衛兵或共青團，他嘗到了無權無勢的滋味，也明白了生存之道，開始掂掇對付社會的策略。他在炊事上偷工減料暗泄私憤，對團幹部是一邊表忠心，一邊發牢騷，唯獨對院領導奉承諂媚，投其所好。醫院每週兩次政治學習，若是部門小會，他搶著發言表現自己；若是全院大會，院領導講完話，他就站出來高調表決心：照領導的指示努力學習，努力工作。領導樂見下面的人逢迎，就把他當作可以教育好的子女。最管用的還是手中的勺子，他記住領導的口味和嗜好，美其名曰，領導開會忙沒時間排隊，為領導留著緊俏的菜肴，極盡拍馬之能事，從院長到各部門領導，一個也不落下。

父親復職，錢羽飛就是受迫害的老幹部子女，衛生局領導對愛民醫院負責人作了暗示，院領導本來就對他有好感，就讓他先順利入團，再擔任食堂小頭頭，醜怪的脫毛鴨立即披上了天鵝的羽毛。

舞禁未解，錢羽飛就和一幫烏衣子弟在家跳起來，事後還在食堂眉飛色舞地賣弄他們舞會的排場，吹噓許多漂亮女郎都想擠進去。他引誘林守潔去見識見識，她不客氣地說，「你忘了放射科曹醫生跳黑燈舞被判刑？難道你也想去坐牢？」他狂浪地哈哈大笑說，「那是老黃曆，那樣的時代一去不復返了。」她說，「既然如此，我按我的老黃曆過日子，你按你的新潮流放蕩，我們各不相干！」

錢羽飛碰了一鼻子灰仍不甘心，這次特意把女舞伴領到林守潔面前，說是互相介紹，實在是向她炫耀。他強調是「舞伴」不是女朋友。言下之意，「女朋友」的位子還為林守潔留著。他的女舞伴長得不錯，比他還高幾公分，兩人站在一起，教人想起矮腳虎和扈三娘。

錢羽飛總是往林守潔站的地方跳來跳去，她就別過臉肅然地梭巡，也在下意識地跟蹤程維德。他高大的身軀和錢羽飛同處，就是鶴立雞群的注解。不過，因舞技生疏和拘泥，他的手腳還沒自如放開，跳起來略顯笨拙。

林守潔反感男女相擁的跳舞形式，當然特別介懷程維德的舞伴，但她的心態竟然是妒忌，所以在看程維德時，忍不住酸溜溜睃護士一眼。程維德也在找林守潔，他的目光越過舞伴的頭頂炯炯射去，為了不被他看破心理，她總在被他逮住前的一瞬間扭過頭，佯裝在看別人。

程維德只會跳四步三步，換上探戈吉特巴就下場了，場上只剩下袁少魁和胡春芸、錢羽飛和舞伴兩對滿場旋轉踮跳……

錢羽飛跳得很瘋，可惜沒有一具跳舞的身子。一米六的矬子，又生就一副羅圈腿，怎麼跳怎麼礙事，步子快了就成了蹦躂，旋轉起來似圓規劃圈，待到慢步時更不堪入目，羅圈腿支著粗短的身子，鴨步鵝行地搖來擺去，腳下的喇叭褲管似鴨蹼擺動，有一種卓別林式的滑稽，他自鳴得意的表演引來一陣哄笑。

程維德悄悄站到林守潔身邊，這時厭惡地哼出聲，「真是出醜！」探戈完了，他趕緊去卡式錄音機換回四步舞曲，是鄧麗君唱的《月亮代表我的心》，「你問我愛你有多深，我愛你有幾分……」這次上舞場的人多了，會的帶不會的，生的伴熟的，舞場差不多擠滿了，舞會進入了高潮。

「我的情也真，我的愛也真，
月亮代表我的心……」

程維德衝動地走近林守潔，「我請你跳一曲，能賞光嗎？」

林守潔霎時兩頰緋紅，緊張地說，「我沒學過，哪能會跳！」

「誰又是天生會跳的？你看，那麼多人不都在學嗎？我也不過剛入門！再說，你太極拳打得那麼漂亮，跳起舞來一定好看！」

林守潔仍然退縮著，「不行，我不行！」

沒等程維德迫近林守潔，錢羽飛幾乎摔倒似地跳著鴨步搶先滑到程維德和林守潔之間，擋住程維德貼近林守潔，然後前傾上身右手從左到右劃一道弧形，擺出紳士式邀請架式，窘得她又羞又惱地往後躲避，嘴裡連說，「我不會！」錢羽飛再次伸出邀請的手，近乎拉扯地說，「一回生兩回熟，我帶你舞兩圈就會了！」她使勁甩了一下手，作出撇開錢羽飛的動作說，「不用你教，我不喜歡，更不想學！」說這話時，她下意識地掃程維德一眼。

林守潔說得這麼絕然，堵死了她走進舞場的路，可恨的錢羽飛！她從此沒再上舞場，也失去了和程維德跳一曲的機會。

不久，團委例行「改選」，林守潔覺得程維德能力強，有意讓他進團委開創新局面。不想，程維德「不識抬舉」地拒絕說，「老實告訴你，入團是我很慚愧的一件事。上中學時，凡想上進的誰不爭取入團？我也曾積極申請，但因經常向老師和班幹部提意見，就被認為是刺頭兒，到畢業也入不了。去農村後，出了林彪事件，又結識了柳直枝，我看清了黨、團組織的真相，也就不再有興趣加入。直到被選拔上大學，公社領導說，這位先進知青咋不是團員？為了上大學，我違心地『火線入團』，現在我只想早一天離團，可以早一天擺脫良心的不安。」

林守潔不能表露自己的款曲，打幌說，「有許多團員提你的名，說你思想開放，點子多，能活躍團組織生活。」

程維德聽了很窩心，便說，「真有那麼多團員信任我，你就不要指定候選人，試行公開選舉，讓選票來決定。」

林守潔被逼急了說，「你如被選上，會當嗎？」

「那當然，我尊重民意，這是我提議公開選舉的目的。」

林守潔沒料到這步棋，但話已出口不能收回，只得放棄原則同意試一次。

這是難得的民主實踐，程維德動起了真格，小題大做地展開起競選活動。他在風雨長廊張貼「競選宣言」，向團員宣講自己的主張，「保持團組織的獨立性，增強團員的民主意識，運用團員的民主權利」等等。他還逐個徵求團員的意見，聽取他們改善團組織的想法，以此拉票。

程維德強調「幫助解決大齡青年結婚住房」，說到了胡春芸的心坎上。她和少魁的關係瓜熟蒂落，獨缺愛巢，按他們的年齡，靠單位排隊分房遙遙無期，他們整日為結婚用房犯愁。為早日拿到房子，她為程維德搖旗吶喊地助陣。

錢羽飛借父親的光，已被領導內定為團委候選人，公開競選成了他往上爬的障礙，他不甘認輸，要賭一把。他摸透了團員的心理，一個小恩小惠勝過一打誓言，新上映的電影《少林寺》一票難求，他開後門為每個團員搞來一張。

林守潔毫無競選意識，不會拉票，只覺得自己被放在火上烤，只能模仿程維德貼了一份「宣言」，「請大家用選票評定我的工作」。她心下怨尤程維德，「你不願當團幹部就不當，為何折騰出這些花樣？我當不了沒關係，卻受不了讓人評頭評足。」

最後選舉出五名委員：程維德憑眾望得票第一；團員念林守潔當團委書記多年，沒有功勞也有苦勞，位居第四；錢羽飛憑那張電影票名列第五。

林守潔主動給程維德讓賢。誰知，李湘筠蒞臨分工會議並傳達黨委決定：團委書記必須由黨員擔任，讓林守潔繼續任書記，程維德擔任副書記。

如此「掉包」使競選變質，程維德的臉色難看，因涉及林守潔沒表示。

李湘筠又說，錢羽飛寫了入黨申請，積極靠近組織，為了給他壓擔子，建議他擔任團委第二副書記。

程維德忍不住了，他不客氣地反駁說，「黨委的決定有違競選協議，團員們認真參加競選，就得尊重他們的選票，不然，就是欺騙他們！」

李湘筠面有慍色地說，「小程啊，我理解你的心情。你得票第一，對這樣的分工當然不滿意，你可以保留自己的意見，但必須顧全大局。」

「李醫生，我強調的是尊重團員的選票，黨委想改變選舉結果，應該先回饋給團員討論，以求得他們的認可，否則失去他們的信任，就無法建立新一屆團委的威信。」程維德聲言，黨委如不顧民意強制推行，他就退出團委。他忘了處境尷尬的林守潔，投鼠不忌器，一竿子下去，把她也捎帶上。

林守潔的自尊心受到了傷害，哭喪地說，「李醫生，我也沒臉當這個書記！」

李湘筠要借團委分工否決競選。兩年前試點區人大代表競選，愛民醫院有人提她的名，但第一輪投票就被篩了下去，她就此恨上了競選，便不容置疑地說，「小林，誰當書記由組織安排，你本人只能服從，就這麼定了！」

程維德不服李湘筠，但見不得林守潔的眼淚，勉強答應擔任副書記。程維德和林守潔一起工作，常因觀點相左產生分歧。程維德不同意林守潔的意見，她就認為程維德看不上她，便感情用事地和他頂牛。錢羽飛則火上添油，無論林守潔說啥都為她站臺，林守潔明知他別有用心，但她需要有人支援，結果弄成她和錢羽飛一搭一檔，程維德反擊使壞的錢羽飛，也把她推向了對立面。

林守潔和程維德在已有的「私怨」上又添了「公憤」。

九　裸體畫風波

袁少魁進美術班一年不到就嶄露頭角，成了文化館小有名氣的業餘畫家，便想在畫技上有所突破，就試探著央求胡春芸說，「素描是油畫的基礎，美術老師說，在西方國家，美術學校請來裸體模特供學生練素描，所以他們的油畫技術才如此出色。老師說，憑我的藝術稟賦，如有那樣的條件定能產生飛躍。可惜，中國人思想保守，哪個女孩肯來文化館做裸體模特？我想了很久，如果你願意……」他含住後面的話看胡春芸反應。

胡春芸光聽「裸體」兩字就耳熱心顫，那是黃色下流的同義詞，做裸體模特不亞於做妓女，便生氣說，「你想教我做裸體模特？你把我當啥樣的人？」

袁少魁拿出老師借給他的外國油畫冊，向胡春芸展示幾幅女性裸體畫像，再三強調那是藝術，勸誘說，「你不過是給我一個人看，又不是給眾人做模特。」還暗示，他們已心照不宣地定了終身，只因無房結婚才沒去登記。

胡春芸不情願地提醒他，「我一旦給你做模特，就是以身相許，我是不會給別的男人看自己裸體的。」

不久，袁少魁與同仁成立民間畫社「野草社」，為此籌備了一個出示社員作品的畫展，他決定創作一幅震撼觀眾的作品。

掛著長方形蚊帳的單人床兩邊八字形吊起，有如舞臺兩側垂懸的帷幕，袁少魁教胡春芸裸體側臥床上，右手擱枕支著頭，擺出隨意小憩的姿勢。他讓畫定格在裸女慵懶之美的動人瞬間。顧慮到中國人的觀念，他用斑駁的色塊凸現乳房，還在裸女的小腹處披了一條紗巾，因光線不足裸女的面容朦朦朧朧，有一種若隱若顯天仙般的美。

拿出《帳中裸女》前袁少魁有顧慮，時下雖然被稱為新時期，但畢竟走出文革不久，觀眾能否接受這樣的視覺衝擊？他徵詢程維德的意見，「《帳中裸女》是否太狂放超前？」程維德為他鼓勁說，畫展的目的就是激發創意，正因為人們的觀念保守，更需標新立異的前衛作品去啟蒙。

《新時期畫展》開幕，報紙電臺紛紛報導介紹，《帳中裸女》引發極大爭議，報紙為此開專版爭鳴，更多觀眾聞訊而來。正巧趕上「清除精神污染」運動，美術協會「檢查官」認定《帳中裸女》是「色情」作品，下令中止畫展，還追查袁少魁的來歷。

林守潔奉命召集團委幹部討論。她腦中認知的「美術」不是毛的畫像和石膏像，就是工農兵的宣傳畫，袒胸露肩已是傷風敗俗，裸體當然是黃色淫穢了。她說，「這個袁少魁，自以為是藝術家了，留長髮穿喇叭褲，事事別出花樣，現在竟然畫『裸體畫』，充分暴露了他反革命家庭出身的階級烙印，再不整治如何得了？」

程維德反駁，「你應該先去看畫再下結論，別跟著上面盲目斷『葫蘆案』！」

林守潔不知「葫蘆案」之意，斷然說，「《帳中裸女》！我聽到畫名就噁心，憑畫名就可以斷定是黃色作品，我為啥還要去看畫？我不想髒了我的眼睛！」

程維德駁斥說，「以畫名來判斷作品，完全是不懂藝術的外行話！」

錢羽飛見林守潔又和程維德抬杠上了，一邊看好戲一旁敲邊鼓，他衝程維德陰笑，「我們不懂藝術，你懂藝術？比美術協會領導還懂，照你的意思，美術協會領導認定《帳中裸女》是黃色畫作，及時中止畫展錯了？」他成心把林守潔帶進「我們」中，以示為她助戰，說完還會意地瞥她一眼。

程維德被錢羽飛那副賊樣惹火了，氣得加大嗓門說，「當年江青也是懂藝術的，她怎麼禁止中外優秀戲劇電影上演，只准搞幾個樣板戲？」

錢羽飛說，「你竟然拿江青做例子，照你這麼說，現在的美術協會領導也是江青那樣的人？」

程維德說，「我不知道，但我知道的是，文革過去了，文革思維和遺風遠遠沒有消失。」

林守潔說，「不管怎麼說，我還是堅持借『裸體畫』事件糾正不正之風。你看，前一陣大家鬧瘋了，每週開舞會，播放鄧麗君的靡靡之音，鬧得烏煙瘴氣。再說，不處理袁少魁，我們如何向上級交代？」

脣槍舌戰了半天誰也說服不了誰。程維德在另兩位委員的支持下否決了林守潔的意見。

林守潔警告說，你們袒護袁少魁，使他不接受教訓，弄不好犯更大的錯誤。她話裡有話。袁少魁常上樓找胡春芸，趁沒旁人時做出親昵的動作，有兩次正好被她撞上，讓她羞得進退不是。她提醒胡春芸談戀愛要掌握分寸，胡春芸似乎不以為意。

胡春芸很快被林守潔言中，她竟然未婚先孕了。

胡春芸為袁少魁裸體，袁少魁畫完後動了情，彼此都沒忍住。袁少魁不懂醫學常識，胡春芸抱著僥倖心理，最後出事了，那可是天大的醜聞。

胡春芸打胎後在家休息，林守潔天天去看胡春芸，鼓動她揭發造孽者袁少魁的流氓行徑。胡春芸哭喪著說，她和袁少魁是兩廂情願的事，她也真心愛著袁少魁。

林守潔那張好看的臉氣歪了，搖著胡春芸的肩膀說，「春芸，你好糊塗啊，袁少魁利用戀愛姦汙你，你還用所謂的戀愛來庇護他，他真愛你，怎麼會讓你未婚先孕！你應該知道，一個女人失身意味著啥？」林守潔再三告誡胡春芸，只要和袁少魁劃清界線，她就屬於受蒙蔽的，就可以免去處分。

胡春芸堅持說，是她自己不好，請林守潔原諒她這一次，也請求團組織不要處分袁少魁，她決不再犯同樣的錯誤。

林守潔失望地說，「我為你著想，為你減輕責任，你卻不肯照我說的做，組織上討論你們的問題時，我只能秉公辦事。」

程維德為袁少魁辯解，「胡春芸和袁少魁的事不合習俗，但符合人性。袁少魁和胡春芸快三十了，因沒房子不能成婚，是物質奇缺的社會逼出來的。」

林守潔說，「正因為大齡青年婚房難求是普遍現象，就更不能等閒視之，不然，大家有樣學樣，社會將成啥樣？」

程維德目光直戳林守潔說，「在這種問題上，人性高於任何大道理，袁少魁和胡春芸在嚴酷的社會中『越軌』，是本性的自然流露，倒是那些自滅天性的情侶，扭曲了心理而不自知。」他借胡春芸的事發怨歎。

最終，院黨委作出嚴厲懲處：袁少魁去鍋爐房當司爐工；胡春芸去動物房當飼養員。

一天晚上，胡春芸來找袁少魁，他去鍋爐房加班了，她就抹淚對程維德說林守潔，「因為我不聽她勸阻，繼續和袁少魁戀愛，她就不顧小姐妹的情分，參與處罰我！」

程維德看著身心受傷的胡春芸，開解說，「你比我更瞭解林守潔，她抱著極左思維不放，把袁少魁當流氓犯，下重手嚴處他，對你是恨鐵不成鋼，你千萬別誤解。」

程維德一邊說心裡一邊在翻騰。對比林守潔，胡春芸的外貌相形見「醜」，她的大眼珠有點暴突，一副厚嘴唇粗俗了點，但不能說難看，而且她總是笑咪咪地說話，還頗討人歡喜。「未婚先孕」前，胡春芸像姐姐樣體貼袁少魁，純情傾慕，敢愛敢做，事發後勇於承擔責任，無怨無悔。程維德因此妒羨袁少魁，他儘管吃了不少冤苦，但有春芸這樣的女子始終如一地愛著，也值了。惱人的是，林守潔為啥不像春芸？

十　牢獄之災

星期四是醫院職工洗澡日。一日夜深時分，幾位值班女醫生和護士在浴室洗澡，一位女護士偶然抬頭，竟然看到靠屋頂的一扇玻璃窗上貼著一個頭影，便大叫「有人偷看我們洗澡」！其他人也抬起頭，窗上的頭影一晃消失了。

女人們嚇得趕快逃進更衣室。

醫院保衛科長聞訊從家裡趕來。他查看浴室外的情況——窗戶在牆上兩米高處，一般人無法爬上去，不過，中間一扇窗旁有一根水管，水管的幾個鐵箍接頭正好作腳踏。

鍋爐房緊鄰浴室，事發時袁少魁在司爐，他有致胡春芸懷孕的前科，是頭號嫌犯。保衛科長提審袁少魁。袁少魁反問，那天晚上，除了他醫院沒其他男人了？宿舍裡有男職工，還有值班的男醫生，化驗室的男檢驗員，放射科的男技術員，為啥一口咬定是他？

保衛科長不聽袁少魁辯解，第二天去他的宿舍搜查，從他床下拉出一只箱子，裡面有不少裸體素描，這下子多了一個罪證，「人贓俱全」，隱藏這麼多裸體畫，可見他迷戀女體，偷窺女浴室不是他是誰？

林守潔深信保衛科長的結論。從裸體畫到「姦汙」胡春芸，再到偷看女同事洗澡，袁少魁流氓成性惡行累累。

程維德善意地向袁少魁問個究竟。袁少魁暴怒地把手中的畫筆往地上狠命一擲，「我要是幹那種下三濫的事就絕子絕孫！」他猛起身，拿起寫字臺上的紅燈牌煙盒，抖著手指彈出一支，又抖著手點火狠吸。他去鍋爐房後抽起煙來。他細小眼睛也在衝程維德吐煙，「維德，別人栽贓我，我認了，你也跟著懷疑？我們這幾年在一個房間白住了！……他們不是從我床下搜出了裸體素描？既然我看過裸體，還讓春芸懷孕了，用得著去爬管子嗎？現在你該明白了，《悲慘世界》在哪？每到關鍵時刻，我們就處於兩個不同的世界，我總是悲慘世界的孽種罪人……」

程維德瞭解袁少魁，他有點孤傲，也有點憤世嫉俗，但不是鬼鬼祟祟做這種齷齪事的人。不過，他怒其不爭說，「我曾經拉你去民主牆看大字報，也建議你參與揭示社會黑暗，為社會變革出點力。你說，不想多事，也不關心政治，只管繪畫，因為繪畫安全，不會畫出罪來。現在怎麼樣？你不關心政治，政治要關心你，一張裸體畫就能畫出罪來！現實再次證明，中國一天不建立民主法治，你這樣的冤假錯案就一天杜絕不了。所以，我還是堅持自己的觀點，不能消極等待，要奮起抗爭！」

袁少魁歎了口長氣說，「你說的不錯，但憑一兩個人的抗爭有啥用？何況我已經是『犯罪嫌疑人』，掙扎的餘地都沒有了，聽天由命吧！」

程維德看不過，為袁少魁向林守潔辯護，強調裸體素描是繪畫的一種，和此類案件沒有必然的聯繫。林守潔反駁說，「按你說的更是佐證了，他看了多少裸體女人才能畫出這麼多畫？」程維德說，你沒看畫別瞎判斷冤枉他，所有人體素描的模特都是胡春芸。他提醒林守潔，這件事不比「未婚先孕」，不要隨便下結論，弄不好會害袁少魁和胡春芸一輩子。

袁少魁抵死不認罪，保衛科難以處置，卻倒運趕上了「好時機」，鄧小平下令開展「嚴打」——不按法律程序「從重從嚴從快」打擊刑事罪犯，各單位按比例排查出壞人送公安處理。

錢羽飛第一個該抓。醫院接到多個告發：他以談戀愛為名姦汙了五、六個女青年，情節十分嚴重，按全國「嚴打」的刑罰情況，判個八年、十年，甚至死刑都有。面對追查，錢羽飛反咬一口，說那些女孩貪圖他高幹子弟的條件，主動投懷送抱，他和這些女青年都是談戀愛，沒有誘騙任何人。他的抵賴擋不住受害女青年們的同類證詞。

眼看錢羽飛逃不脫了，又是他父親出面收拾局面。衛生局對愛民醫院的領導說，上級老領導（錢父）為兒子的事犯病了，他在文革中吃了那麼多苦，丟了半條命熬出來，沒想到兒子遭受誣陷。錢羽飛正是談對象的年齡，挑挑揀揀談一個扔一個，得罪了不少女青年。談戀愛時把握不住失控也難免，追究起來雙方都有責任，單方面處理錢羽飛公道嗎？錢父堅定地表態，給錢羽飛一個改正錯誤的機會，他一定嚴加管教。他還使出一個殺手鐧，讓錢羽飛在被他玩弄的女孩中挑一個結婚，這一招果然堵住了別人的嘴。

上級領導這樣說了，衛生局都不敢處理，愛民醫院又能把錢羽飛怎樣？但愛民醫院總要抓一個壞人交差吧，把袁少魁頂上去再合適不過了。

袁少魁被抓進去，又因負隅頑抗被判七年。

這次，林守潔覺得有點不對了，相比偷看女浴室，姦汙五、六個女青年的罪更重啊？她去追問李湘筠。

李湘筠解釋，兩件事性質完全不同，袁少魁偷看女浴室發生在公共場所，女職工是被動的受害者，現在女職工不敢去洗澡，造成的社會影響十分惡劣；錢羽飛和女友的糾葛，雖然有濫談戀愛占女友便宜嫌疑，但畢竟是男女之間的私事，那些女青年圖他高幹出身有房有錢主動送上門，失身後達不到結婚目的就鬧出來。你想，這種事如果女方不同意，男方一個人能輕易幹成嗎？何況其中一個女孩已經和錢羽飛結婚，還有幾個女孩後來又翻供，公安局沒法下手，我們更難處置了。不過，他的錯誤必須處理，黨委建議撤銷他的團委委員職務。

李湘筠說得面面俱到，林守潔聽得似是而非，心中的疑慮仍冰釋不了。程維德對林守潔說，這種話只能騙騙你，那些受害女孩被買通了才翻供的。再說，袁少魁也沒認罪為啥把他抓進去？院領導用不認罪的袁少魁去頂犯大罪的錢羽飛，那叫「刑不上紈絝子弟」。他責問林守潔「用袁少魁代替錢羽飛坐牢，你們是否做得太過分了？」

這次，林守潔抿著薄嘴唇沒吱聲，垂瞼低眼好像在反省。但這只是風中浮雲，一掃而過，她很快恢復了黨性，認為程維德對錢羽飛有偏見，他的意見帶著私憤，堅持道，「我服從組織決定，在原則問題上不能感情用事」。

看著可悲的林守潔，程維德只能無奈地搖頭。

胡春芸紅著大眼珠對程維德訴苦，「我實在想不通，少魁爸爸因『胡風分子』坐了二十幾年牢，那是毛澤東時代的莫須有！如今號稱改革開放，鄧小平弄出個「嚴打」，少魁又無辜坐七年牢！難道他家前世真的作了啥孽？啥災禍都輪上了？錢羽飛玩弄了那麼多女性，因父親保駕沒受任何處罰，事後，院領導送他去區黨校學習一年，既避了風頭又鍍了金，這世道還講不講理？」

胡春芸用鼻子「呲」了一聲說，「我們從小被稱為『祖國的花朵』，我曾經以為自己生活在花園裡，每天高唱『我們的祖國是花園，花園裡花朵真鮮豔，和暖的陽光照耀著我們，每個人臉上都笑開顏。……我們的生活多愉快，娃哈哈娃哈哈，我們的生活多愉快。』看看慘遭踐踏的的少魁，回味這些歌詞猶如諷刺，少魁這種人也算『祖國的花朵』，就是水溝裡的馬尿花。」

程維德認同說，「這就是我們的現實。你既然明白了，就應該知道袁少魁是冤案，你要相信他，熬過七年等他出來。」

胡春芸悒然道，「我相信他，也願意等，可環境容許嗎？」

胡春芸覺得自己也被判了刑，怕見同事，中午不去食堂，早上多買兩個包子當午餐。林守潔買了飯菜到動物房來開導她。胡春芸啐她一口，恨道，「你來幹啥？你是團委書記，要站穩立場，要鐵面無私，不看在姐妹份上幫一把，我能理解，但你不該跟著領導踩我一腳啊！現在，少魁又被判七年，我被教育到動物房來，你們達到了目的，你口口聲聲為我的前途著想，我的前途在哪？」

林守潔說，「哪會沒前途？只要和袁少魁一刀兩斷，你不就解脫了？如果你堅持到底，等袁少魁七年後出獄，他還是壞分子，而且那帽子要戴一輩子，你願一輩子當壞分子家屬？」

胡春芸忍住淚咬了咬牙說，「我就一輩子當壞分子家屬，你跟我劃清界限好了！」

林守潔說，「公是公，私是私，站在團委書記的立場我必須堅持原則，但在私人關係上，我們還是小姐妹，怎麼劃得清界線？」

胡春芸的父母兄弟姐妹也輪番給她壓力，要她和袁少魁斷絕關係找新人。她覺得自己打過胎，男人又被判刑，等於是半個「賴三」了！哪裡還能找一個好丈夫？

一天晚上，媽媽把胡春芸拉到五斗櫥上的一尊菩薩前說，「我不和你爭，你也不要和我辯，我們來聽聽菩薩怎麼說。」她一生相信菩薩，初一、十五去寺院磕頭燒香。胡春芸古怪地笑了一聲，不屑道，「媽媽，你們逼我，我沒糊塗，你倒氣糊塗了，菩薩哪能會說話？」媽媽說，「菩薩不會說話，但菩薩會記下我們所有人說過的話。你忘了八一年和袁少魁去普陀山的事？」

那年夏天，胡春芸和袁少魁去普陀山玩。在普濟禪寺附近的小道上，兩人遇上一個盲人算命先生，出於好奇，請他卜卦。算命先生說，「你們的命相我不能算！」袁少魁說，「給你雙倍錢，」他說，給我十倍也不算。「袁少魁氣鼓鼓地說，「不算拉倒，我們走吧。」兩人剛走了幾步，他就自言自語地呫嚅，「這對戀人一起走不到頭。」胡春芸和袁少魁以為說他倆走不完那條路，禁不住帶著嘲弄意味相視一笑。

媽媽說，「袁少魁無辜被關七年，瞎子算的命應驗了，除了歸於天命，沒有別的解釋。」胡春芸被媽媽的話說動了，開始半信半疑，還跟著媽媽去燒香，每次去後心裡平實了一點，漸漸認命了。

十一　月圓人難好

胡春芸是未婚先孕的失足女青年，在同事眼中就是「賴三」墮落女人。她在動物房上班，差不多是勞動改造。飼養員的活又髒又累，她受得了，但受不了走到哪都被鄙夷的目光包圍，只得一下班就自卑地躲進宿舍。她把怒氣都撒向林守潔，在宿舍裡不搭理她。

林守潔認為自己是秉公行事，又覺得在私誼上虧欠了胡春芸，便盡力用私情補償，知道胡春芸愛吃茶葉蛋，週末回家煮了帶給她幾個，洗衣時帶上胡春芸床下的髒衣服。

中秋節，團委組織去長風公園划船賞月！這是程維德搞的文娛生活。林守潔誠懇地拉胡春芸去賞月散心。

「賞月？散心？」胡春芸聽了冷笑兩聲。中秋團圓日，她和少魁隔著鐵柵欄，月亮在她眼中已一劈兩半！她是「散心」了，整個心澈底散了，再也聚不攏了！再說，像她這樣的「壞分子」加入集體活動，等於去示眾，是讓大家來「圍觀」她，她丟不起這個臉！

林守潔勸不動胡春芸，無可奈何地走了，宿舍的年輕人也嘻嘻哈哈地走了。

胡春芸一個人孤零零站在陽臺一角，對著孤零零的月亮，想著孤零零在獄中的袁少魁，想著年輕同事在湖上划槳嬉鬧，淚水不停地灑落衣襟，飄到樓下袁少魁的宿舍外。要是袁少魁沒有坐牢多好，就像一年前的中秋節，可惜，好景不再。

林守潔帶隊在公園草坪匯聚，圞月已擺出明星姿態閃亮登場，眾人邊賞月邊分享用團費買的各色月餅。程維德準備了一些小紙條，抄著古人吟誦月亮的詩歌，都是大家熟知的名句，諸如：「小時不識月，呼作白玉盤」；「床前明月光，疑是地上霜」；「露從今夜白，月是故鄉明」；「但願人長久，千裡共嬋娟」等，每人抓一張，說不出作者名字就罰他少吃月餅。

不巧，林守潔抓到的那張是「情人怨遙夜，竟夕起相思！」她不知詩作者，只得老實說「今天吃不上月餅了！」一個護士說，「不知道作者沒關係，知道那個情人是誰就可以了！」好事者跟著起鬨，「對！說出來，情人是誰？」說完都把眼睛瞟向程維德。弄得林守潔在白月下鬧了個大紅臉，佯作動怒地急道，「這是正經的智力遊戲，你們瞎搗亂，也不想吃月餅了？」她自己都感覺到，威脅中的虛假色彩，大家又起鬨，「只要你說出『情人』是誰，我們寧可不吃！」

眾人看著林守潔和程維德笑得東倒西歪。突然，有人很響地發出一聲「呸！」原來是錢羽飛。大家一齊朝他看，他往草地上猛吐了一口說，「這只百果月餅怎麼摻進了沙子！」

錢羽飛從黨校趕來湊熱鬧，因玩弄女性聲名狼藉，灰溜溜的沒人搭理他。他落落寡歡，見眾人呼擁著林守潔和程維德，忌恨不平，便做出此等下作行為，歡快的氣氛被他敗壞了。

划船的時間到了，四人一組租了十多條船在銀鋤湖游弋。舉棹撥水，划到漸漸順手了，就有人開始打鬧：有用槳推對方船舷的；有向對方潑水的；嘻笑聲一片。

程維德的船在林守潔不遠處划來划去，不停地和同船的人高聲說著啥。林守潔心裡想著往他那邊看，視線反而回避他，直到他的船繞到她的對面，她才和他電石般的目光碰撞。那一刻，月亮已升到中天，似掛在頭上的一盞白晶燈籠，張眼探望著他倆，還垂下一層細紗披到他倆身上。月亮離他倆這般近，近得唾手可摘……

結束划船，小舟靠近碼頭。林守潔站在船舷準備上岸，促狹鬼錢羽飛的船緊跟其後，就在她起跳時，錢羽飛的船使勁撞她的船，她身子往後一閃，沒跳上岸，跌進了水裡。幸好，湖邊水不深，只淹了半身，但已狼狽不堪。程維德差點和錢羽飛打起來，錢羽飛油腔滑調說，他的船失控了，是意外事故。

那天，大家都穿著單衣，女同事勻不出衣服，林守潔只得躲到樹林擰乾襯衣和褲子再穿上，坐車回家時一路受風，當晚就感冒了。

林守潔病休三天，次日晚上程維德就去她家探望，他拉上一位團委委員，掛著團委的名義，也想借機看看林守潔父母。此前，他斷續聽胡春芸提到過林守潔父母，知道她父親是煤球店工人，母親在里弄生產組上班兼任里委幹部。去林守潔家的路上，他預想著，即將見到的林父應是煤球店的潘岳；林母應是生產組的西施。

程維德兩人來到林家，一個略胖的半老頭給他們開門，卑謙地把他倆引進屋。程維德注意到，燈光下他黝黑的臉上全是麻點，心裡不由咯噔，「這位就是林守潔父親？」林守潔已聞聲倚坐在床頭了，一個身材瘦削雙眼眯覷的中年婦女守著她，那就是林守潔的母親？母女倆不說有多少相似，簡直就是美與醜的對照。

程維德表情僵硬發愣，林父請他喝茶，他才反應過來，忙遞上一只裝滿鴨梨的竹篾籃，林父謝著接過手轉給林守潔。鵝黃的梨子從乒乓球大的網眼鼓出來，活像一隻隻探頭探腦的雛鴨，林守潔覺得十分可人。林母剛沖了一杯柴胡讓她喝下，見到程維德，意識到啥，不由喜上眉梢，摸了摸林守潔的臂膀說，「她燒退了不少！」。

程維德因假公濟私而心虛，少有的矜持木訥，林守潔只好費勁地挑話頭，都是沒話找話的話，最後自己都不知道說了啥。林守潔和程維德都感到那天的特殊意味，那情景恰如程維德初訪女友家。隨行的團委委員不是傻瓜，不時左看程維德一眼，右看林守潔一眼。

次日，程維德為釋疑向胡春芸打聽林守潔家世。

胡春芸從小就聽媽媽說，林家不是四九年前的老住戶，五十年代從盧灣區搬來，那時林守潔剛會走路，她父母牽著她的手進出，鄰居看了都說她像「小天使」，人見人愛地摸摸她的頭，又條件反射地瞄她父母一眼，他們不無驚詫：她如此漂亮，卻和父母如此異樣（像）。林家父母受不了長久被猜疑，就向要好的緊鄰坦白：林守潔是他們領養的孩子。

小學兩年級開始有小組會，林守潔和胡春芸分在一個小組，每天下午四、五個同學聚在一起學習嬉鬧，也難免為小事吵架，有同學和林守潔一吵就說，「你是垃圾桶裡撿來的！」「是沒人要的孩子！」她哭哭啼啼地回家問媽媽，同學們為啥都說她是「垃圾桶裡撿來的」？林守潔幾次哭著回家，林母才不得不坦白她是養女。

胡春芸說完，又借題泄忿：當初，我一直偏袒林守潔，幫她和對方吵，也由此成了好朋友，誰想到二十多年後，我蒙冤時，她卻公事公辦，哪有一點情義？

程維德說，「這就是文革泯滅人性的惡果，我想她會慢慢省悟的。」

胡春芸恨道：「除非她也遭我這樣的罪，不然她永遠也不會省悟！」

林守潔三十了，別說帶男朋友上門，連男朋友的事都沒提過，程維德上門讓她父母猜疑上了。林母不停地追問她，「那個男同事挺關心你的，你們的關係不一般吧？」

林守潔發燒的臉更燙了，佯嗔地否定，「人家不是告訴你，是代表團委來看我，我們只是一起工作的同事，你想到哪去了？」

媽媽詭秘地笑道，「你不要瞞我了，我這把年紀還看不出你們那點名堂。要我說，這個小夥子人長得登樣，看上去就是一個斯文的醫生，能和他好上了也是好事。」

那幾日，林守潔的身內延燒著熾情的火焰，起伏的胸腔似沸騰的鍋爐，一汪熱血在裡面翻滾。何用媽媽指點，她比誰都清楚自己的心。從見到程維德那天，或者說第一次對上他眼神的那一瞬起，她就預感自己和這個人有事。但在男女事情上本能的自律，使她不管內心如何傾倒他，外表總以冷然的姿態婉拒，令他察覺她的心思也不敢坦言。事實上，彼此心裡早就認定了對方，唯一等待的就是剖白心跡。

林守潔覺得，是時候了，不能再拖了。彼此都三十出頭了，程維德既然主動上門捅破了那層紙，自己就該作出決定，不能繼續曖昧下去。不過，有一個障礙她需要跨越，和她類似的女團幹部，無論是衛生局團委的，還是各醫院團組織的負責人，甚至自己手下的幾個女團支書，她們的對象和丈夫都是黨員幹部，她的對象連黨員也不是怎麼說得過去？她切望他入黨，也曾向他暗示過，但他不予理會。

如何才能說服程維德？林守潔瞭解他的脾性，如直截了當提要求，把入黨和戀愛掛鉤，肯定傷他的自尊，事與願違地把事情弄糟糕僵。思量再三，林守潔決定找李湘筠商討。

十二 「媒婆」李湘筠

李湘筠得知林守潔的意圖，謔笑說，「你和小程的事我看在眼裡，早就想給你提這個醒，你卻遲遲不來找我，以前你可不是這樣的。不過，我能理解，戀愛的人麼……我贊同你的意見，像你這樣的黨員幹部，如果對方不是黨員，兩人怎麼會有共同語言！說起小程，倒是有前途的好青年，他在我手下工作，業務上已獨擋一面，在青年中很有威信，中央提倡幹部年輕化，憑他的條件不難解決組織問題。可惜，我每次好意關切，他都一笑了之。現在好了，由你出面給他壓力，這事就成了，我代你去說。」

李湘筠是林守潔的入黨介紹人，也是她政治上的良師益友，這下又當起了她的媒婆。

林守潔樂觀地等待著……這些年來，她和程維德沒有卿卿我我，但有著麄鳴鱉應的默契，似幾聲流囀就能明白對方的一對鴛鴦。只要李湘筠轉達她的願望，含蓄暗示事涉他倆的戀愛，程維德定會接受建議。

幾天後，李湘筠把林守潔叫到黨支部辦公室，歎苦經說，「小林啊，我沒有完成你交給我的任務。不過，好事變壞事，也可以說是壞事變好事，通過談話，小程完全暴露了他的真實思想。他不是覺得自己不夠格，而是質疑黨組織的先進性，說大多數黨員的品德還不如他。我說你不能以個別黨員的行為評價我們黨，沒有黨的英明領導，我們的社會主義建設能夠取得這麼大成就？」

李湘筠停頓下來，看著林守潔說，「你猜他說啥？他說，成就？沒完沒了的政治運動，文革搞到經濟崩潰的地步，也是成就？如今文革錯誤還沒澈底清算，又搞不是運動的運動，什麼『清除精神污染』啦，『反對資產階級自由化』啦，還有不按法律辦事的『嚴打』，這些也是成就？解放二十多年了農民還不得溫飽，我插隊的地方農民個個面黃肌瘦，冬天穿的棉襖露出烏黑的棉絮，也是成就？……總之，他說了一大堆牢騷怪話。他不願入黨沒關係，組織也不缺他一個。問題是，我把你的意思和盤托出了，他照樣不以為意，哪裡體現出對你的感情？我提醒你一句，他的資產階級自由化的思想非常危險，如果你無原則地遷就，我為你的將來捏把汗！」

林守潔過於自信，忘了程維德早就申明，為了上大學才違心地入團，並懊憹至今，他怎肯委曲求全地入黨！政治原則是築在他心中的堅固圍牆，不會被人輕易推倒。更失策的是，程維德最看不慣李湘筠，說她是黨的馴服工具，是只有黨性沒有人性的極左分子！托李湘筠做說客，等於用草須撩蟋蟀的牙，除了發掘他的好鬥，好事也談崩了！李湘筠辯不過程維德，當然氣急敗壞。

林守潔因誤判而上了李湘筠的梁山，不聽從李湘筠吧，別說前途，面子也沒處放，聽從李湘筠吧了，她實在難以捨棄程維德，她不知如何是好，埋下頭半天不語……

看到林守潔猶疑，李湘筠循循善誘地說，「小林，你記得嗎？我給你入黨申請表時跟你談過，你出身工人家庭，申請不到一年就被組織接納，順利加入了先進分子的行列，但我走到你這一步，經歷了你無法想像的挫折。」

一九四九上海「解放」，次年李湘筠上高中，她覺得新生活開始了，便不甘人後地積極參加各項政治活動，還提交了加入「新民主主義青年團」的申請書。五一年開展「三反五反」運動，她的資本家父親被員工揭發偷稅漏稅。為了入團，儘管她在家逼父親交代罪行，在班會上批判自己的父親，還是無法消除同學們的偏見。她明白，要澈底剝離來之父親的原罪，得採取非常行動，她報名參加抗美援朝，經過幾個月培訓當上了衛生員。臨去朝鮮戰場前，她因出身剝削階級家庭又被刷下來，她哭著劃破手指寫血書才獲准赴任。

她背著有原罪的包袱上戰場，出生入死地搶救傷員，停戰後被評為優秀衛生員並如願加入了共青團。她終於從資產階級臭小姐脫胎成一名革命戰士。回國後，她作為調幹生進醫學院學習。

她在朝鮮時就打了入黨報告，又因資本家出身處於考察之中。政府推行公私合營時，李湘筠擔任班級團支部書記，她父親不願捨棄自己的工廠，遲遲不肯加入，她又去威嚇父親說，不簽字就和你劃清界限，父親頂不住依了她，她遂願成為預備黨員。

林守潔詳熟李湘筠的歷史，不知這一刻她說這話的用意。

李湘筠看著林守潔沉吟道，「小許，我再次嘮叨這些，是想告訴你，我還有埋藏在心靈深處的另一半沒對你說過——

「是二十年前的事了。我和他在一次舞會上相識，我就讀的醫學院和他就讀的一所工學院經常開校際舞會……同學們都稱我們是天造地設的一對……五七年五月，共青團召開第三次全國代表大會，他的大學也有代表上京參加會議，代表都由校黨委指定。他是班級的團支部副書記，公開提出反對意見，主張『代表應由全體團員選舉產生，才更有代表性。』接下來共產黨搞整風，提倡大鳴大放，他又寫大字報說，團組織是黨的後備軍，不是黨的附庸，在不背離黨的方針的原則下，團組織應有更多的自主性。

「整風轉為反右後，他說的這兩件事被人拎出來，批他『鼓惑團組織鬧獨立，妄圖擺脫黨的領導』。校領導讓他反省自己檢查錯誤。他不服，向教育部申訴，我勸他老老實實寫檢查，他不聽，最後被打成右派。組織上讓我選擇，是和他結婚當右派家屬，還是放棄入黨？組織上這樣說了，我還能做啥選擇！」

林守潔緊張地問，「你和自己的未婚夫毫不留情分手了？」

李湘筠說，「不分手行嗎？我告訴過你，我為得到預備黨員付出多大代價！再說，我們入黨時都宣誓過，願意為實現共產主義犧牲生命，連個人的幸福都不肯犧牲，哪能成為合格的黨員？」

林守潔駭然聽著，總覺得這樣做太過分，又說不出過分在哪裡，只能「嗯，嗯，這個……」

李湘筠看破她心思說，「當初，我也像你現在一樣想不通，就找去過延安的團委書記談心，他笑著說，你們生活在和平年代，可以自由戀愛。在戰爭年代，我們的婚姻都由組織安排，政治條件第一，其他都是次要的。他還讓我換位思考：你繼續和他戀愛，等於支持他犯錯誤，使他離組織愈來愈遠；你和他斷絕交往，反倒可以促使他反省，及早改正錯誤回到人民中來。團委書記把我說通了。與我當時的困厄相比，你的情況簡單多了，你用戀愛壓一壓小程，逼他爭取入黨，這樣，你們在生活上得到幸福的同時，也促進了他在政治上的進步，是兩全其美的好事，你有啥不安的？」

林守潔機械地點了點頭，心裡卻生出後怕，難怪李湘筠和丈夫不睦。和右派未婚夫分手後，為政治上的保險，李湘筠找了個工廠車間黨支部書記結婚。她丈夫看中她家裡有錢，但她不願去娘家要，她丈夫沒達到目的，再加文化程度和興趣愛好方面的差異，兩人缺少共同語言。李湘筠又把革命放在第一位，整日為工作奔忙卻疏於照顧女兒，家庭關係搞得一團糟，她丈夫遇事理論不過就動粗。

幾年前，李湘筠的丈夫還帶上兩個女兒來醫院吵架，他們不顧禮儀地直衝黨支部辦公室。有好事的護士在門外偷聽，裡面傳出她丈夫的嚷嚷聲，「……這不是你一個人的事情，你是孩子的媽媽，也要為她們著想，……」

「……」

「你說，到底去還是不去？」

「……」

「你要考慮這件事的後果，阿萍和小娟已經說了，你現在不顧她們，她們今後也不會管你，你自己權衡吧！」

「……」

「你說話呀！」

「……」

她丈夫和女兒走後，她一個人在辦公室抽噎了好久，出門時深灰的眼圈被手帕拭得紫紅。

事後，林守潔向她詢問才知原委。

文革時李湘筠加入維護當權者的『保皇派』，對立的造反派拿她的資本家出身當靶子攻擊，為了保住變態病科黨支部委員的職位，她不能做「資本家的孝子賢孫」，便大義滅親地宣告和父母斷絕關係。為表現革命的澈底性，她親自帶隊查抄父母家，由此度過了難關。事後，她父母被紅衛兵趕出家門。

前不久，她父母被沒收的一棟花園洋房和部分財產退回了，為免自己身後鬧矛盾，她父母事先分錢分房，她兄弟姐妹五人各拿一份，就是沒她的份。她丈夫和女兒不甘心，逼她去和父母爭家產，女兒想買一臺十八寸彩色電視機，要三千多塊。她對丈夫和女兒說，她是黨員幹部，一輩子清清白白，不會貪圖資本家父母的遺產，壞她一世清名。

得知李湘筠的愛情悲劇，林守潔心裡更放不下程維德。她愈矛盾糾結愈牽怨程維德，「你若真心愛我，即使不願入黨，也不必對李湘筠說這些醜話，為了你的原則絲毫不顧全我！」她氣得不理程維德，他開的醫囑她拖到最後處理，他急著來問，她要麼拉長臉不回答，要麼惡聲惡氣，他猜到了事由。

下次林守潔上中班，程維德來護士辦公室問她，「我們是一把年紀的成人，你希望我入黨可以自己跟我說，為啥要李湘筠摻和？」

林守潔意識到自己的做法傷了他的自尊，但不肯輕易認輸，辯解道，「她是黨委委員，入黨的事當然要跟她說。」

程維德更納罕了，「入黨的事我早向她表態了，她為何再次提起，還把入黨和你的事聯繫起來，算啥意思？我們的個人私事，跟入不入黨有啥關係？」

林守潔不敢明言自己的意向。想說的話說不出，心裡憋得慌，慌起來就口不擇言，「你可以把自己的事當私事。我是衛生局團委委員，愛民醫院的團委書記，我的私事還受組織的約束。」後面的話她又咽下去了，「既然你不為我的處境著想，為啥還要找我？」

程維德聽了發懵，「受組織約束？約束啥？」

林守潔不能道出，只得反問，「李醫生不過轉達了我的意思，你為何那麼反感？」

「我弄不懂，你為啥那麼在意我入不入黨？」他犀利的雙眼追擊她，「入黨關係個人的政治信仰。我不相信而假裝相信去入黨，不但矇騙組織，也矇騙你！你願意接受嗎？」

林守潔心裡呼應，「我寧可受這樣的矇騙」，但哪裡說得出口，只能衝他發怒，「你不騙人，我也不騙人，我們彼此誰也不要騙誰？」說完負氣走出護士辦公室，他追著她問，「你這是啥意思？啥意思？」

程維德心裡叫苦，「我們的事找到李湘筠能不攪黃？」他太瞭解李湘筠在個人問題上的態度了。

有一天晚上，程維德去黨支部辦公室拿報紙，他不知李湘筠值夜班，推門進去時撞見她和一個男人在裡面，她和他隔著一張辦公桌面對面坐著。那男人微低著頭，稀疏幹枯的白髮在燈下十分顯眼，顴骨處豎著幾道陳永貴式的皺折，好像是哪個農村來的病人家屬。怪異的是李湘筠也低著頭，還在抹淚，一副墨黑的玳瑁眼鏡擱在一邊，原本深灰眼圈變成栗褐色。

程維德慌忙退出，心下生奇，那個男人是誰？肯定不是她丈夫，也不像病人家屬，也許是農村來的長輩親戚，但親戚為啥來醫院看他，又怎麼弄得她哭哭啼啼？

程維德正狐疑著，值班護士來辦公室傳話，「李醫生叫你去一次。」

李湘筠喚程維德坐下，「小程，你剛才看到我的失態，我得跟你解釋一下，以免誤會。」

程維德困惑道，「誤會啥？」

李湘筠說，「那位來客曾經是我的男朋友，可現在不是了。」

原來李湘筠擔心程維德傳閒話，他猜來猜去還沒猜到那人是他的男朋友。愕然道，「那個老人曾經是你的男朋友？」

「『老人』？」李湘筠苦笑了一聲，「你看！」她把一張照片推到程維德面前。照片上一對青年男女坐在公園長椅上，背景是柳樹和柳樹下的一條小河。女青年梳著兩根短辮，一臉藏不住幸福的娟秀；男青年堅直的鼻樑支撐一雙敏銳的圓眼，含蓄的微笑出俊邁的英氣。

程維德問，「照片上的人是誰？」

「你認不出了，說明我已經變成老太婆了！」

女青年是李湘筠本人？眼前的李湘筠根本找不到當年影子。她如此臃腫，又穿著藍布對襟罩衫，要不是玳瑁眼鏡戴出幾分斯文，完全是勞動大姐的樣子。

「男青年就是那位客人？」那男人面目全非比李湘筠還見老。程維德探奇地問，「你們為啥沒有終成眷屬？」

「因為他成了右派！」

「成了右派就不能做你的丈夫了？」

「這個話題太複雜了，三言兩語說不清……」李湘筠語帶傷悲地詳述了五七年的經過。「我們分手時把這張照片一剪為二，各自保留對方那一半，相約哪天重逢時再合起來。」李湘筠把照片輕輕撥開，照片一分為二了，原來是兩個半張，「從此，我不敢把他的照片示人，直到今天。」

「他為啥不來找你？」

「他大學畢業後被分到新疆，在石子河生產建設兵團機修廠當技工，拿正常畢業生的一半工資。文革中他遭受又一輪迫害，批鬥、遊街、住地窩子。『地窩子』是啥？你不懂吧，我也剛從他哪兒聽來。地窩子是沙漠地區的簡陋居處，就是在地面挖一個一米深的四方形坑，兩、三平方米大小，四周用土坯壘砌約半米高的矮牆，頂上放幾根椽子，搭上樹枝編成的筏子，再用草葉、泥巴蓋頂。我說，這不是豬圈、羊欄嗎？哪是人住的？他說，他本來就不是人，是牛鬼蛇神，不是名副其實麼？」

李湘筠頓了一下說，「後來，建築新疆到青海的公路，他被押送到工地勞動。那裡是鹽鹼荒漠地帶，每天十幾小時強體力勞動，吃得是粗糧，住的是帳篷，整整幹了五年。要不是右派平反他的苦日子還完不了，他能不老嗎？」

李湘筠傾情敘述著。

程維德腦子裡配上的是另一幅畫面，柳直枝被打成右派發配回鄉，為保住兩個孩子留在上海，他的妻子和他離婚……返鄉後，他是右派，又是地主狗崽子，沒有哪家姑娘敢嫁他。三年自然災害，全國大饑荒，村裡開始餓死人了，柳直枝每月有十八塊錢生活費，可以高價買點糧食，成了村裡的唯一富戶。同村一戶人家為了活命，願意把大女兒嫁給他，他「乘人之危」才又有了一個新家，妻子還為他生了一個兒子。

程維德真想責斥李湘筠，她的死忠和奴性害了柳直枝那樣的男朋友，但見她哭喪著臉，如剛死了丈夫的寡婦，起了惻隱之心地說，「反右的直接受害者幾十萬，受株連的親友更有幾百萬。二十年後說一句擴大化就完事了，那些家破人亡的人如何重聚？像你們這樣被活活拆撒的戀人又如何再續前緣？李醫生，現在你一定很懊憹吧？」

李湘筠倏然換了一副面孔，嚴正道，「懊憹？不！我沒啥可懊憹的。當時，黨組織的認識確實有局限，但他個人不認錯，難道要組織認錯？至於我，必須服從組織，這是一個黨員必須堅持的原則。總之，作為一個合格的共產黨員，黨性高於一切！沒有討價還價的餘地！」

李湘筠又凝視著照片，面帶酸楚地歎息一聲說，「當然，我心裡也有說不出的矛盾。一方面我十分感動，我們黨敢於有錯必糾，表現出非凡的胸襟，換了其他國家誰做得到？一方面又說不出的遺憾，要是我們黨不犯那樣的錯誤多好?!有一點你說對了，青春不是器物，無法修復。二十一年轉瞬即逝，對於一個國家來說不算啥，一切都來得及匡正，但對於蒙冤的個體意味著啥？你的人生全改變了，你不能重新活過！」

……

程維德無法理解李湘筠的言行。按說，在林守潔和程維德的事上，有過刻骨創傷的李湘筠應懷切膚之痛，該教林守潔不要重蹈她的覆轍才是，她怎麼反其道而行之？難道她存有陰暗心理——用他人的挫敗婚姻沖淡自己的不幸？不管哪種情況，李湘筠就像是一棵箭毒樹，她被環境毒化，反過來分泌毒液毒化環境，戕害著林守潔等觸碰她的人，讓林守潔成為小李湘筠。

程維德悲歎，難道自己要成為第二個李湘筠男友？

十三　無端的冷戰

在李湘筠壓力下，林守潔不敢軟化退卻，只能慍惱程維德，「你不肯入黨遷就我，我為此生氣，你就受不了了，你的愛心在哪裡？」她開始弄性尚氣和程維德冷戰。

冬天裡，護士辦公室燒著暖爐，林守潔值班，程維德拿了本書坐在爐旁，還帶幾個山芋放在爐子鐵蓋上烘烤，他等她幹完活說說話。林守潔存心磨磨蹭蹭地延宕，不是去重複巡病房就是找病人談心，待病房熄燈才回到護士辦公室。他面露喜色地迎著她，她卻只作沒看見，兀自不停地找事做，就是不息手。他問她生啥氣，她不回答他。

他看著她的背影心裡吒歎，「你這個傻丫頭啊！你不言明我也知道，你要我入黨來與你平衡？我曾和你談《簡·愛》，談《紅與黑》，你讚賞拋棄門第、貧富、地位的純真愛情，蔑視建築在物質基礎上的世俗婚戀。我堅信，我和你也會演繹那樣的故事，我們在精神上心心相融。但絕沒料到，你會弄出一個政治『門第』，超越我能夠接受的底線。」

他無法向她敞開心懷，也不能老賴著，只好無趣地廢然離開。留下的山芋她也不動，直到第二天早上山芋變成了山芋乾。

焦癟的山芋乾是程維德無所適從的愁容。

團委再度「改選」後，程維德卸任團委副書記並離團，他和林守潔談公事的場合也失去了，除了必要的交接醫療業務，他們不再有一起相處的機會。他繼續單方面使勁，就是「死皮賴臉」的糾纏，他不願讓人貽笑，盛熾的心漸漸寒凝。

一月又一月，程維德清亮的瞳仁好似遠去的螢火，暗淡下來；臉龐因過於清臒而灰撲撲的，彷彿冬季鎮日不見陽光的陰沉天色，勃勃生機從他身上消散了。

林守潔忍不過，想與他妥協和解，又覺得那等於認輸投降，也無法向李湘筠交賬，更怕被衛生局團委幹部們小看；堅持下去吧，是強心高氣傲的程維德所難。苦懣中她硬硬心欲和程維德徹底了斷，但剛冒出這個念頭，自己先酸心地哭了。

林守潔柔腸百結，幾乎每天在內心鬧鬨一回。她上班時裝得談笑自若，下班回宿舍就難以偽飾了，買了二兩飯都吃不完，常剩下一半丟在桌上。她去盥洗室洗衣裳，腦子裡兩種念頭在打架，幾件衣裳在搓板上搓一、兩個小時。她早早躲到床上，拿本書看不下去，躺下又睡不著，身子翻過來翻過去，下鋪的胡春芸只聽雙層床的榫頭吱咕吱咕。

胡春芸先前是隻受傷的貓，這時變成戳人的刺蝟。她冷眼看著林守潔顴骨凸起，酒靨變深，心生憎意地想，「你是該嘗嘗『失戀』的滋味了！不然永遠不懂人情世故！」

晚上，胡春芸不願與林守潔相顧無言，就去院裡溜達。她在家人的壓力下屈服了，已經和翻砂廠工人阿章談戀愛，但心裡還是感到有負於袁少魁，繫念縈懷放不下他，沒事就去他曾經寫生的地方「憑弔」：門前開滿茶花的小洋樓，河邊的小徑，長廊旁的梅林，夕陽亭下的櫻花樹，她站在「他」身後，觀瞻「他」在白紙上美化它們……

有一次，胡春芸穿過洋樓間的甬道，經過與大草坪相連的後花園，看到林守潔站在白玉蘭花下發愣，她也是排解煩懣出來散心的，胡春芸蹭蹭地越過她身邊，她心思鉛重竟然沒注意。

林守潔在矛盾中拗苦度日，翻骨牌般一進一退，用愛來恨程維德，又用恨來愛他，常夙夜難平。

她和他似相向矗立的兩座山，默然對視無語凝噎。眼見著彼此的年齡跨越三十，然後是三十一、三十二……

八七年初春的一日早上，林守潔在白玉蘭樹下的小徑截住程維德，「你，等一等！」過去幾年，林守潔遠遠看見程維德就繞著走，現在主動喚他，他以為她終於軟化了，願意和他說話了，冷澀的身子頓時湧起了暖流，欣然迎上去。不想，林守潔劈面來一句「難道你準備再犯一次錯誤？」

程維德這才明白，林守潔是來找他「熱戰」的。

八六年十二月，上海大學生上街遊行，程維德聞訊拿了休假去觀戰。他頂著朔風騎車趕到人民廣場時，各大學的遊行隊伍已在此匯合，「復旦大學」「同濟大學」「華東師範大學」「上海交通大學」等校旗獵獵，還有不少紅布橫幅，翻動著訂在上面的白紙黑字：「起來吧，熱血青年！」「要民主、要自由！」「懲治貪官汙吏！」「新聞自由！」程維德激奮地擠在人群中，羽絨衣內的身子熱汗涔涔。久違了，幾年前民主牆運動時，人民廣場也有過這樣的氣氛，可惜被鎮壓了下去。

黃昏時分，集會隊伍從西藏路出口出發遊行，沿著南京路到達外灘，學生代表向市政府提出幾點訴求。氣溫降到零下四度，黃浦江上的惡風彷彿帶著鐵末刮來，把每個人的面頰刺成石榴皮，但忍饑受凍的學生們情緒高昂，在陰冷砭骨的風中高歌著、高呼著……

程維德推著自行車一路跟來，羽絨衣帽子蓋不住臉，露出的鼻子被吹得辣辣生疼，戴著手套的雙手也凍得木木的，但學生們散發出的生氣烘熱了他……

不幸，持續了三天的遊行非但無果而終，還導致改革派總書記胡耀邦被鄧小平逼迫「辭職」。

醫院政治學習討論中央相關文件，李湘筠主持變態病科會議，她聯繫本單位實際大批自由化。國事蜩螗，「家事」不順，程維德心如槁木死灰，李湘筠的話句句是對他的挑釁，把他怫鬱在胸的炎炎怒火都扇了起來，聯想到她充任林守潔的王婆角色，公私兩面的積怨都爆發了。

李湘筠滔滔不絕地講著，程維德佯裝不懂地問，「我聽了文件有點糊塗，到底誰是中央的最高領導？」

李湘筠明白程維德的用意，嚴聲反問，「你這話啥意思？」

「我們都知道胡耀邦是總書記，是國家的最高領導，但文件告訴我們，最高領導人是顧問委員會主任鄧小平，誰給他撤銷胡耀邦總書記職務的權力？」

李湘筠強詞奪理地說，「中央文件這樣寫，就表明鄧小平是實際上的最高領導，這有啥可質疑的？」

程維德追詰，「胡耀邦由中央全會『選出』，應向全會提出辭職，怎能由鄧小平決斷？如此行事置黨章於何地？難道又要回到毛澤東的文革時代！」

李湘筠沉下臉說，「小程啊，你不是黨員，不要隨意解釋黨章，影響大家對中央文件的理解。」

程維德回擊說，「李醫生，如果不許非黨人士議論，就不要向我們傳達！」

李湘筠辯不過程維德，揮了揮手上的文件，以勢壓人說，「小程，你這樣說就是攻擊鄧小平同志，正是『資產階級自由化』的表現，說明中央反『自由化』非常及時正確。」

程維德冷笑一聲說，「何止中央正確，你（們）也非常正確。十年前，毛澤東解除鄧小平職務，你（們）支持毛澤東，我提出不同意見，遭『記大過』處分。今天，鄧小平撤銷胡耀邦職務，你（們）支持鄧小平，我又提出不同意見，你（們）是一貫正確，我要第二次犯錯誤了。」

李湘筠愧怒起來說，「我是忠誠的黨員，無條件地執行黨的路線方針是天職，而你總是站在組織的對立面，哪有不犯錯誤的？」

程維德毫不示弱，「難道讓我再吃一記大過？」

……

林守潔在一旁乾著急。政治大道理上她站在李湘筠一邊，但私人感情上偏向程維德，怕他再犯錯誤。他們的戀情因程維德不願入黨而受挫，彼此的愛心進入冬眠，都在暗暗等待枯木逢春起死回生，程維德萬一再鬧出政治事件，就滅了她不死的心，澈底斷送他們峰迴路轉的可能。

她決定不顧一切來忠告程維德。

程維德不知林守潔的真情，看她的眼神和表情，就像電影裡表現湖面氣象的快速閃回：一片豔陽照出瀲灩；一陣疾風捲起狂瀾；一道閃電躍過水面。他急欲表白的心意被她冷森森的言語梗住，她責問的口氣在他聽來就是為李湘筠代言，想到李湘筠他就無法冷靜，不由衝撞地反問，「犯啥錯誤？」

兩人本欲好好談談，林守潔開了壞頭，只能繼續下去，「昨天晚上，你在政治學習會上說了啥？」

程維德說，「我說錯了嗎？」

確實，林守潔不敢斷定程維德說錯了，也不知應該怎樣規勸他，唯一清楚的是，不希望他再犯錯誤，便急迫地說，「我弄不懂，十多年前你不是支持鄧小平嗎？你不是為此被『記大過』嗎？如今又反對起鄧小平，你不是自己否定自己嗎？你是存心和領導過不去還是和自己過不去？」

程維德瞪眼看著林守潔，好像在說「你竟然問出這樣的問題？」只好重申，「當年毛澤東把代表民意的鄧小平打下去，我質疑毛澤東支持鄧小平，今天鄧小平打倒推進政治改革的胡耀邦，成了毛澤東第二，我質疑鄧小平支持胡耀邦不是理所當然嗎？」

林守潔辯不過他，只能阻嚇他說：「昨天李醫生不是說了狠話，難道你真的準備再受一次處分？」

程維德「啪」拗斷一個樹枝說，「處分？憑啥？就憑我提出了疑問？那就處分好了！」

「你……你還是執著於你的原則，不想想……」林守潔說不下去，微垂下頭。

程維德用生疏的眼光打量林守潔，她的臉蛋依然漂亮，但已難掩過去幾年的風霜。林守潔住宿後的第一個白玉蘭花開時節，他摘了花附上一首詞獻給她，那時她和初綻的白玉蘭一樣清靈，如今她的額上出現了淺淺的皺紋，兩隻酒靨因瘦削變得更深，而且不再漾起迷人的微笑。他憐愛地反過來勸她，「不要把諸如此類的政治話題攪進我們的私事中，更不要站在李湘筠一邊當她的傳聲筒好嗎？」

林守潔又衝動起來，「你別聽到李湘筠的名字就光火，不是我喜歡談政治，你堅持認為你的政治前途與我無關，算我白說，你就固執到底吧！」說完憋氣走了。

林守潔善意的目的沒有達到，又蒙著被子痛哭一場，想來想去，覺得還是程維德不在乎她，便賭氣地自持，「既然如此，我也沒必要在乎，看誰最後把守不住？」

就這樣，他們天天近在咫尺共事，卻隔著桑榆河岸並行，彼此悵戀地遙望，內斂地顧惜，不捨地期盼，就是不肯放聲的召喚。冬去春來，冰河解凍，沒能融化他們各自的固守；柳綠花紅，沒能開出他們的馨香；赤日驕陽不能點起他們的欲火，只有殘枝敗葉腐蝕著他們的衷愫。

奇怪的是，林守潔越咬牙堅持不理程維德，越加倍關注他的一舉一動，一個女病人引發了她戒心。

芭蕾舞演員尤小婷，三十出頭的年紀，因類風濕關節炎伴神經官能症入院。她不是關節痛就是頭痛，受情緒影響時重時輕。只要她丈夫來探望，她病情就好轉，可惜她丈夫難得來，來了也坐不了幾分鐘。

程維德負責治療尤小婷。她一頭痛就使勁按鈴，護士趕去，問她「有啥不舒服？」她總是說「請程醫生來！」程維德去了，她哩哩囉囉說半天，一用藥症狀就緩解。如果程維德不在，其他醫生代看，她三言兩語說完病情，用啥藥都不見效。再後來，她摸出了規律，知道程維德在才犯病。

護士們紛紛議論，還特意在林守潔面前說，「難道尤小婷看上程維德了？」閒言碎語攪得她心緒更惑亂。遇到她執勤，尤小婷叫喚，她就生硬地問「有啥事」？尤小婷只說「請程醫生來」，她只得隱忍著履行醫務。程維德一聽尤小婷叫，立即放下手中的事趕去，他匆促邁出幾步又想到了啥，趕緊回頭深深地看林守潔一眼，帶著歉疚、釋疑、哀婉的眼神。他不能向她解釋，尤小婷是特殊病人，她的病情後面有難言的隱秘，他按院領導的吩咐為她保密。

七八年末，尤小婷隨團裏其他女演員受命陪中央首長跳舞，還遵命對任何人守口如瓶，被丈夫疑有外遇，逼她打掉懷裏的胎兒，因此患上了神經官能症。

程維德同情尤小婷，痛恨高官的腐化生活，正好文化館話劇團缺少演出劇碼，他就以尤小婷的故事為素材編寫腳本。為此，他花時間和尤小婷傾談，深入瞭解她的心理，給人造成「喜歡尤小婷」的錯覺。他不能向林守潔說明，加倍剎了她的「傲氣」，她一見他去看尤小婷就亂神，給病人打靜脈針就戳不準。

尤小婷病情好好壞壞，住了幾個月都沒治癒，林守潔向李湘筠提疑問，李湘筠難得地表揚程維德，說對尤小婷這樣的病人就得耐心，用藥的同時得兼顧心理疏導。

那些日子，程維德白天常被尤小婷纏住，晚上更頻繁地外出，宿舍裡幾乎找不到他。他特意通過胡春芸傳話，說他編輯的一個劇本在文化館排練，忙翻了。林守潔死心了，「讓他去忙吧，哪怕他跟誰結婚，我也不管。」她據此可認定程維德根本不愛她，佐證她用入黨檢驗他的正確。她甚至為自己「自傲」，負心人是他，而她保持了忠貞。

她強迫自己忘記程維德，但下意識裡難以掙脫他的牽制。白天病房一響起他的聲音，她就會斂神等待他出現，就會走神忘了手上的工作。晚上，她在宿舍陽臺搜尋樓下程維德的動靜。程維德去文化館的日子，她呆坐半天直到他回來。有時，她雙肘撐在水泥圍欄上，傾耳諦聽他的說話聲，有時，她在陽臺上用力地踱步，借鞋跟的「跺跺」聲告訴他「我在這裡！」如果陽臺上有其他人在，為遮人眼目，她就心猿意馬地打太極拳，但太極拳至多打半小時，完了還得進屋上床發半夜呆。

媽媽說林守潔瘦了，額上的皺紋深了。她裝作沒事地說，那是抬頭紋，你最近特別介意罷了？媽媽借此引出話，「你都啥年紀了，還要挨到多久？」她自知「理虧」，無顏回答，也倔強地不想回答，就儘量躲避，週末也常不回家。

一九八九春，程維德創作的話劇彩排。他在劇中把中央最高領導改為副部長，取名《部長的私人舞會》，儘管他刻意減弱鋒芒，還是逃不過市委審查官的法眼，劇碼慘遭槍斃，文化館領導還為此挨批。

林守潔不看劇本也能猜到程維德寫了啥，少不了又是批判社會現實的。她暗自慶幸劇碼事先被否決，一旦正式公演，就像袁少魁展出裸體畫，可能肇出更大的禍端，但遠遠看著程維德枯坐在夕陽亭發呆又心疼他，自斥不該「幸災樂禍」，那是他辛勞了兩年的結晶，就像母親孕育的胎兒流產了，能不飲恨痛惜？她只恨自己不能安慰他，甚至不敢站到陽臺上正眼看他，只能躲在門後，透過防蚊塑膠網眼窺視。

十四　最後的機會

八九年春天，尤小婷頑疾緩解出院，林守潔的心病也隨之「痊癒」。她暗下決定，和程維德的事不再等了，解鈴還須繫鈴人，她要尋找和解的臺階挽回殘局。

一天下午，有病人開著的收音機播報突發新聞，兩年前下臺的胡耀邦遽然辭世，悲訊一下子在全院傳開了。程維德神色突變，下班前巡視病房，他心事重重幾次走錯門。次日，他擅自在團委黑板報上用白粉筆寫上一排大字：「中共前總書記、中國的良心胡耀邦永垂不朽！」

北京和上海的大學生上街了，他們呼籲恢復胡耀邦的名譽，加快政治改革，推進自由民主。程維德每晚去現場瞭解動態，宿舍裡看不到他的人。政府無視學生要求引發絕食抗議，全市各行業開始聲援學生，他組織了一支青年醫療救護隊，輪流去看護絕食學生。

五月中旬，上海《文彙報》、《解放日報》破天荒大幅報導學生遊行，激勵了更多市民站出來，文化界出頭組織全市大遊行。

那天中午，程維德教胡春芸在飯廳門口派發傳單，策動大家參加下午的大遊行。飯桌被職工坐滿後，程維德跳上一張椅子講演，說到動情處，他幾次語帶哽咽，「……毛澤東去世時中國走到了十字路口，幸虧中央結束文革搞改革開放，才使中國免於崩潰。這次胡耀邦逝世中國走到了又一個十字路口，是繼續搞所謂的反自由化運動？還是推進胡耀邦主導的政治改革，讓中國儘快實現民主化？……學生們不惜犧牲生命，用絕食方式向中央提出政改訴求，我們再不站出來支持，如何對得起衝在前線的學生？中國不僅僅是學生們的中國，也是我們每個中國人的中國……」他拜託科室負責人安排更多人上街。

程維德快講完時，錢羽飛邁著鴨步一踡一踡衝進來，李湘筠氣喘吁吁跟在後面。錢羽飛跳到程維德面前質問他，「你代表誰在大庭廣眾演講？」他從黨校回來後大談學習體會，表示痛改前非重新做人，很快博取了領導信任，兩年後當上工會幹事，過了一年又升任工會副主席，終於踏上終南捷徑。

錢羽飛樂見有人「鬧事」，那是他扮演堅定黨衛軍的絕佳時機。他明白在共產黨統治下，民眾的任何抗爭都不會得逞，聽命上峰衝鋒陷陣是只賺不賠的買賣。見程維德組織職工遊行，他心裡叫好，又一次升官的戰機來了，程維德鬧得愈凶，就愈跑不了。他要讓程維德死在自己手上，他得不到林守潔，也不能讓程維德得到。

程維德從容地站在椅子上，居高臨下鄙視著錢羽飛說，「我代表自己，我是一名職工，難道不可以在這裡說話？」

錢羽飛踮起腳說，「既然你代表個人為啥向各科室發號施令？」

「我沒有下命令的權力，但我有一腔熱血，有動員同事的權利，我堅信人同此心。」

有幾個年輕人呼應「小程說得好」！

錢羽飛「哼」了一聲，也跳到一張椅子上說，「同志們，程維德說了，他的呼籲代表他個人，所以，不能作數。今天上午，院長去衛生局開會，我剛和他通過電話。院長傳達市委指示：各單位領導要採取斷然措施，防止職工上街，以免火上澆油擴大事態。在此，我以工會的名義告誡各科室負責人，現在不是文革，拉一批人就是一支隊伍，就立了一個山頭，那是唯恐天下不亂的人鬧事，大家不要上當受騙盲目跟隨。《人民日報》早就定性學運是動亂！我們必須旗幟鮮明地予以支持！」錢羽飛說著，用右手攥緊拳頭在額前擺了擺，「總之，在大是大非面前，何去何從由你們自己選擇！」

下面有職工紛紛反駁——

「《人民日報》何時說過真話？眼見為實，學生遊行了這麼多天，誰見過動亂了？」

「服從上級，也要服從良知，學生要求自由民主，符合中國的現狀，我們不支持他們，支持誰？」

……

程維德說，「大家說的好，現在是考驗每個人良知的時候，就看大家的行動了，凡是願意參加遊行的，一點半在醫院大門口集合！」

……

林守潔坐在程維德側面不遠的一張飯桌。她被他聲情並茂的演說攫住了，聽得忘了吃飯。看著他身上的白大褂隨激動的手勢瀟灑地飄拂，她聯想到電影《風暴》中的大律師施洋，穿著長衫披著圍巾，站在大罷工的工人面前演說的翩翩風度。錢羽飛跳到另一張椅子和程維德對壘時，就像下賤賊樣的叛徒王連舉和高大魁偉的李玉和對陣。她被他的形象迷住了。她痛切地自詰，為啥刁難他，苛刻他，最後延誤了自己的幸福。她自鼓勇氣，不再在乎顏面，要誠摯地向他表明心跡。但錢羽飛並非虛言，程維德是否在玩火？節骨眼上他再犯政治錯誤，他們的關係必將前功盡棄。

林守潔思緒紛亂地回到病房，在走廊上被李湘筠慌慌張張地攔住，「小林，我正在找你！」

林守潔知道李湘筠找她沒好事，心生戒備地說，「找我啥事？」

李湘筠一把拉住林守潔的白大衣袖子說，「去我辦公室說。」

她們一進辦公室李湘筠就關上門，大驚失色地說，「小林，今天全靠你了！」

林守潔不解地說，「靠我啥？」

「哎呀，小程組織職工上街遊行，這樣的事，除了文革混亂期還沒有過！院長指示，防止職工上街是死任務，誰不聽勸阻後果自負，組織帶頭者將追究責任！小程一意孤行，只有你能阻攔他了！」

李湘筠壞了他們的好事，林守潔嘴上說不出，心裡卻一直在牽怪她，便硬邦邦地說，「你們院領導都阻止不了他，他已經退團，我憑啥勸他？」

李湘筠擠出笑，裝出親昵地說，「我知道他不屬於團組織管，但屬於你管？」

李湘筠的話挑起林守潔的全部怨憤，她不客氣地發洩道，「當初你要我和他斷絕關係，現在有事了又讓我和他『有關係』！」

李湘筠覺察到林守潔的異常情緒，板起臉說，「小林，這次學生動亂，關係到黨和國家的存亡，形勢危急，我們每個人都面臨重大的政治抉擇。小程一旦帶人出去，其政治後果我不說你也清楚，你認為和你無關，就當我沒說吧！」

林守潔默然無語地轉身出去，隨手恨恨地「砰」上門。她感到胸口有點堵，疾忙走出大樓去樹叢裡透氣，無意識地走到一排白玉蘭樹下。她舉頭凝望，白玉蘭花早已謝了，樹杪上玉杯樣堅挺的花朵不見了，銀燭樣幽幽燃燒的火苗熄滅了，樹枝上長滿了厚實硬板的葉子，織成蔥蘢鬱茂的一堵綠牆。葉下已在悄悄孕育蓓蕾了吧？明年開春還會綻放玲瓏玉華的花朵吧？想起程維德送她玉蘭花時的情景，又聞花朵「高不可攀」那句話，眼眶濕了，綠葉模糊成一片片遊蕩的黑雲。

林守潔已不在乎李湘筠了，但這次不是李湘筠個人的意見，而是中央的決斷，「我必須阻撓他，為了他，也為了我自己，我必須這樣做！」她一邊想著一邊回病房。

她走到醫生辦公室外，透過大玻璃窗看到裡面擠了一群年輕醫生護士，程維德正昂奮地和他們說著啥。她踟躕不前地站著。以她對程維德性格的瞭解，她毫無說服他的把握，恐怕被他一口回絕，但今次非同尋常，她唯有一試。她想打手勢叫程維德出來，不巧他背對她，還是胡春芸看見了她說，「守潔來了！」程維德趕快扭頭，他們四目相對。他沒想到林守潔會找他，也不好撇下圍著他的人，又轉頭說下去。她只好不顧一切去門口喚，「小程，李醫生叫你去一下！」

程維德很不情願地出來，跟著林守潔一壁往李湘筠辦公室走，一壁嘀咕，「這種時候她找我有啥事？」到了走廊盡頭，就要拐彎時，林守潔才開口說，「等一下！」他停下來，「不是李醫生，是我有事找你！」她倉猝推開配餐室的門先進去，「你來一下！」

程維德跟進去，因心思全在遊行上，沒顧上林守潔的情緒，看了看表說，「有啥事？我得去組織隊伍。」

林守潔不敢正眼看他，低著頭近乎自語地哀勸說，「就為遊行的事，聽我一次，就這一次！請你今天不要去組織遊行……」她還想解釋這些這些年對不起他的話，但因動情而說不下去，也說不出口，唯有淚不爭氣地滴下來。

程維德氣悶地把背脊壓在門上，抬眼盯著天花板以平復心緒，好一會兒才低沉地說，「又是李醫生叫你來勸我的？」

明知提李醫生會激怒他，林守潔還是坦白說，「李醫生當然堅決反對，但這次我沒聽她的，是我不贊成你帶頭遊行。學生遊行了這麼多天，中央已瞭解學生的訴求，各單位再去聲援學生，就是推波助瀾激化矛盾，效果適得其反」

「學生上街快一個月，如今開始絕食了，中央還是視若無睹。事實再次表明，自由也好，民主也好，當權者不會主動給你，都得靠鬥爭去爭取。我們市民不站出來聲援，對得起學生嗎？何況遊行是憲法賦予公民的權利，李醫生和錢羽飛阻撓遊行才是違法，是站在非正義的一邊！」程維德以極快地語速說著，「沒時間了，參加遊行的人都在醫院門口等我，我得走了！」他說完拉開門往外走，跨出去前又回頭地看她一眼，這一眼裡有決絕，有歉意，有無奈，有為難，攪在慈愛裡。

然而，林守潔不能接受，或者說不甘心自己的失敗，便衝程維德的後背近乎歇斯底里地大叫，「程維德！」她被自己的叫聲嚇了一跳，還下意識地反身看，好似背後有人。

程維德也驚悚了，猛然回頭，不認識似地盯著林守潔，「怎麼啦？你！」

林守潔咬了咬牙，憋了一會兒才迸出話，「如果你帶隊跨出醫院大門一步，我們的事就永遠結束了！」說完，她不敢看他，轉過身一個勁地抹淚。

程維德停頓了好一會兒才訥澀地吐出話，「我只能說，對不起你了，這次難以從命。我置生死於度外，顧不上了。從中央的對應可知，運動的後果凶多吉少，秋後免不了挨整，『永遠結束』也許對你我都是好事。」他說完，「砰」地關上門，響聲在林守潔的胸中炸開！完了！

程維德小跑著走了，林守潔遠遠尾隨他到醫院大門口，那裡已聚集了上百個職工，多數是年輕人，胡春芸也在裡面，她身上背著藥箱。

程維德和另一位醫生手擎橫幅走在第一排，橫幅上寫著：「愛民醫院醫護人員聲援你們！」士氣高漲的隊伍夾著一股雄風走了，也帶走了林守潔的自信，她的肺腑一下子被掏空了。胡春芸一向不關心政治，這次也協助程維德遊說他人去遊行。她第一次真切看清自己，始終站在李湘筠為代表的官方一邊，成為群眾的對立面，自己不啻被程維德甩掉，也被年輕同事們甩掉了。

愛民醫院的隊伍匯入了全市遊行大軍，路上，胡春芸想到自己三十多歲，兒子都三歲了，還沒有自己的住房，崔健的《一無所有》就沖出了喉嚨——

我曾經問個不休
你何時跟我走
可你卻總是笑我，一無所有
我要給你我的追求
還有我的自由
可你卻總是笑我，一無所有
……

胡春芸一起頭，「莫非你是在告訴我，你愛我一無所有」，年輕同事都跟著吼起來「噢……你這就跟我走！」

……

淮海路的遊行隊伍不見首尾延綿十里，程維德彷彿回到文革前看國慶遊行，不同的是，過去的遊行都是學校或單位組織，這次是民眾自願參加。他在百萬人中感受民心，頓時信心倍增！

十五　在槍聲中生離死別

一九八九年六月四日是禮拜天。

一周後又是禮拜天。

林守潔值夜班。子時過半，她巡完病房，該做的都做了，卻定不下心小憩，就去排病人晨服的藥。排好一盤藥，核對時錯了好幾個：地塞米松和維生素C、土黴素和食母生互換了格子……發到病人手上要闖禍了！她只得再一個一個仔細糾正……有腳步聲進辦公室。她有預感，速返身，倒滿藥水的杯子在她手上顫晃，是程維德！

程維德敏捷地關上門。

林守潔抖著手把藥杯放進盤子，「這些日子你去了哪裡？」

六月三日晚上，新聞聯播發佈戒嚴部隊通告，要在北京採取一切手段強行處置遊行絕食的學生，看來政府要動手嚴厲鎮壓了。

程維德旋即打開收音機聽美國之音，十點過後在報導的現場傳來槍聲，而且槍聲愈來愈密集，不斷有人大叫，「他們是真的開槍，已經打死了好多人！」「坦克橫衝直撞，碾死了好多人！」……

他絕沒想到鄧小平如此殘暴，竟然冒天下之大不諱，用坦克鎮壓學生市民。淚水不停地從他的臉頰滾落，他恨自己不在天安門廣場，他恨自己手上的收音機不是炮彈，不然，他一定把它扔進中南海……

他整夜睜著眼聽一陣緊一陣稀的槍聲，直到天明。

次日，他一大早趕來醫院，劃出血絲的眼珠似兩顆紅瑪瑙，胸腔如填滿火藥隨時爆裂的箱子。他衝進醫生辦公室，沒翻找到白紙，就從報夾上解下一疊《解放日報》，又找來排筆和墨汁寫下標語：「人民軍隊在天安門屠殺人民，天理不容！」、「血債要用血來償！」、「堅決推翻屠殺人民的反動政府！」他去食堂買了一碗稀飯當漿糊，貼在大門入口處的牆上，然後就請假上街了。

程維德像醉漢搖搖晃晃坐車到市中心，又跌跌撞撞地在馬路上尋找目標。一群同樣狂怒的學生在舉行抗議，他們手把手組成人牆擋在一輛公車前，堵塞了整條馬路的交通，他憤然加入進去。想到天安門前坦克瘋狂衝向學生，他怕公車不顧一切撞碾學生，就招呼在路邊助威的旁觀者協助，合力推倒人行道上一棵新植的梧桐樹，把它拖到公車和學生之間，既設起了路障又保護了學生。

然後他跳上倒下的樹樁，對學生和市民進行講演，他厲言譴責鄧小平等劊子手，號召學生罷課市民罷市，抗議中共在天安門廣場的血腥大屠殺……

政府派出的便衣在一邊錄影。

次日，程維德又去另一條馬路配合學生設路障。政府派來的工人糾察隊強行拆除，雙方爭奪扭打，隨之趕來的員警開始抓人。看熱鬧的群眾見勢不妙，機智地一湧而上幫著「拆路障」，順勢把學生和「鬧事者」包圍起來，實際是掩護他們逃走。一個六十多歲的老漢拉著程維德的衣袖擠出人群，他還想返回，喑啞著嗓門說，「讓他們抓吧！殺吧！反正活著也是沒自由的畜生……」老漢低聲說，「小聲點，不要犯傻，記著中國的古訓『留得青山在，不怕沒柴燒，』你還年輕，先逃過這一關，十年、二十年後再論勝負……」在老漢理智的勸阻下，他不服輸地一步一回頭地離去。

醫院領導早把程維德作為動亂分子上報，他已經列入了政府監視的黑名單，這次又在錄影中人贓俱獲。他躲在朋友家避風頭，公安到他家去抓人，撲了空。他明白，不想束手就擒，唯有魚死網破地出逃。

行前，他冒險來向林守潔告別。

林守潔焦憂地說，「公安來醫院拍照取證，決定追補你了！」

「我知道。」

「既然知道你深更半夜回院做啥？萬一門衛向公安通報，你逃得了？」

「我是從太平間旁的小門翻牆進來的。」

「你為啥要冒這樣的險？」

「為了來向你告別。」

「也是來責難我？不用你出口，天安門廣場的槍聲宣告，我們的論戰以我的失敗告終。」

「你還不覺醒，說明我認錯了你，也不會來向你道別。」過去十幾年，她一再「拒絕」他的「求愛」，這一刻，是他最後的傾訴，但剛說了「十三年了，整整十三年了」就咽住了。他羸憊地跌坐在扶手椅上，頭顱似過熟的西瓜沉甸甸垂下，被耷拉下來的幾叢亂髮網住的雙眸，消失了往日的銳利，顯出少有的散淡。

林守潔脈脈看著他。日光燈下，他臉色慘白，彷彿被鎂光燈照著，堅韌的顴骨似凸出野草的岩石，方正前額上的細紋剛犁過似的明晰。她自怨道，「是我，白白荒廢了我們的十三年，一切都怨我……」她無力地噥噥著。

「別說了……」程維德「唰」地站起來，緩緩走近窗前，茫然地望著窗外，以逃避林守潔的目光。黑濛濛的天深不見底，月亮被雲塊裹住了，只有幾顆時隱時現的星星。「這是怎樣的十三年啊！人的一生有幾個十三年？我們有一個怎樣的開始，又有一個怎樣的結局？……」他把手高高地支在窗櫺上，額頭枕在手臂上，語帶哽咽。

林守潔不敢看他，埋下頭，雙手堵住淚水的湧出，哀求道，「不要拿針筒刺我了。我唯一的願望是，請給我補救的機會。」

「一切都晚了，我必須走了！暫時，不！也許是很長一段時間要離開你！」程維德轉過臉看著她，抿緊嘴，眼簾微垂兜住欲下的淚。

「為啥？」林守潔淒惘地明知故問。

「你不是知道，員警在四處追捕我！」

「即使你坐牢我也等你！」

「你不要無辜受累，不要毀了自己的政治前途，為了這個前途，你犧牲了我們的一切……」

林守潔打斷他的話頭說，「現在我不在乎了。」

「這是不必要的陪葬！再說，我也不會坐等他們抓捕。」

「你要出逃？準備去哪裡？」

「我無法告訴你。」

「你不信任我？

「我自己都不知道去哪裡！」

程維德走近扶手椅，拿起自己的背包，取出一個大紙袋和一只鋁合金飯盒。紙袋裡裝著生的大餛飩，飯盒裡是沖湯的料，「我還沒吃晚飯，這是路上在飲食店買的。」

林守潔連忙接過餛飩，「我去給你下。」她去裡間的煤氣灶煮餛飩，借此躲避程維德。他跟過來，站在門口，默默地看著她。那不是看，是鑒賞，就像站在一幅名畫前，他們第一次見面時，他就是這樣看她的。她推湯匙的手在擂動。她不敢側過頭，怕驚動他最後的鍾情。

林守潔煮好餛飩，正欲舀進飯盒給程維德，他趕緊說，「你把餛飩分兩碗吧，那些年，我沒少吃你做的美味餛飩，今天，請你吃我的。」

「你餓了，自己吃吧！我不餓，也吃不下。」

「你也吃吧！不知啥時才有下一次！」

林守潔順從地拿出小碗從他的飯盒裡勺出幾隻。他們面對面地坐在辦公桌前，用調羹撥著碗裡的餛飩，卻半天都沒吃下一個。

「你吃啊！」林守潔催他，「告訴我，我能為你做啥？現在我願意為你做任何事……」

「不必了，我『犯上作亂』時你沒沾我的邊，還一直在阻攔我行動，我成了『罪人』後你沒有必要去跳陷阱，不如『痛打我這隻落水狗』，保護好你自己。」

林守潔抬起婆娑淚眼看著他說，「你這樣說，比責罵我更讓人難受，我真的無地自容。」

「我沒時間戲言，既然十三年裡你沒有認可我，現在又何必作無謂的犧牲。事到如今，你應該繼續我們的『絕交』狀態，今後能夠徹底忘記我，更好！我冒險翻牆進來，就是為了說這句話。當然更想親口對你表白：十三年來，我是多麼愛你！那些年，我還沒當面對你說過『愛』這個字眼，今天非得一吐為快。這樣，我可以毫無缺憾地離開了。」程維德站起身，又一次走到窗前，兩眼凝望漆黑無盡的夜空。

餛飩在碗裡漲開來，慢慢地糊了，他不去動，林守潔也無心提醒他吃，她已開不出口。他們知道，這一刻，有千言萬語要訴說，卻像被管道口堵塞的激流，出不來，只等待著沖決，死一般地寧靜。

「嘟——」病人呼叫的警鈴響了，閃射的紅燈打破了他們的沉默。

程維德慌急地說，「我得走了，不能再逗留了。」他快步走近林守潔，「走前我想握一握你的手，你想過沒有，十三年來我們還沒握過手呢！你願意嗎？」他伸出有力的手掌，修長的手指在巍巍顫抖。

林守潔注視著這雙熟悉的手。多少次，她看著它握著聽診器檢查病人；看著它捏著蘸水筆書寫醫囑；看著它靈敏地用小刀鑷子處理病人的傷口。那些年，她在感情上很想捏一捏這雙靈巧的手，但理智一次次地遏止了她。

林守潔溫順地伸出自己的手，似幾支嫩茭白插入程維德的掌中，纖柔潤滑。她眼簾半捲，不敢正視程維德，也不敢看他的手。他捏住她的玉手，用力緊緊拽住，猶如墜崖者拽住一根繩索，要把十幾年來為握這隻手而蓄積的能量用盡。

伴著一陣麻辣酸脹的生疼，一道熱乎乎的電流竄遍林守潔的全身，彷彿一鑊水達到了沸點，騰騰熱氣直往外冒，她胸部起伏呼吸短促。程維德忽然鬆開手，只輕輕地托住她的手背，再伸出左手覆在她溫燠軟綿的細嫩掌心，輕輕摩挲著，訥訥道：「終於撫摸到你了，多少次存過這樣的幻想……」

林守潔再也忍不住了，全身傾倒在程維德寬闊的前胸。十三年了，是的，四千多個日日夜夜，終於有了今天，然而走到這一步時竟是分別。她想痛痛快快地大哭一場，但這是病房，是護士辦公室，她只能屏住嗚咽，淚水無聲地汩汩淌在他的襯衫衣襟。她聽到他奔馬樣跳動的心，感到馬匹隨時會蹦出胸膺，奔騰而去！

程維德一手溫情地輕拍林守潔烏黑的短髮，一手掏出手絹為她拭淚，「不要難過，我堅信我們會再見的，只是這一天也許不會很快到來，儘管我期望就在明天。所以，在那天來到以前忘記我，走你自己的路，過你自己的生活……」

「嘟——」鈴聲又一次響了，病人又催了。

程維德輕輕推開林守潔，「你去看病人吧！我也得走了，你要千萬自重……」他絕然地往外走。

林守潔跟在他後面在走廊疾行，到更衣室時驀然想到了啥，大叫，「維德，等一等！」

程維德刹住腳步，只見她慌忙走進更衣室，又很快手拿一只皮夾子出來，她從裡面翻出一張照片，「這是我最中意的照片，送給你留念！」

程維德就著燈光匆匆掃一眼，就從包裡拿出一本筆記本，把照片夾進去，款款深情地對林守潔說，「謝謝你，我會永遠把它帶在身邊」！說完，飛快奔走。

林守潔追上去，程維德已經下了樓，她撲在樓梯的橫杆上，已不見他的蹤影，便禁不住無聲叫喚「程維德——！」她又奔回護士辦公室，從視窗望下去，小徑被一簇簇幽暗密匝的樹影蓋住了，只見一團啥也辨不明的墨色，他消遁在深長無底的黑夜中……她含淚仰望，洶怖的烏雲蔽天遮月地滾來，把剛才僅見的幾點星光淹沒了……

下部

一　「相思病」人

每天上午八點，變態病科準時在護士辦公室開晨會，值夜醫生護士向日勤者交班。人到齊了，林守潔習慣性地盯著門口，等待程維德出現，交班的講了啥，她一句都沒聽進。

程維德逃逸了，變態病科不再有他的身影，愛民醫院不再有他的足跡，但他依舊雕塑般站在林守潔的視線裡。她還能看到他一間挨一間地巡病房，一床挨一地查病人；還能聽到他幽默時的發噱樣；甚至還能自言自語地和他悄聲對話。好幾次，在病房走廊看到一個男醫生走來，她以為是程維德，便笑著迎上去，弄得對方受寵若驚，冷豔的花瓷磚突然變軟了？她推著打針發藥的小車去病房，因魂不守舍而走錯床位；她從食堂打來飯菜，還沒吃就反胃噁心。

晚上，她躺在宿舍的床上無法入眠，吃一粒「安定」不管用，整宿睜眼到天亮。第三日，她實在受不了，就加大藥量吃了兩粒「安定」，再加上兩粒治噁心的「維生素Ｂ６」。這次她輕快地滑入酣夢，直到被一個聲音喚醒。

「守潔！……守潔！……」有人不停地叫她？聲音飄飄忽忽，好像越過千山萬嶺，從泓邃的峽谷徐徐傳來，一縷縷繞過她的耳朵。她覺得自己坐在一片雲船上，在風中飄蕩著慢慢下沉……下沉……「砰」的一聲，船隻觸到了地面，她的後背跟著反彈了一下，醒了過來。

透過微微撐開的瞇細眼縫，一張熟悉的面容在幻化中漸漸清晰，是媽媽！媽媽濕漉漉的雙眸盯著她，像兩隻閃著暗光的珠子一動不動，眼角的皺紋被她放大，成了幾條狹窄的弄堂。「守潔……守潔……」媽媽的嘴靠著她的耳朵輕喚，似一撲撲和風穿過弄堂。

「我在哪裡？」林守潔盡力睜大眼往上看，頭上是雙層床鋪的木板，她確定自己躺在宿舍裡，禁不住緊張地問，「媽媽，你怎麼到我宿舍來了？出啥事了？」她自己也感覺到，她拚命大聲說話，但發出來的聲音衰弱微細。

「守潔，你終於醒了，你終於說話了。」媽媽高興地用手絹抹淚。

「我終於醒了？難道我病了？昏迷了？」她懷疑地咕唧。

媽媽用手絹抹她的面頰，「你不但病了，還病得不輕，你的臉色這麼蒼白，領導讓春芸叫上我。」媽媽指著床邊的一個鹽水架，「你看，你們醫院的醫生給你用了藥，為方便你掛葡萄糖水，春芸和我一起把你抱到下鋪。」

媽媽的兩隻手掌捂住林守潔的手掌摩搓著，母親粗糙的掌紋透出焦心。媽媽嘴角翕動了幾次才說出，「守潔，你真糊塗啊！告訴我，你為啥要為那種人急出病來？」

「那種人？」林守潔聽出媽媽輕蔑的口吻，不滿地咕噥一聲。媽媽一定聽醫院領導說了啥。

媽媽是識字不多的家庭婦女，當了二十多年里委幹部，退休了還擔任黨小組長，習慣跟著街道黨委鸚鵡學舌，上面說啥她就信啥。政府說參與六四的是暴徒，是動亂分子，她就跟著說就是動亂分子。別說媽媽，這些年來自己不也信奉黨說的一切，分不清是非麼？這次要不是政府大開殺戒，自己不是繼續蒙昧下去？」她哀傷地自語，「『那種人』走了，不再回愛民醫院了，不！也許永遠也不回來了……」

「那種人走了好！無論對國家，對你們醫院，對你都是好事，你為啥捨不得他？」媽媽說著，見林守潔不說話，淚珠卻不停地往下滾，急忙用手絹幫她拂去，「春芸告訴我了，你們曾經好過，但沒正式談朋友，現在他出事了，你何必把自己搭上去……」

沒等媽媽說完，林守潔搶過話頭，「誰說我們沒談朋友，我們談了十三年，怎麼能說和我沒關係？是我逼他出走的！是我害了他！」她嘴上說得很輕，心裡卻在大聲吼叫。

「傻丫頭，你還在犯傻，李醫生告訴我，他在反革命暴亂中犯了罪，是畏罪出逃，你去擔啥責任？」

「是的，這是醫院領導認定的事實，但他們只知其一，不知其二，只有我自己知道，我也是他出走的情由，只有我自己知道！」

「守潔，要真像你所說的那樣，你們是戀人，他為啥不負責任一走了之？這樣的人哪裡值得你留戀，你還為他尋死覓活？不是和自己過不去！」媽媽說著又抹起淚來。

「尋死覓活？」林守潔「噔」一下子坐起來，「誰說我尋死覓活？」她感到一陣眩暈，雙層床搖晃起來。

媽媽抽噎著轉過身，指著床前桌子上的藥瓶說，「你看看，你做了啥？不尋死為啥吃那麼多安眠藥？」

「我吃了那麼多安眠藥？沒有啊！」林守潔看著桌子上的兩個藥瓶，一瓶「安定」，一瓶「維生素Ｂ６」，對媽媽解釋昨晚吃了兩粒「Ｂ６」和「安定」。

媽媽說，「我不懂你說的藥，反正昨天半夜你呼呼大睡，不時狂呼程某某的名字，把宿舍的人都吵醒了，她們連推帶叫喚不醒你，嚇壞了，再看桌子上安眠藥瓶，打開一看只剩幾粒，認為你吃了一瓶安眠藥，慌忙去急診室叫值班醫生。還好，醫生檢查後說全身情況正常，估計服用的量不是太大。守潔啊，你為那種寡情寡義的人犯傻，怎麼不為我和你爸爸想想啊？你難道捨得丟下我們？」媽媽說著嗚咽起來。

沒等媽媽說完，林守潔像遭了雷電襲擊，先眼白上翻定洋洋愣了神，隨後上半身木樁樣直挺挺地倒下。她終於明白了事情原委，他們以為她服藥自殺，一場多麼大的誤會！她想起來了。昨天在吞嚥兩粒「安定」時嗆了一口，她站起身在宿舍裡走了幾圈，再回頭去拿「Ｂ６」，因為噁心的厲害，她就服用了四粒，糊裡糊塗中肯定看錯藥瓶，又拿起「安定」，一共服了六粒「安定」，再加這些日子沒好好吃飯，造成低血糖，就此昏厥過去。

這下丟臉了。

林守潔為出逃的程維德「自殺未遂」，愛民醫院為之譁然，流言在同事們的嘴耳傳播，如此古板的女團幹部，竟然鬧出離奇的「風流韻事」？只有患「相思病」能夠解釋。

林守潔對此不置可否。程維德一去不回，絕望的戀念引她發「病」也難說，認定為他自殺也並不離譜。這些天裡，她確實隱伏著自我了斷的念頭，服用解除噁心藥時，下意識地去拿「安定」也完全可能。但那天是不是實施了，她不敢肯定。可以肯定的是，她無法排解深重的追悔。十三年裡，她用悖逆的言行表達對程維德的愛，用自設的原則苛求他，傷害他，也教自己淹在苦海裡掙扎……直到他遠走高飛，才明白自己幹了啥！失掉的又是啥？若說這是一場悲劇，那麼自己就是「導演」，一切都是自己「操縱」的，她不赦恕自己，只能把自己逼「瘋」。

李湘筠剛升任副院長兼六四清查小組長，她格外吃驚，似憐惜似責怪地對林守潔說，「你在六四中立場堅定，竭力阻止程維德上街，得到領導的一致好評。他畏罪潛逃了，你反倒為他發病，教人難以理解！」

林守潔恨死了李湘筠，這個拆散了她和程維德的人！那一刻，她看李湘筠，猶如小綿羊看到向牠撲來的大灰狼。當然，她更恨自己，是她聽從李湘筠的「指導」，才走到今天這一步。她哼了一聲，「程維德『畏罪潛逃』了，我畏罪『犯病』了，不是很自然麼？」

「你畏啥罪？你這次表現很好，應該得到表彰！」李湘筠像老師表揚好學生，這裡有她一份功勞。

「對你來說我沒犯罪，但對程維德來說，我犯了不可饒恕的大罪，無法彌補的大罪！」

李湘筠滿面詫異，親昵地拍林守潔的肩膀，「守潔，你別搞錯，你怎麼對他犯罪，說他對你犯罪才對，難怪同事們說你患了……」林守潔知道她不好意思說出「相思病」三個字。

林守潔毫不領情，「我說的沒錯，是我對程維德犯罪，是我害了他，害了他整整十三年，逼走他的罪孽中也有我一份。」

「你真的病了……竟傾心一個『反革命暴徒』！你原有的階級立場哪裡去了？」李湘筠難抑惱怒，這可是自己費心栽培的弟子，如此反叛，等於猛扇她的耳光！「守潔，你忘了入黨時怎麼說的？要無條件服從組織，黨指向哪裡就奔向哪裡。這次發生六四反革命暴亂，暴徒們用自由民主的口號擾亂人心，妄圖推翻社會主義制度，幸虧鄧小平鐵腕出手，挽救了黨，挽救了國家，才讓程維德之類的暴徒受到了應有的懲罰。他儘管逃到了外國，但除非他永遠不回國，否則最終逃不過人民的審判。在這場你死我活的鬥爭中，你竟然癡戀上程維德，作為你的入黨介紹人，我為你感到羞愧……不過，只要你冷靜下來，深刻反省，一切還來得及，組織上不會一棍子把你打死。」

反省？不用李湘筠提醒，林守潔已經徹底反省了！李湘筠心中的逃犯程維德，卻是她心中的完美勇士。她反省自己在兩軍對壘中站到他的對立面，無異於為天安門前的坦克添磚鋪路，無異於做了屠城劊子手的幫兇，穿過學生心臟的子彈也「擊碎」了她，她身上出現了無法癒合的槍傷，她已不再是原來那個她了！

林守潔坦蕩「回敬」李湘筠，「我剛從瘋癲中悔悟過來，從沒有過的清醒，倒是你在迷途邪道妄行而不自知。」

李湘筠怒氣攻心，不再留情地厲聲說，「好！既然你率直表明了立場和態度，那就等組織發落吧！」

錢羽飛在六四的表現受到衛生局嘉獎，升任工會主席兼六四清查小組副組長，他「打敗」了死對頭程維德，拔了蘿蔔地皮寬，他可以得到「佔有」林守潔的機會了。他大發「善心」地為林守潔解脫，息事寧人地對李湘筠說，「她可能真的瘋了，是瘋人的『瘋言瘋語』，不必較真」。

幾位心下對六四有保留的醫生，出於對林守潔的同情，讓她避免在政治上受清算，也對李湘筠說，林守潔「精神有點錯亂」，看來是患了「相思病」，應該讓她回家休養。

林守潔不認可這樣的「診斷」，但接受了他們的好心，她的肉體被精神壓垮了，確實需要靜養。

正是燠熱的黃梅時節。天上沒有囫圇的日頭，霧氣濕漉漉地粘住陽光，輕風被玉皇大帝鎖在天宮，凝固的空氣漿住了人面和人心。

林守潔病休在家，程維德生死未卜，她安得下身卻安不下神，整日胡思妄想，瞳仁裡盡是心上人的身影。她端起飯碗就想，他也許在逃亡路上，在鄉村茅舍乞討吃食；淫雨瓢潑，弟弟沒帶傘淋濕了襯衫回家，在她眼裡是他落湯雞樣在叢林裡滑行，在沼澤地高一腳低一腳跋涉……

媽媽要她認清形勢，拉上爸爸一起陪她看新聞聯播，盡是鎮壓反革命暴亂的內容：被通緝的某某某在北京逮捕了；又是某某在逃亡中被人告發了；上海法院公審三個「暴徒」，他們「縱火」焚燒火車抗議大屠殺，最後被判處死刑從重從快槍斃了。她看得心驚肉跳，生怕跳出「程維德」三個字，更怕這三個字被她漏掉。她不敢在電視鏡頭上遇見他，就雙手掩面埋在膝頭，即使最後沒聽到他的名字，也總是疑心他已經被抓了。每次關掉電視，她就倒在床上飲泣不已，酒靨微顫著自語「他逃不了了，他逃不了了！」

半夜，她似睡非睡，沒掛搭勾的窗戶在風中「砰－砰－」作響，她以為他被人抓住了在牢房受拷打，失聲大叫，「別打他，別打他！」把父母嚇醒；一天午後，她歪在床上恍恍惚惚盹著了，鄰家有人結婚放鞭炮「劈劈啪啪——！」她驚跳起來呼喊「他被槍斃了！他被槍斃了！」

媽媽見狀，抹淚相勸也不管用，為分散她的注意力，把家裡的舊絨線衫拆洗了讓她重結。過去，她是結絨線的快手，二、三天就可結一件，這時一個禮拜結不出一隻袖子，即使手上機械地擺弄，心也不知飛馳到哪裡去了，常捏著絨線針癡癡地楞半天，直到不小心戳痛手才醒過來。

媽媽看著惘惑地對她嘀咕，「這個程維德到底是怎樣一個人？怎麼把你弄成這樣？」

她無法向媽媽解釋，即使解釋了媽媽也不會懂。要不是六四，連她都不理解他，搞不清政治的媽媽又怎能理解？她只能籠統地說，「他是個不同尋常的人！」這是她和程維德初次見面的印象，也是對他至今沒變的評介，更是她無意識崇拜他愛他，始終不忍放棄他，直到今天苦戀他的全部理由。

她不願聽父母洗腦，想一個人上街走走，去梧桐樹蔭下透口涼爽的空氣，卻不敢出門，她怕見到鄰居和熟人。她住的弄堂一旦有事家喻戶曉，媽媽謊稱她患肝炎病休，她不承認有病，也無法解釋「沒病為啥不上班」？唯有躲避了事。

她汗水涔涔地自囚在薄磚瓦頂下的陋室，屋裡到處是燎人的燥火，肺臟好似找不到出氣口的高壓鍋，隨時會爆炸，開了電扇猛吹也熄不了。不知趣的知了來添亂湊熱鬧，彷彿從四面八方聚集到視窗，對著她合唱聒噪；對門養著幾隻鴿子在屋頂上飛來飛去，她恨自己不能像童話裡的人，借牠們的翅膀飛到天邊，尋遍世界找到心上人……

二　逃亡和救贖

程維德從上海到廣東混過各種盤查，一路驚險地到達深圳，在當地同道的佽助下，他聯繫蛇頭偷越國境，定於陰曆八月上、中旬行動，那時從深圳到香港是順水。

他在忐忑中等待，電視裡播放的緝拿逃犯的通告，也在敦促他抓緊行動。面對威懾，他被一個念頭纏住：萬一偷渡失敗——被捕判刑或溺水身亡，怎麼辦？權衡利弊，他決定寧死也不能被擒去坐牢，他死去林守潔也可死心，他坐牢反把她套牢。那些日子，他在回味林守潔中打發時光，他和她相處的點點滴滴，其中的每個細節都那麼甘美又那麼感懷。他曾憂心地預想過他和她可能的種種結局，就是沒料想到以如此方式訣別。

生死存亡的時刻到了。

這是蛇頭挑選的月黑風高夜。一艘小舢板帶著程維德從惠州的大亞灣海面出發。還有四人與他同船，三個年輕力壯的小夥子，其中一個帶著他的女人，他們花錢偷渡去香港打工。

小舢板疾速航行。沉悶的馬達聲躁動著程維德的心跳，他實地體驗了身處險境的生理反應：

一隻小鹿在胸中蹦跳；一隻小兔要從喉口躍出。小舢板到大廟灣附近時已昧爽。隱隱約約看見海岸了，船上的人慶幸沒碰到海上巡警，馬上要登岸了。三個小夥子激動得猛然躍起，小舢板左右載重失衡，一下子往一邊傾斜，正巧又湧來一個浪頭，掀翻了小舢板，船上的人全部落水。

掉進海裡的一瞬間，程維德閃過一個念頭「完了！」並下意識地大叫「林守潔！」幸好海水還不太冷，他憑著水性慢慢地浮上海面，抬頭往前看，海岸依稀可見。中學時他每年參加橫渡黃浦江活動，這點距離不在話下。為了不過分消耗體力，他用蛙泳而不是擅長的自由式。他邊遊邊默念「守潔，我們在對面見！」「守潔，請在岸邊等著我！」

……

蛇頭久經磨練，是浪裡白條，最先上岸。三個小夥子有備無患，靠著長年冬泳的體質也隨後上岸，程維德爬上岸時，他們已經在等著了。他們悄無聲息繼續地等那個女人，她的丈夫焦急往水中看，他忽然意識到啥，回頭對同夥說，「阿彩不會水的！」說完大叫起來，「阿彩！」「阿彩！」一邊叫邊往水裡奔。蛇頭迅捷地跑上去一手肘套住他的脖子，一手捂住他的嘴，一邊用力把他往後拖，一邊罵道「我屌你老母，你想招香港巡警來？你不要命，我先宰了你！」小夥子傾身往前掙扎，這時，另外倆個小夥子趕快過來幫忙，按蛇頭吩咐拖著他一起到附近的山坡後躲藏……

程維德不怕巡警，他本來就是向香港尋求避難的，他非常同情小夥子，那個溺水身亡的阿彩讓他聯想到林守潔。他感念林守潔，相信自己得到了她的守護，才度過一道道險關，逃離那片淌過熱血的冷土。

程維德輾轉抵達Y國，沒安頓好就去公用電話亭打國際長途，他急於向林守潔報平安。詎料，掛到愛民醫院變態病科，接電話的人說，「林守潔病了，在家休息。」他只得找胡春芸，問林守潔患了啥病？胡春芸吞吞吐吐了半天說，「對別人好說，對你就難說了……」他追詢「為啥？」胡春芸又遲疑了好一會兒才說，「單位裡的人都說，她患上了相思病，是相思你的病……」他大驚，「『相思病』？相思我的病！怎麼可能？請你告訴我到底是怎麼回事？」……電話自動斷了，公用電話一分鐘一鎊。程維德慌忙又往孔裡塞了兩個角子。他再次接上胡春芸說，「請你告訴我林守潔家的地址和傳呼電話號碼！」胡春芸說，「不行，守潔媽媽不會准許你打擾她的。」他急道，「那怎麼辦？……電話又快斷了」胡春芸說，「你先給我來一封信，我回信跟你詳談……」

程維德跌坐在陋室的舊沙發上，看著牆皮剝落的屋頂發愣。回顧十三年的愛情膠葛，自己綣戀著林守潔，林守潔克制著情感冷漠以對，最後是「一個水中月，一個鏡中花」，倘若他們之間必有一人要瘋，應該是他！

憶及與林守潔告別的一幕，程維德才漸漸了悟，她冷漠的外表下一直掩藏著熾烈的癡情，就像一罈久置地窖的醇酒，直到開封才知它的濃烈，迸發出病態的「相思」。此前，林守潔以驚人的自制力支撐分裂的內心和外表、人前和人後，她竟支撐了十三年！痛惜的是，她沒有支撐到底，最後還是崩潰了！

他聯想起另一個女人。

七二年，他插隊的公社革委會召開大會，公審老右派、現行反革命分子柳直枝，會上羅列了他的許多罪名：為林彪反黨集團辯護，污蔑偉大領袖；教唆知青破壞上山下鄉運動，記錄準備反攻倒算的變天賬……為防擴散，會上沒有公開詳細內容，但流傳出來的各種說法大同小異：林彪事件後，柳直枝沒資格聽文件，南京來的知青小黃和柳直枝一起勞動，《五·七一工程紀要》說，「青年知識份子上山下鄉，等於變相勞改，」他聽後衝柳直枝發牢騷，「林彪說的有道理，我和你一樣勞動，不是變相勞改？」柳直枝不吱聲。《工程紀要》還說，「他已成了當代的秦始皇」，小黃又問，「『秦始皇』是誰？號稱『知青』的竟然不知秦始皇，柳直枝終於憋不住，給他講了秦始皇的事，還隱晦地認同毛是當代秦始皇的觀點。小黃帶著榮譽感下鄉，不願幹「變相勞改」的活。他逃回南京，還到處抱怨插隊生活，被人告發到派出所，他被抓進去又供出柳直枝說的話。縣公檢法去抓教唆犯柳直枝，又在他家搜出一本筆記本，上面記著三年自然災害期間全村餓死人的數據：全村（生產隊）的戶數、人口，每戶死者的姓名……公審會後當場把柳直枝拉下去槍斃。柳直枝的女人瘋了，她每天在家門口敲破鐵皮畚箕「咚——咚——！」嘴裡不停地哭訴著，「孩子他噠（爸）！你去哪了？怎麼不回來？——孩子他噠！」「咚——咚——！」

……

程維德不願拿林守潔比附柳直枝女人，只能懊恨，如果出逃前不去向她告辭，也許可以避免激化她的情思，使她不被疚心拷問，不被情愛羈絆，不陷入自虐而發「瘋」？然而，林守潔是淪肌浹髓苦戀了十三年的愛人，他如何忍心不辭而別，那可不是明日再見的道別！不！不是自己的告辭，是自己的出走，引發了林守潔的「相思病」。他知道，醫治「相思病」的最佳療法，就是讓「患者」達到目的，得到相思的人。他要回到林守潔身邊，既是解救她，也是解救自己，事實上，他同樣犯著相思她的「病」。

回國！立即回國！程維德衝動地從沙發上跳起，肩頭撩翻了立式檯燈的破罩子，他猛醒過來，又跌回座位。環顧七、八平方米的臨時棲身處，他確認自己的身分——剛逃出祖國的政治難民，現在如何回得去？國內還陷於紅色恐怖中，天安門廣場的血跡還沒洗盡，他這個逃亡者去自投羅網，非但解救不了林守潔，還給她增加受人作踐的罪名。

他回不去了，只能沒事就走到附近的海邊，隔著洶洶的巨浪呆呆眺視窵遠無盡的彼岸。長空上翻飛著鷗鳥，牠們啥也幫不了他，任憑他望空苦歎。不到一個月他的黑髮裡萌出了銀絲，原來伍子胥一夜愁白頭不是虛構，他由此告別了青春。

程維德給胡春芸寫信——

胡春芸：你好！

你不會想到，與你不告而別僅三個月，我已經來到十萬八千里外的天邊，就像我自己做夢也不曾想過，有一天會「拋離」故土去遙遠的Y國。

毫無疑問，過去幾個月驚天動地的變易，不僅改變了祖國乃至世界的走向，也必定改變中國人的人生，我更經受了一場煎心熬肺的煉獄。最令我震驚的是，林守潔為我「瘋了」？患上了「相思病」？我不相信！思慮再三還是不能相信！但願這是一個誤傳，或者是「誤診」。

當然，我相信林守潔一定發生了啥。

此時此刻，我多想飛回中國，飛到林守潔的身邊。可惜，你知道我不是用護照「出國」的，我無法回去，只能悔咎，哪怕坐牢也不該出來。現在木已成舟，說啥都晚了。

所以，我只能拜託你，能否告知林守潔的「病況」？或賜教林守潔家的地址，讓我直接和她聯繫。

入秋了，我知道今年的秋天非同尋常，也許你正在品嘗受我煽動而犯「錯誤」的苦果，為此我向你致歉！

遙祝秋安！

程維德

程維德的信是李湘筠交到胡春芸手上的。院領導得知程維德已逃亡Y國，便令門衛凡海外來信一律先上交審核。

李湘筠先給胡春芸一個下馬威，語調陰鷙地說，「程維德很信任你麼，一逃到外國就給你寫信。」

胡春芸聽出李湘筠的話外音，身子不由一激靈。她積極追隨程維德組織遊行，六四後屬於重點審查對象，好在程維德出逃了，她可以把責任都推到程維德身上，哭天抹淚地說，「受了程維德的欺蒙，犯了嚴重錯誤，請組織寬大。」

李湘筠知道她一向不關心政治，不過是脅從者，令她寫了幾份檢查就過關了。見她膽怯地低頭不語，就說，「你先看信吧。」

胡春芸看完信松了口氣，程維德除了談林守潔的事，沒說太犯忌的話，她稍稍安下心等李湘筠發話。

李湘筠問，「看了信有啥想法。」

胡春芸急於撇清自己，答非所問地辯白，「我可沒教程維德給我寫信！」

李湘筠說，「這個我們知道，不過，寫信給你說明對你的信任吧。」見胡春芸默然，提醒道，「六四後，本著治病救人精神，組織上沒有難為你，你要以此為戒！程維德畏罪潛逃西方，背叛祖國背叛人民，你一定要和他劃清界限。」

胡春芸趕忙表態，「他逃亡西方國家，我當然不再認他。我把守潔家的地址告訴他，教他們自己聯繫，從此和他斷絕關係。」

「我們已經找過林守潔媽媽，她會防止林守潔和動亂分子聯繫的，萬一程維德去信她也會交給單位的。」

「程維德聯繫不上林守潔，不就沒事了？」

「不，組織上要你去和程維德聯繫，或者去做程維德和林守潔的聯絡員。」

胡春芸納悶了，「教我做中間人，為啥？」

「程維德在Y國非常狂妄，他組織留學生成立反華團體，造成非常惡劣的影響，所以，有關部門要我們掌握他的動態。」

胡春芸心裡一驚，這不是要我當線人？便條件反射地看一眼滿臉堆笑的李湘筠。

李湘筠見胡春芸面色煞白，補充說，「我們這樣做，首先是為了保衛祖國，對程維德的反華行為採取防範措施，使國家減少不必要的損失。其次也為守潔好，允許她和程維德間接聯繫，既穩定了她的情緒，減輕她的病情，又能及時監察，以免她在歪路上愈走愈遠。」

胡春芸怯怯地說，「你要我做啥？」

「也沒啥大不了的事，你為他們傳遞信件，收到後讓組織上看一下就可以了。」

胡春芸不無恂懼地說。「教我想一想如何完成組織交給的任務。」

次日，錢羽飛語帶脅迫地警告胡春芸：「不要辜負組織的信任。」

胡春芸明白錢羽飛的言下之意。她和阿章結婚後住在婆家六平方米的亭子間，目前正在申請住房，如不照李湘筠說的做，就別想分到房子。婚前，她對阿章隱瞞自己懷過孕的事，阿章有強烈的處女情結，婚後得知底細不肯輕饒她，經常找因頭和她吵架打鬧。慘痛的婚姻使她對林守潔無法釋懷。林守潔「犯病」後，她就快慰莫名，許多同事帶著觀戲心態「關心林守潔」，刨根問底打聽林守潔「自殺」原由，她就不厭其煩地一遍遍解說，「深表同情」地附會林守潔犯了「相思病」。

胡春芸知道，錢羽飛是程維德的政敵，更是他的「情敵」，即使程維德逃到海外他也要肆意報復，還把林守潔當獵物伺機捕獲。她噁心奸詐的錢羽飛，但為了房子不敢違拒他。她也想讓守潔嘗到她當年的滋味，認為「這是冥冥中對林守潔的孽報。」

胡春芸拿著程維德的信去找林守潔。

林守潔憂惶過度，靠安眠藥熬夜，服兩、三片藥也只能睡三、四個小時，鎮日昏昏沉沉。聽說程維德安然抵達Y國，雀躍著一把抱住胡春芸，流著淚說，「太好了，他總算平安了！」但懸蕩在半空的心還沒完全放平，另一種不安又襲上來。她一把拉住胡春芸的手，心焦地問，「他毫無準備地流亡異國，人生地不熟地如何生活？時下不少人以留學名義出國，聽說都在餐館打工謀生。他一個當醫生的能適應嗎？」

胡春芸說，「你擔啥心？別人能活，他會餓死？有誰聽說過出國的人餓死的？你還是先解決自己的問題吧，如何和程維德聯繫？現在，凡是海外來信都要上交審核，就是針對小程的，這封信也是李醫生交到我手上的。教他寄你家裡吧，你媽媽又不允許。」

林守潔犯難道，「是啊，我媽媽要我斷絕和他交往，他來信一定會被扣住。」她頓了一下哀求道，「春芸，事已至此，也只有你能幫忙了，教小程把信寄到你家，拜託你轉給我。」

胡春芸瞪出大眼珠恨道，「我無法代勞！阿章沒事都找我茬頭，有一個男人從外國寄信來，那不鬧翻天。說到阿章，不都是你們造下的孽！」

林守潔不知所措地說，「既然如此，我不為難你，但怎麼辦呢？」

胡春芸這才拿出主意，「還能有啥辦法？只好教小程把信寄到我媽媽處，我代你轉交。」

林守潔連忙雙手合十道，「春芸，我的好姐妹，謝你了。」

胡春芸鬆了口氣，事情比預計地順利，林守潔接受了她的「大人情」。胡春芸嘴上說，「我們是姐妹，客氣啥，」心裡卻說「我應該謝你呢！」為克服心理障礙，她自找說辭，如果她不做程維德和林守潔的「交通」，他倆就徹底斷了聯繫，林守潔的病情就會更重。

林守潔迫不及待地說，「對了，你能否把他的來信給我看一下？」

胡春芸不能拒絕，裝作不經意地說，「你覺得妥當嗎？給你看他給我的私信？」

林守潔不好意思地說，「那就算了。」

胡春芸說，「他等著我回信呢，」她把信封給林守潔，「這樣吧，你先給他寫信吧，這是他的地址，我抽空再寫。」

三 「病人」和醫生

林守潔新奇地看信封右角上的郵票，「看到」程維德站在女王旁邊；看信封左角上的英文地址，「聽到」他苦讀英語的朗朗聲……她明知信封是空的，還是幾次把手指伸進去，她多想從裡面掏出信紙，哪怕隻言片語，可惜只是一次次摸空，她只能失望地反覆輕撚空信封，感受他留在上面的體溫。

林守潔一刻也等不及地給程維德寫信。下筆時，他沉思的神態在白色信箋上疊出，她的心不由「噗噗」亂跳。她要和他傾談，要說的話一籮筐，分別後的思念，深重的懺悔，灌滿墨水的鋼筆似瀑布傾瀉積愫——

維德，你終於安全走出了中國！你不知道，在你逃亡的幾個月裡，我日日夜夜在追蹤你，你的逃亡路有多艱辛，我的心就有多焦灼，那時辰比我過去幾十年人生還長。

我簡直要瘋了，醫院裡的同事以為我真的瘋了。我怎能不瘋？如果我不是那麼淺薄驕狂，我們相處的十三年本該是我們寶貴的愛的光陰，我們本該享受愛的歡悅，而我卻讓你承受無盡的苦惱。我導演了一齣歐幾里得定理式的悲劇——我們似火車的兩根軌道——始終等距離並肩往前延伸，一直奔馳了十三年，最後跑到天外也沒合攏。我們的結局就像宿舍樓前的無花果，不對！是令人痛悔的無果花！

當你亡命天涯，我才醒悟才去尋求，哪裡還能挽回？這才是自作自受，應自唾一聲：活該！但我不甘心，我痛恨自己的過去，要抓住現在，不管你的現在怎樣……

這些日子，我總是剛合眼就被早起的麻雀喚醒，牠們嘰嘰喳喳在電線上和屋簷邊躥跳，毫不顧及窗內不寐者的煩惱，牠們要有煩惱，早就飛到歐洲去尋找牠們的所愛了，我竟不如一隻麻雀！

林守潔倏然停筆，「我這寫的是啥？他剛到異國他鄉，人生地不熟，自己都顧不過來，我這樣一味坦露心境，不是加重他的精神負擔，影響他的生活麼？」林守潔收住激情，把寫好的信囥好，違心地換一張紙重寫——

程維德：你好！

春芸轉來你的好消息，你平安抵達Y國，吊在我心上的石頭終於落了地。

你終於自由了！我為你高興，又為你如何在另類國度生存而擔心。雖然你有過插隊經歷，去餐館洗碗那樣的勞力難不倒你，但對你的自尊心是極大的考驗，不過與牢獄相比一切又都不是問題，相信你會很快度過難關。

提起牢獄，你肯定知道，六四後一直在抓人，許多人被判刑，這個鎮壓人民的政府露出了猙獰面目。其實，這是它的本性，是我自己身為愚氓而不知，長年受欺瞞，甘為黨的馴服工具。那些駕駛坦克的軍人，就是以「服從命令為天職」碾壓學生的！我和他們有啥兩樣？

面對血淋淋的現實我才領悟你的苦心「教化」，這是六四對我的最大意義，我終於不再是順民了。許多人已經像我一樣覺醒，當覺醒的人們形成洪流，就可沖決罪惡的長城，你就能早日凱旋。

我期待著那一天。

這些日子，我沒事坐在窗前，看著各種各樣的小鳥飛過屋脊，妒羨牠們自由自在，想去哪就飛到哪，好幾次覺得自己的雙臂變成了翅膀，可惜，再一摸上面沒長羽毛……

林守潔

程維德等胡春芸回音卻先收到林守潔來信，不由大喜過望。他邊讀信邊想像，林守潔如何嘛動酒靨說出上面的字句，第一次見她的情景在心頭浮起，十三年來的一幕幕都從眼下滑過⋯⋯

看完信，他紮緊的心鬆下來，林守潔的表述十分正常，他沒讀出絲毫的「病狀」。他認定，林守潔因極度思念他而失態，但沒到「病態」的地步，一定是李湘筠等人給她戴上「相思病」帽子。當然，他知道，不同於其他精神疾病，相思病人除了特定表現在其他方面可以完全正常。

他決定在回信中檢測一下——

林守潔：

看到熟識的字跡，你記錄的護理日誌也跟著一頁頁翻過。那些年，即使在我們「冷戰」時，我照樣下醫囑讓你「被迫」執行，我主持搶救危重病人時，你「默契」做我的助手，彼此得心應手，還有不願直抒的隱情。我們住在同一幢宿舍樓，無論如何「怨恨」對方，每天都能見面，我們，或者說我不會想到，那是一種福分，有一天它將失去，成為無法企及的奢望。

六四血案，對一國而言代價巨大，對個人而言未必一無是處，槍聲把你打醒了，我們的誤解冰釋了，就像毒藥的副作用，意外彌合了我們看不見的傷口。我想，不止你，任何有良知的中國人都會憬悟，從這個意義上說，六四沒有失敗，烈士的鮮血沒有白流，何況鮮血淌過的土地，埋下再生的火種，不久會復燃起焚毀專制王國的烈焰⋯⋯

寫到這裡，程維德停下筆，斟酌了一番才談她的病勢——

那次道別，傷情扭曲了你的容狀，猶如在我身上刺青了圖案，至今宛然如見，令我憂慮不已，我離開後，你是否陷於其中不能自拔？是否因此而毀壞身子？看了你的來信，知道你一切正常，我安心了，略感惶恐的是不敢回應你的追戀意緒。

我是六四大屠殺的逃亡者，是政治難民流亡者。這些日子，我只要一閉上眼睛，就看見倒在坦克下的身軀；聽見縲絏裡慘遭拷打的志士的呻吟。作為倖存者，為他們伸冤，繼承他們的遺志，為爭取自由民主而奮鬥，是我必須駄負的道義重任。六四期間，在Y國的中國留學生上街遊行，並在各自的學校和鬧市募捐聲援天安門學生。六四後留學生紛紛申請政治庇護，他們請我去議會作證，在此過程中，我順勢和留學生骨幹成立民主聯合會，有近百人響應加入。

我投入的這場抗爭，必定曠日持久，不僅需要勇氣，還需要獻身精神，就是放棄追求個人幸福，這樣的人不敢成為你的依託，這是我面對的現實，惟願你不要曲解我的坦承……記得臨別前，我再三叮嚀你，忘記我，走你自己的路，過你自己的生活，在此我再重申一遍……

程維德

林守潔寄出信後，忘了至少一周才能抵達歐洲，翌日就開始焦慮地等回信，每天盼胡春芸上門，好幾次衝動地想去胡春芸媽媽家詢問，又怕撞見鄰人。挨到白露，弄堂裡不再有人納涼，她才深夜摸黑出門去胡家，但門開著她也不敢去問。

回家後她躺在床上發呆，空洞的眼窩對著低矮的天花板……半夜，她輕輕拉開舊花格子窗簾的一角，看黯黝無底的天幕上的星星，它們一顆一顆吊在空中，星腳上吐出的銀絲，牽向看不清的遠方，他在星月的那一邊做啥？熬到黎明時分，天衣上脫落一枚碩大的水晶紐扣——杲杲的紅日慢慢升起，照著朱紅色油漆剝落的朽木窗櫺，透視著她魂魄出竅的軀殼……

終於等來程維德的回信，她一遍遍讀，一遍遍體味。程維德還是那般情意切切地念她，還是那般矢志不渝的戰鬥。不過，他太體恤她，掛念她的健康，怕她受他連累，要她了斷等待他的念頭，過自己的日子……她意識到，上次信中儘管再三克制，還是流露出追隨他的急迫，擾亂他的行動步驟。

她趕忙回信解釋：

……你九死一生逃出魔掌，逃到自由世界，自己的生活還沒完全安定，還要組建民運團體，承受的壓力夠大了。在如此艱難的時刻，你還處處為我著想，教我心潮難平。與你相比，我雖然沒有你能夠享有（我剛認識到）的自由，但至少不用為基本生活操心，所以，千萬不要為我的事分心……

在你站穩腳跟生活安定前，我不再打擾你，但依然守住信念，無任多久都等待你，看著你含笑重返愛民醫院……

說到回歸，我記起，當年你想報考研究生，領導以醫生青黃不接為由不予批准，你應該爭取在Y國實現夙願，一旦回國可繼續當醫生……

程維德安心了，林守潔思維正常，並無死追戀人的相思病象。他立即去信道出自己的真意：

……你熨帖入微的話，激勵我加緊行動。我們已經等待了十三年，不能再等十三年，不！哪怕三年也不行！我要走捷徑，用另一種形式相聚，在你期望的「凱旋」之前……你說在Y國讀研究生，條件已經不允許了，我決定選學兩年課程的理療專業，可兼顧打工謀生，亦可從事社會活動，也為我們的事打基礎……

四　桂花殘梅花散

程維德的信是林守潔的良藥，來信的日子，她吃飯有味，睡覺有夢，她把看完的信珍藏好，到下一封信來之前，每天拿出來重讀。等信的日子她煩憂擾神，沒事就外出散心安魂。

秋後，昏暗的馬路上，梧桐樹葉開始稀疏，行人開始稀少，她可以遙看寥遠高闊的天空；可以數數星星，看看月亮；看著上弦月漸漸圓滿，再漸漸虧蝕成下弦月。程維德此時也在仰天望月嗎？也看到了的燦燦星星和曄曄月亮嗎？

在蒼茫的穹窿下走著，看著，很快走進了中秋節。

一日，錢羽飛手提一盒鮮肉月餅登門探訪，林守潔不能無禮地把他拒之門外，只能虎起臉問問，「你來幹啥？」

錢羽飛抬高外凸的顴骨強笑著說，「來看望你啊，你一個人在家慪氣，我不來誰來？」

「難為你了，你是前途無量的院領導，來看我這個壞分子，不怕影響你的名聲？」

「是啊，換了別人我當然不幹這種傻事，但為了我們的愛，我不惜去死，還怕冒這點險？

當初，因為我是炊事員，你不把我放在眼裡，我自知無望才草草找了現在這個老婆，如今我倆湊合著過日子……那些年，程維德憑醫生地位占了先，奪走你的心，我為此忌恨他。如今他逃到海外，你總該死心了吧，我們也該重歸於好了吧。」

林守潔「哼」了一聲說，「啥叫『重歸於好』？我過去、現在、將來只有一個男朋友，無論他走到世界的哪個角落，我的心永遠和他在一起，該死心的是你！」

錢羽飛氣歪了嘴說，「看來你真的喝了迷魂湯！程維德是啥人？是罪大惡極的逃犯，到了海外愈發猖狂，組織民運隊伍從事反華活動，是國家公敵，你至今執迷不悟？」

「在我看來，你們定義他是國家公敵，是對他的最大褒獎，說明他是真正的愛國者，他在為中國的正義事業奮戰，我為他驕傲！」

「你為他張揚叫好，不怕承擔嚴重後果？要不是我暗中為你說情，你早就受處分了！」

林守潔昂然回敬，「你的『好意』是自作多情，也是多此一舉。程維德是有血性有膽魄的男子漢，六四時我沒有與他並肩站在一起，令我悔恨不已。現在我甘受你們的處分，哪怕坐牢，那樣我就可以此減輕負罪感，讓他看到，我沒有背叛他。」

「你還幻想他某天回來圓你們的好事吧？」

「我相信他不會流亡一輩子。」

「你別妄想！程維德不過是跳樑小丑，你還指望他東山再起？你忘了，六四時，馬路上的遊行隊伍浩浩蕩蕩，北京上百萬人上街，上海也是上百萬人上街，但最後都不過是一群猢猻，一觸即潰。我對你不忍心才勸你不要搭上自己的未來。」

「我早就不在乎未來了。」

「你不在乎我在乎啊，所以我今天來也是表態。」

「你別那麼自信，也別跟我來這一套，我不是六四以前的我了！」

「不管你接不接受，我要向你袒露自己的誠意。」

沒等錢羽飛說完，林守潔喝斷他說，「你的誠意我早就領了，我再對你申明，我沒有病，今後你也不用來看我！請回吧！」她下了逐客令。

錢羽飛訕訕地說，「我不急著要你回答，只要你瞭解我的心就可以了，我相信隨著時間的推移，你會改變的。」

林守潔說，「那你就等著吧！對了，把這盒月餅拿回去，不然被我扔了！」

一日早上，林守潔被一絲絲熟悉的香味熏醒，斷斷續續，時有時無的，她屏住氣深深吸了一口，辨出是桂花香，便記起鄰家老伯用破米缸裝泥栽了一棵桂樹。馨逸驅逐著世俗的人味，清洗著早晨的空氣，任由在意的人嗅吸。

她打開床邊夜壺箱，拿出程維德用過的粗瓷茶杯。粗瓷杯在他辦公桌上擺了十多年，一年四季插著時令花卉。他走後她「偷」來做念心兒……

她顧不上梳洗，趿拉著拖鞋走出門。她想去鄰家要幾支桂花。她探出頭見弄堂沒人就竄到隔壁。鄰家的小門緊閉，她像窺視西洋鏡的小女孩，往門縫裡張望，想看看桂花長得怎樣了。可惜，啥都看不見，她只能對著門縫猛吸一陣。她垂首回家，才意識到自己披頭散髮，被鄰居撞見真的成「瘋女人」了。

下午，她換乘三路公車去桂林公園，賞完花還折了幾株帶回家插進粗瓷杯。此後好些天，她湊近粗瓷杯聞著沁香出神……那年中秋節賞月，她落水感冒，程維德來看她，她一念之差後的決定，斷送了他們本該享有的愛情。她一邊滴淚一邊給程維德寫信——

……桂花香了，月亮圓了，我卻不敢看，不敢憶想那個獨特的中秋夜。那晚是月色的摹本，反覆映現在我夢中，不斷重演我和你唯一算得上浪漫的辰光：我們終於在月下交匯，小舟沿著航道駛進幸福樂園，你坐在船頭搖櫓，我坐在船尾劃槳——

我不斷地逼問，「你為啥不肯入黨？」你說，「我無法認同和接受這個黨！」「你不肯入黨就是不愛我？」「你為啥把入黨跟愛劃等號？」我使性子說，「我就劃等號，就劃等號！」你停下手中的櫓問我，「你還去不去樂園？」我下通牒說，「你不肯答應我，我就不去！」……起風了，湖水在小舟的四周翻滾，小舟在原地打轉，李湘筠不知從哪裡冒出來，她雙手吊住我身邊的舟舷，邊往下壓邊說，「守潔，你要頂住，不能退讓，哪怕翻船也要堅持原則。」最後，我堅持了原則，小舟真地翻了……

我們的身體因血腥的六四而遠離，我們的心卻由此靈犀相通，我相信你的話，這樣的日子長不了，我期待著重逢的時刻，我扳著指頭過此後的歲月……

程維德白天在學校上理療課，晚上去養老院當助理護士。養老院瀕臨海岸，休息室的玻璃牆可以直接瞭望大海。中秋節那天，八點左右是小憩時間，程維德沖了一杯咖啡坐下，失神地看著團圞的月亮。在不崇拜月亮的異國，月亮是他回不去的故鄉，更有他日夜思念的心上人，「海上生明月，天涯共此時。」即使平日，他也喜歡觀月，只要是晴天，只要是有皎月的夜晚，他都會去看，或是海邊或是有城堡的高地，呆呆望半天。

女護士麗薩端著咖啡在他對面坐下。她打開桌子上的公用餅乾罐，伸手欲撚餅乾，程維德喚住她，「等一等，今天請你吃好東西。」他拆開一個小紙盒，裡面裝著一隻廣式雙簧蓮蓉月餅，這是他從唐人街買來的。

「Moral，啥好東西？」麗薩明白「維德」的英文意思後一直這樣稱他。

程維德說，「這叫『月餅』」，他用中文發「月餅」兩字。

麗薩用變調的中文僵硬地說「月餅？」

程維德聽著麗薩怪怪的發音笑著說，「你看『月餅』像啥？」

「像啥？」麗薩饒有趣味地看著程維德。

程維德舉手指著海上掛在中天的月亮，「圓圓的月亮，這餅也是圓的。」。

麗薩毫無感覺的說，「是的，他們都是圓的，又怎麼啦？」

程維德再用小刀把月餅一切為二，裡面露出一個金色的鴨蛋黃，「你看像不像天上的月亮？」

麗薩還是毫無感覺地說，「是啊，很像，那又怎樣？」

程維德把半隻月餅推到麗薩面前，「你嚐嚐。」然而笑著說，「你連中國的中秋節都不知道，還自稱是中國迷？」

麗薩對中國迷得膚淺卻有年頭。一九六八年，歐洲的年輕人仿效中國的紅衛兵搞左翼運動，還是高一學生的麗薩也湊熱鬧加入進去。事過後，她對中國事物產生了興趣，開始瞭解中醫和中國功夫及成龍電影之類的中國大眾文化，連帶著對中國人也頗有好感。程維德是她接觸的第一個中國人，他的品行符合她心目中的華人形象——敬業、耐心、精細、內斂，還有東方式的溫柔。

麗薩看著渾圓的月亮感歎，「中國人編出那麼浪漫的神話！」她意識到啥，「中秋節是闔家團聚的日子，今天你一定想家了。」

程維德連忙避開麗薩的目光，轉頭遙望月色。

麗薩非常同情他的境遇，「你家人都好嗎？」

「父母都好。」

「你的妻子和孩子呢？」麗薩有點緊張地問。

「我至今單身。」程維德說完有點自訾。

「你還是單身？」麗薩不無欣聞地問，「你有女朋友嗎？」

程維德看到麗薩身後有一個人影……不知如何說好，正巧有人來叫，他說，「下次和你細談」。

程維德給林守潔回信中說——

……說到桂花，牽出多少鄉愁。中秋時節，無論白天還是夜晚，只要聽聞小鳥在樹叢歡跳啁啾，我眼中就能見桂花，鼻中就能嗅出桂花的氣息，那時，我會情不自禁地出門尋覓桂花。我看到暗綠的李樹葉和散落在草地的琥鉑色李子；看到深綠的蘋果樹上密集垂臥著淺紅的蘋果，還有蒺藜下的一溜花壇，蝴紫蝶藍的菊花張著嘴，粉紅嫩黄的月季開著裙，就是沒找到惦念的桂花。

一次，天色將黑未黑中，我繞來繞去遠遠看見「桂樹」了，興沖沖上前細瞧，卻是不知名的一棵樹，上面也有金豆銀珠的粒子，卻不是桂花，就像我在超市看到「豆腐」，樂顛顛走上去，原來是白色乳酪。我去圖書館查資料，一如白玉蘭花，桂花的原產地也是中國，此地好像還沒引進。

異域寂寥的仲秋找不到桂花，桂花的清香在九天雲外的祖國。夢裡不知身是客，我又回到桂香濃鬱的愛民醫院，又看到你忙綠的倩影：你推著藥車在病房走廊疾步；在治療室中為患者細心換藥；你沿著柳樹輕揚的桑榆河堤，跟著流水橫穿醫院東西；你坐在秋色染黃的草坪上，望著一坨一坨的白雲慢慢地遊過；月色如水的晚上，你倚在夕陽亭的護欄上，在爽身的涼風中等待著我走過……

你怕回想那個姣好的中秋夜，我在月下又豈能不羞。我固守原則不惜彼此「斷交」，是否出於小氣的自尊？為顯示男子漢氣概，寧可讓激情在內心灼痛自己，是否虛驕？……

傷痕累累的過去都過去了，我們只能面對未來，沒啥能阻擋我們勇往直前……

程維德

凌冬來了又去。

早春二月，林守潔覺得「患相思病」輿論過去了，就去找李湘筠要求恢復工作。李湘筠對她的動態瞭若指掌，臉上抹著冰霜說，「你病假半年多，護士長職務已經有人頂了……」

此前，林守潔的團委書記和黨支部委員職務已被解除，不讓她當護士長並不意外，她平靜地說，「我回病房做護士就夠了。」

李湘筠肅然說，「不，你不能回病房了！」

林守潔強壓住心火問，「為啥？」

「病房護士要翻三班，人員要固定，你病情剛恢復，完全不適合。」李湘筠的眼裡冒著寒煙。

林守潔提高聲調問，「你讓我去哪兒？」她胸腹起伏，有點透不過氣。

「你先去消毒室過度一下！」

消毒醫療器具也是護士工作的一部分，她無言可辯。

消毒室三、四位護士都是老同事，彷彿不相識似地用生分的眼神看她，用憐憫又不無取笑的口氣和她說話。她反感她們的取笑，拒絕她們的憐憫，便埋頭清洗針筒，不與她們搭訕。

中午休息，她就獨自去花間甬道散步。

一天，她悠悠邁進梅林，沒走幾步就有人在她耳邊說話，還一路解說著，「你稱頌毛主席的《詠梅》，但別忘了，毛在這首詞前寫的『讀陸游詠梅詩，反其意而用之』，就是反陸游的詞意，『無意苦爭春，一任群芳妒。零落成泥碾作塵，只有香如故。』寫詩作詞都是作者自況，就是狀物自喻或借物抒情，陸游還寫過一首《釵頭鳳》，抒發他和表姐戀愛不成的悲憤，這樣的人物只能看到梅花的末路——作塵作泥。」他說著摘了一朵梅花，慢慢把它碾碎。她說，「你為啥總往悲觀上說，你怎麼不說，即使碾作泥和塵，它還『香如故』呢！」

「零落成泥碾作塵，只有香如故」。此刻輕吟，強化了她心底裡對程維德的承諾，即使粉身碎骨，也要讓愛清純綿長馨逸永存。

不久，白玉蘭在乍暖還寒中初開，花苞不肯敞開心扉，在冷痛中垂頭冥想，唯晶潔瑩亮依然，似沉靜的美玉如未燃的銀燭。

春淺林園少蕊芳。

白玉獨嬌，搖曳霓裳。

銀樽古色惑今夕，

處處花魂，幽遠清香。

林守潔仰頭望花涕然歎息，「花開了，到哪裡去尋找摘花人！」

五　囚鳥和候鳥

一天中午，林守潔打了飯菜去動物房，自從胡春芸為她傳信件，她幾乎天天來，明說和胡春芸一起吃飯，意下是等程維德的消息。

胡春芸每次拿出程維德的信時，表面上強笑著，心裡卻做賊心虛，一塞到林守潔手上就走開，她怕看她開心難抑的樣子，怕聽她的道謝聲。唯當和丈夫吵架後，她才比較心安理得，以林守潔得了報應靖撫自己的良知。

一次，胡春芸拿出兩張入場券說，「這是畫展入場券，袁少魁也有作品參展，你陪我一起去吧！」

林守潔說，「袁少魁出獄一年多了吧？我一直惦記著他。」

胡春芸說，「他出獄後沒正式單位可去，就租一間屋子開作坊，一邊畫畫，一邊做油畫鏡框、裝裱水墨畫維持生活。」

林守潔作疚地說，「能參加畫展說明他回歸正常了，下次碰到袁少魁代我向他道歉。」

「我哪敢去見袁少魁，阿章沒事都要找因頭鬧，讓他知道了不打翻天？所以教你陪我去看畫展，萬一阿章知道你可以作證。再說，袁少魁也有女朋友了，一個年紀相近的女青年，不計較他的身分，他們很快就要結婚了。我去找他，不是妨礙他的新生活？」她眼眸潤了，拿出手絹拭擦著，恨道，「現在你道歉有啥用，一切都沒法挽回了。你們當時心真狠啊，革命！革命！你們為了斷命的革命，絲毫不顧別人的性命。」

林守潔低聲狡辯，「當時，組織上處理得太過分，但他讓你未婚先孕總是事實吧！阿章不就是為此和你過不去？」

胡春芸氣道，「未婚先孕是犯罪嗎？要坐七年牢嗎？少魁不坐牢我用得著去找阿章嗎？」

林守潔還想為自己申辯，「判七年是偷看女浴室的事，儘管最後沒認定他，但也沒排除他呀！」

胡春芸急了，「沒認定他偷看就讓他坐七年牢，公道何在？天理何在？你至今還這麼說，活該你遭罪！」

林守潔自覺理屈說，「你火氣別大，少魁的事確實要弄清楚，他應該去公安等部門討說法，我們不作無謂爭論。上次，袁少魁的畫展我沒去，這次一定陪你去，看他畫的啥？」

袁少魁掛出一幅「囚鳥和候鳥」：畫上有兩隻鳥，一隻在半空中往遠處飛翔，一隻關在籠子裡，翹首遙望籠子外的那隻……這是袁少魁坐牢時的構思，畫出了他當時淒零無望的心情，真切表達了胡春芸棄他而去的傷懷。

林守潔和胡春芸站在畫前，都禁不住拿出絹子拭淚，胡春芸聯想當年，怨悔自己的勢利；林守潔比擬當下，身陷自辟的絕境。

事後，胡春芸和阿章一起回娘家，她媽媽不慎忘了禁忌，問胡春芸去沒去看畫展。阿章一直關注袁少魁的事，馬上懷疑上了，追問看啥畫展，胡春芸只得坦白，和林守潔一起去袁少魁的畫展。兩個人回家又鬧得不可開交！阿章大打出手，胡春芸想著離婚，又不忍心兒子沒了爸爸，在進退兩難中熬日子。

林守潔家也出現了變故。九二年初，媽媽給林守潔透風，今年春節，弟弟的女朋友要上門，就是說，他們開始結婚的前奏。媽媽沒有明說，但等於隱晦地催她，「弟弟都快結婚了，你也該找個合適的對象了，總要有一個歸宿啊！」

媽媽沒少托人為她找對象，拿她的相片給人看。林守潔雖說快四十了，但她稀世的美貌依然吸引同齡男青年。媽媽給她看三、四個男青年的照片，附上他們的身高、職業，年齡等條件，她裝聾作啞不接嘴，媽媽逼急了，她一把擼開照片，說不要煩我。

弟媳進門前，媽媽憂喜參半，一日笑一日惱的，明知林守潔厭煩，還是近乎哀求地呶呶，「你到底打算怎麼辦？」「你這樣漂亮的一個人，這麼多人上門做媒，你好好挑一個般配的結婚，也了了作父母的一樁心事，這是我們活在世上的最後一個心願！」「你繼續耽誤自己，不憐惜自己，也該憐惜憐惜我們父母啊！」「你傻等那個出逃的醫生？他真愛你怎麼會獨自往外跑？他不顧你，你為啥忘不了他？」「他哪年哪月才能回來？回來也是坐牢，你願意一輩子跟著他受苦！」

林守潔不耐煩地說，「媽媽，我的事自己決定，你不要再為我操心了好不好！」

「做媽的能不為女兒操心嗎？」她媽媽停頓了片刻才無奈地說，「再說家裡就兩間十平方不到的小屋，你弟弟就是因為沒房子才拖到三十五歲才結婚。媳婦一旦住進來，家裡怎麼弄呢？……」

「媽媽，我明白了，弟媳一過門，我就成了多餘的『外人』了，你們嫌我了！」

媽媽傷心地抹著淚說，「守潔，你怎麼說出這樣的話！這麼多年，你一直是我們的掌上明珠。你弟弟不聽話，上學後成績不好，沒少挨你爸爸的皮帶，可他從沒打過你啊！這些年，為了你我淚都快流乾了，你爸爸一邊勸我想開點，一邊自己也下淚，你還不瞭解我們的苦心？你說這樣的話，比啥都刺痛媽媽的心。只要你不介意，我們可以和你弟弟媳分灶吃？」

門外放一隻爐子就是廚房，哪有分灶的餘地。林守潔心裡不快，賭氣說，「媽媽，你不用解釋了，我準備再回醫院宿舍，你們可以放心了。」

媽媽抽噎說，「守潔，你這樣說，等於我們在趕你了，你是存心氣我嗎？我和你爸爸只是為你的終身大事著急啊！」

林守潔少有的不近情理地說，「媽媽，你別哭了，我想好了，無論為我還是為弟弟，為你們，我還是回醫院宿舍好，你不要犯難了，我不會怪你們的！」

那幾天，林守潔淒淒自憐，暗下認定在大事上媽媽還是偏了心。她終究不是媽媽的親生，想著想著淚水洇濕了枕頭，內心深處的隱痛又倒騰了出來。

上小學的第一天，林守潔興奮地一大早起床，穿上新買的白襯衫藍褲子，忙著洗臉刷牙吃早飯，然後坐到鏡子前讓媽媽幫她梳頭。媽媽給她戴蝴蝶結時說，「鏡子裡的小丫頭多漂亮啊，天仙一樣，媽媽坐在你身旁變成醜婆娘了。」過去，媽媽無意地說，她無心地聽，還喜滋滋的。這次，她眼睛盯著鏡子，忘我地看著，好似觀察兩個陌生人，媽媽的話把她驚呆了！她第一次發現，自己怎麼一點都不像媽媽。真的，她很不情願地承認，媽媽說的是實話，和鏡子裡的小姑娘比較，媽媽真得有點醜，她新奇地發問，「媽媽，你為啥不像我呢？」

媽媽說，「傻丫頭，哪有媽媽像囡兒的！」

「那麼，我為啥不像媽媽呢？」林守潔又想起了爸爸的臉，「我也不像爸爸啊！」

媽媽梳林守潔小辮子的手顫抖了一下，停了好一會兒才說，「你像媽媽年輕時候，媽媽年輕時候也漂亮得很呢！」她注意到，媽媽說這話時漲紅的臉悄悄躲到了她的腦後。

那時林守潔啥也不懂，看著媽媽笑笑就過去了。後來同學罵她是「垃圾桶裡撿來的」，媽媽知道瞞不下去了，才向她吐露真情——

「我和你爸爸結婚三年一直沒懷上孩子，我心裡十分著急，每個禮拜去玉佛寺燒香求觀音菩薩。一次，我在玉佛寺門口遇上一位算命先生，請他算算啥時能懷上孩子？他說，你先領養一個孩子，不出幾年就會有自己的孩子。我和你爸爸托在婦產科當護士的朋友幫忙。不久，一位產婦生下孩子後大出血去世，她丈夫已逃往香港，朋友就為我們把小寶寶領來，她就是你。你是我們家的福星，不到三年媽就心想事成懷上你弟弟，我們才有了圓滿的一家子。」

媽媽還說，「是的，你是我們領養的孩子，但就像戲裡說的，你和弟弟就是我們手心手背的肉，我們一樣愛不夠。今後，哪個同學再說你是『垃圾桶裡撿來的』，我就去找他們的家長！」

確實，爸爸媽媽對林守潔和弟弟一視同仁，甚至更溺愛她，但她彩色的人生圖畫就此抹上了陰影。她常用審察的眼神看父母，同時黯然自傷地追尋，自己的生身父母是啥樣子？

文革來了，社會亂了。里委專政隊每天揪出潛伏的壞分子，今天是逃亡地主、富農，明天是參加過會道門或三青團的，他們被連番抄家批鬥。

一天，林守潔全家正圍著桌子吃晚飯，幾個紅衛兵和一個老阿姨意外地上門。老阿姨是她家過去住地的里委幹部。

林守潔當時一驚，爸爸是響噹噹的工人階級，紅衛兵怎麼隨便闖入？難道爸爸也是隱藏的壞人？還好，紅衛兵不是來鬥爸爸，而是找爸爸調查的。

紅衛兵問了她爸爸一連串問題，「你認識反動資本家倪祥生吧」「倪祥生的小老婆顧翠蘭勾引廚師懷上了私生子，是吧？」「事後，倪祥生的大老婆找人暴打廚師，還把他趕回湖州鄉下，有那回事吧？」「最後，是你領養了顧翠蘭的私生子吧？」

爸爸聽到「顧翠蘭」的名字就緊張，下意識地看林守潔一眼，想把紅衛兵拉到別處說，可家裡沒地方躲，外面弄堂更不便談這事。他只得結結巴巴地說，請紅衛兵明天到他單位去談。爸爸說這話時，媽媽急得大汗淋漓的手拉住她說，這些紅衛兵鬧哄哄的，我們到門外去吃飯。她聽得有趣哪裡肯走。

紅衛兵又對她爸爸說，「事情緊急，等不到明天了，你是工人階級，有義務幫助我們查明真相。」

爸爸只得說一句停一下，瞟林守潔一眼，再說一句停一下，瞟她一眼，含含糊糊認下了紅衛兵說的事。

起先他們說私生子時，林守潔還沒聯想到自己，爸爸的神色才使她懷疑上了，她睜大兩眼盯著爸爸，手上的竹筷都捏彎了。

老阿姨說，明天晚上，昌和邨里委批鬥反動資本家倪祥生大小老婆。她鼓動爸爸去上臺揭發，爸爸說該說的都說了，明天晚上他要參加自己單位的文革動員會。

林守潔丟下飯碗，跑進裡屋，伏在床上的涼席上嗚咽，媽媽嚇壞了，輕輕地拍她的肩頭，「守潔——！守潔——！」媽媽叫著，說不出話，淚先下來了。爸爸跟進來，也不知如何解釋，拿著大蒲扇使勁扇她的身子。

等林守潔平靜下來，父母才坐下來，歉意地說，完全是為了她才秘而不宣的。是一九五三的事。倪祥生家冬天買煤球燒暖爐。春節前，爸爸去他家送煤球時聽到一件醜聞，倪祥生已在三反五反中跳樓自殺，他的小老婆顧翠蘭和廚師私通懷孕了。當家的大老婆不准留下野種，顧翠蘭知道林守潔父母想要孩子，人也忠厚老實，就含淚把孩子送給他們。為了抹去林守潔的身世，爸爸從市中心盧灣區搬到邊緣楊浦區。按算命先生的說法，媽媽為她起名叫「招娣」，但爸爸更怕她將來像生母那樣「造孽」，就拿出一本小字典，費功夫查到「貞潔」兩字，便為她起名「守潔」。

可惜，父母的苦心化為泡影。林守潔「不爭氣」地遺傳了生母的長相，她的皮膚比喝牛奶的孩子還雪白粉嫩，她的嘴還不會說話一雙丹鳳眼就「說話」了，她的笑聲還沒發出一對酒靨先笑了。這樣一個小天使，一看就不是父母的種。

六　脫胎換骨

那晚，林守潔一夜無眠。

知道自己的養女身分後，林守潔幾乎每天臆想一遍親生父母的形象，還無數次夢見父母，他們來接她回去，有時張開雙臂迎接她，有時牽著她的手，每次，不是她的手抓不住父母，就是她撲個空，在地上跌個嘴啃泥，在夢中哭醒，淚水在枕頭上流了一灘……有時哭得太響，吵醒了爸爸或媽媽，他們趕緊到她的床邊，拍著她的被子問「怎麼啦？」她總是打謊說，做夢從學校的樓梯上摔下來，他們這才安心地說，「做這樣的夢，說明身子在往上躥長。」

林守潔多想見生母一面，但怕養父母多心，她不敢提半個字，只能想一次抹一次淚。如今她終於聽到生母的消息，卻是在這樣的時刻，以這樣的方式。

林守潔決定瞞著爸爸媽媽去見生母。

次日，林守潔的心全亂了。想著今天要見到生母了，又想著如何找到昌和邨，還得找藉口不讓父母知道。說去看電影吧，電影院都關門了；說去逛街吧，外面這麼亂，也不是時候。

中午，媽媽從工場間回家吃飯，林守潔說四川路在破四舊，下午和同學一起去看熱鬧。往常，媽媽不會同意，但昨天的事變讓媽媽自覺誆騙了她，為教她高興，難得放縱說，「你覺得好玩就去吧，大熱天，要早點回家！」

媽媽前腳回工場間，林守潔後腳出門，直接坐電車去淮海路。下車後，她顧不上看紅衛兵胡鬧：櫥窗上貼滿標語口號，被砸碎的店招散在地上……就去最近的派出所查詢昌和邨的地址。找到昌和邨時，手上的絹子濕透了，林守潔擠乾汗水再擦臉，她的心急促地狂跳，就要見到自己的生母了。

昌和邨是一條倒「韭」字形的大弄堂，主幹道兩邊各有三條支弄，每條支弄上有四幢洋房。她一條支弄一條支弄地尋訪，每踏一步就心驚一次，她不知生母住哪，但肯定在其中的一幢樓。弄堂裡幾乎不見居民模樣的人走動，只有各處來的紅衛兵在不停地穿梭，有的在抄家，有的在貼大字報，炎熱中彌漫著恐怖的緊張氣息。

生母就是他們要批鬥的人，林守潔哪敢去敲門詢問，也不敢問路人。她怕在弄堂裡逗留太久引人懷疑，就走出來，在昌和邨外的梧桐樹下彳亍。那一刻，她的心不在胸腔激動，而是在喉嚨口撲騰。期待、迷亂、畏悚、後怕間暮色降臨了，她看著黑暗收走一切光明。

過了七點半，就見三三兩兩的人去劇場看戲似地議論著走進昌和邨，他們都是昌和邨周圍的居民，林守潔跟著他們進去。批鬥會在倒「韭」字的盡頭召開，臨時拼了四張大方桌當舞臺，兩邊放幾張凳子算階梯。她擠在人堆前，兩眼一眨不眨地盯著臺上，昨天來她家的老阿姨先上臺，講了啥她都沒聽進，只聽到自己「噗咚噗咚」的心音。猛然響起「打到」的口號聲，老阿姨叫著「把反動資本家的大老婆尹秀英、小老婆顧翠蘭押上來！」

林守潔的胸膛已是一面空虛的鼓，那一瞬間被棒槌兇猛的一擊。她切盼的這一刻竟然如此狂暴，她本該踮腳抬首看母親，卻嚇得趕緊埋下頭，好像她也在挨鬥，她怕正視這個場景下的生母。憋了好一會兒，她才微微舉目偷看，先入眼的是兩個女人頸上的牌子：「反動資本家大老婆尹秀英！」「反動資本家小老婆顧翠蘭！」她們各被兩個女紅衛兵反剪著手，低垂的腦袋只露出頭頂，尹秀英的頭髮花白了，顧翠蘭還披著濃密的黑絲，「哦，這就是我的生母！」

臺上，專政隊幹部在揭發倪家的罪行——

「……死去的倪祥生是誰？是霞飛路上祥生服裝店的老闆。四九年上海解放，他仇視社會主義新中國，違法偷稅漏稅。三反五反運動開始後，員工揭露他的罪行，他抵死不認，最後跳樓自殺，自絕於黨和人民，自絕於社會主義改造……

「站在臺上的兩個女人是誰？就是倪祥生的大老婆尹秀英和小老婆顧翠蘭，拉起她們的狗頭示眾！」

女紅衛兵把她們的頭髮往後拉，她們的臉被動地後仰，顧翠蘭的頸上還掛著一雙繡花鞋。林守潔條件反射地伸長脖子，一下子和生母照上了面。她看清了，顧翠蘭不會是別人，正是她的生母，那張臉是鑄造她的模子。淚泉「嘩」地衝開了，她裝作擦汗，不停地用手絹抹。好在周圍的人都在關注臺上，誰也不會注意她這個「看熱鬧」孩子。她終於和日思夜想的生母見面了，豈料是在這樣的場合。顧翠蘭闔不上的眼白絕望地對著頭上的白熾燈，一副任人屠宰的死狗樣。

正在她涕淚並流，悲「喜」交加的當兒，又聽專政隊幹部在痛斥——

「反動資本家倪祥生死後，他的小老婆顧翠蘭用狐媚手段，腐蝕家裡的廚師，兩人勾搭成奸，懷上了孽種私生子。事後顧翠蘭把罪過推到廚師身上，尹秀英把廚師趕回湖州老家。廚師覺得沒臉見老母妻兒，回鄉後鬱悶出病，沒幾年死了。倪祥生的大小老婆欠著一條人命……」

「孽種」，林守潔猛地一震。她還不理解這詞的確切意思，但知道這是罵人話。她是孽種，而不是好人，這是誰造的孽？就是眼前的生母，帶給她罪惡的出生，她對生母的嚮往頃刻瓦解。一份恨意倏然湧上心間，聽到可憐的廚師（他竟是她的生父！）被逼死，潛熱的身子點起了憤火，她帶著敵意卑視顧翠蘭，心裡發誓，「我恨你，永遠恨你，終生不會見你！」

林守潔不知那天的批鬥會是如何結束，也不知如何被人推搡著走出來，又如何坐車回家，只記得一路上不顧雷陣雨當頭，瘋子般兀自在馬路上奔走……她似乎沒聽到雷聲，也感覺不到打在身上的銅錢大的雨點……

次日，林守潔發起了高熱，爸爸媽媽認為她受涼感冒，不知她身心兩面受到怎樣一場「洗禮」。

先前林守潔還暗自神傷，埋怨養父母隱瞞實情，那一刻卻萬分慶幸。要不是父母把她領過來，她從小就被人指著脊樑骨罵「私生子」，現在是「孽種」狗崽子，是黑五類子女，必將跟著遭罪了。

當媽媽把冷毛巾壓在她發燒的頭上時，她雙手本能地抓住媽媽的手腕，生怕被媽媽遺棄。知道自己是領養的孩子後，她第一次發自內心的感激養父母的救命之恩，不啻是肉體生命，更重要的是政治生命。

一個月後，爸爸去倪祥生居住地打聽，老鄰居告訴他，批鬥會後顧翠蘭被剃了陰陽頭，第二天頸上掛著破鞋遊街，回家後就從三樓跳下來身亡。

父母向林守潔轉述這個消息時，深深地歎息了一聲。她聽出，歎息聲中有哀惜，也有解脫，他們卸下了重荷。她能理解，他們不再害怕她尋找生母了。她也同樣感到寬心了。造孽者消亡了，她的原罪痕跡也隨之擦淨了。

她本是愛美的女孩。每天上學前媽媽在鏡子前給她梳頭，媽媽用刨花水抿她的頭髮，有時抿得過於油亮，她覺得土裡土氣，非要媽媽用毛巾抹去。她有四、五個蝴蝶結，每天換不同的顏色紮在辮子上。參加少先隊入隊儀式時，規定學生要穿白襯衫藍裙子，她卻著了件白底橘紅的花襯衫，驚豔了老師和同學。剛上小學時，她愛梳羊角辮，到了高年級時，學大人，梳起了麻花辮。

感冒康復，她做的第一件事就是剪辮子。媽媽不解地問，「這麼好看的辮子，好不容易才留到肩頭，為啥要剪去？」她說，「你看馬路上女孩子個個梳著短髮。」媽媽吃驚道，「她們是衝衝殺殺的紅衛兵，你為啥模仿她們。」她自以為是地說，「媽媽，你落後了，現在搞文化大革命，當紅衛兵光榮，我就要學她們，你只管幫我剪就是了！」媽媽拗不過她，對著梳粧檯的方鏡，一邊剪一邊惋然說，「可惜了兩根油亮烏黑辮子！搞文化革命，把你也搞傻了！」

更傻的是，林守潔還要媽媽給她做一套綠軍裝。媽媽說，「你是不是瘋了？難道你也要穿軍裝上街造反？」

爸爸見林守潔吵著要軍裝，想起過去送煤球的一家軍人，妻子曾是部隊文工團的，爸爸去問他們買一套，他們說，都舊了，家裡沒女孩，放著也沒用，你拿一套去吧。

軍裝比林守潔的身子大許多，媽媽就把袖管、衣襟、褲管改短了，勉強合她的身。她不倫不類地穿上草綠色上裝和肥大的靛藍色褲子，留著一頭齊耳短髮，不顧媽媽囉嗦「醜死了」！對著鏡子自我欣賞，真是英姿颯爽！

「就要『醜』」！髒醜是工農兵的光榮形象，粗俗是革命者的豪邁氣概，簡樸是無產者的優良美德，她氣昂昂地走上了馬路。

上中學後，她換上新的藍布或上青兩用衫時，特意讓媽媽在衣袖的肘部打補丁。媽媽惜歎，「媽媽長得不好看，年輕時出門總挑件花衣服，你這麼標緻的臉蛋，怎麼盡往醜裡打扮？」她對媽媽說，你是「舊社會」過來的人，思想落後了，舊社會「只重衣衫不重人」，現在是新社會，是文革新時代，觀念不同了。

林守潔不止在外觀上「舊貌換新顏」，更在心理上脫胎換骨，不斷強化自己的身分——工人階級的女兒，「工人」成分是她護身的盔甲，她還要在行動上充分展現。學校每次批鬥關牛棚的老師，她都搶著上臺發言，帶頭寫批判他們的大字報。學校按軍事化編制，一個學校是一個團，一個年級十二個班級是一個營，四個班級是一個連，每個班級就是一個排，過去的班長變成了排長。憑著過硬的工人成分和積極表現，她第一批加入紅衛兵，還當上了紅衛兵排長。

儘管掛上「工人出身」的護身符，凸顯「紅衛兵幹部」的角色，她仍難祛除心病。她怕照鏡子，怕看自己的面容，那是造孽生母留給自己的印記，是逃無可逃的「孽子」身分證。美貌成為她嬦惱的根由，成為她近乎自嫌的潛意識。

但像她這樣的校花，連女同學都贊她羨她，能不招男同學的眼球？對此，她加倍牴觸，只要男同學多看她兩下，她就警惕地別過臉或狠狠地瞪眼回敬；放學後，有調皮搗蛋的男同學躲在路口牆角，待她走過時，偷偷說一聲切口「範斯（face）好來！」她就大罵「小流氓」！

中學最後一年下鄉勞動一個月。女同學跟著村姑摘棉花，林守潔把毛巾做成頭幘戴上遮陽，美豔的臉蛋令村姑們嘖嘖稱奇，農民小夥看外國人般來棉田圍觀，她只得把毛巾披下來在頦下打結，蓋住大半張臉。

白晶晶的棉花能紡成棉線，織成五顏六色的花布，林守潔這樣一朵人見人歎的「人花」，卻一直如此自褻。待她懂得花好月圓時，她已不復是樹上的花，而是散落一地的破滅花魂。

胡春芸未婚先孕，林守潔感到厭惡的一個原由，就是潛意識裡聯想到生母的「醜行」，她怕看到又一個帶有「原罪」的「我」。

林守潔攪動起沉在心底的雜念，作為養女的敏感被無端放大，她開始疑心，父母表面上視她如己出，骨子裡還是把親生兒子放第一。她憂傷地懷念起親生父母，但懷念的深處是更恨他們，「你們為了自己的快活生出我，又狠心扔掉我！讓我成為沒人疼愛的棄兒！」

七 時代的棄兒

弟弟定於五一節結婚，林守潔一過春節就申請回宿舍，可恨的是，她必須過錢羽飛那一關，他負責醫院後勤。

錢羽飛氣派了，獨佔一間辦公室，林守潔進門時，他神氣活現地坐在一張真皮扶手椅上，用狎笑迎接她，「你到底還是來找我了，你病好了？回來上班了？我早就在等你了！」他穿一件時新的棕色羽絨衣，陷在大椅子裡顯得更矮，更像一隻肥碩的鴨子。

林守潔沒好氣的說，「啥好了不好了的，我本來就沒病。」

錢羽飛覥著臉說，「何必這麼衝？」見林守潔站著不動，指著對面的一張椅子說，「這麼緊張地站著幹啥？先坐下，有話好好說。」

過去，林守潔只覺得他那雙羅圈腿難看，那副鴨嗓門紮人，今天才發現他的笑顏如此奸邪，克制不住討嫌地說，「不用客套，我來申請住宿，沒別的事，請你給我安排一張床位。」

「你為啥這麼生硬，談宿舍前我們不可以先聊聊？過去，我們在大是大非上有不少共識，現在為啥不能繼續交流了？」

林守潔不耐煩地說，「現在你是工會主席，我是另類職工，除了公事外我們沒有任何關係。」

「我知道你對程維德的感情，我忌妒過他，也怨怪過你，如今他逃亡到西方，不過是一隻叛國的喪家犬，你為何還癡心不改？當初因為你，我苦悶難耐，才亂談戀愛尋歡作樂，以減輕自己的痛苦。我和老婆不和，就因為拿你和她比，如今弄到要分手的地步，你還不瞭解我的心？

林守潔早就知道，錢羽飛不改惡習，婚後不停找新歡。他厚顏所示的「愛」裡不過是狂傲的佔有欲。他父親平反前，他落在下風也要死咬程維德，不讓他在「情場」上順意；到他飛黃騰達了，又覺得贏得她是理所當然。權勢讓錢羽飛更加囂張地褻辱女性，也使他的面目更加猥劣。她憎惡地看著他，本想說，「用這種話來花倒我，把我當小孩？」再一想，跟他說這種話完全多餘，就說，「我來申請宿舍，沒閒心和你聊私情。」

錢羽飛黑下臉說，「既然你這麼絕情，那麼我們照章辦事！現在來了那麼多年輕醫生護士，不少是外地人，必須安排他們住宿，上海有家的一般不予考慮……」

「那麼，就這樣了！」林守潔不等錢羽飛說完轉身就走，被錢羽飛喚住，「你聽我說完，『一般』不予考慮，就是有特殊困難的除外，不過要寫一封書面申請。」她受不了這樣的屈辱，真想一走了之，但想到回家的困境，她只能忍下來，按手續辦理不失尊嚴，就應道，「好吧。」

下樓時，林守潔又生幻覺：程維德在她前面，他半跳躍的步子沿大理石階梯下去……十幾年前，他進愛民醫院時，是一個二十出頭渾身朝氣的年輕人，即使大冷天，她也能感受他身上散發出的熱量。是她一點一點耗磨著他，到他離別時，已是一個過早成熟的「中年人」。如今，到哪裡去尋找他的聲息？到哪裡去尋找自己的歸宿？

幾天後，錢羽飛來消毒室找林守潔，表功示好地說，「儘管你對我不講情義，我還是真愛難捨，利用一點特權，特批你一張床位，聊表寸心吧！」

林守潔斷然說，「我不夠條件，你就不要給，你給了我，就是一個職工應得的，我不承認你的特殊照顧！」

錢羽飛有點狼狽，有點惱火，但沒發作。他咬了咬牙說，「不管你如何狠心，不認我的善意，大丈夫能屈能伸，誰叫我不死心還愛著你呢？」說完，丟下鑰匙走了。

林守潔挑了禮拜天搬進宿舍，她一進大樓正門就楞住了，程維德微笑著站在樓梯口，她驚喜地迎上去，「程維德！」她撲上去，手掌碰到冰冷的桃花心木樓梯扶欄，才從昏蒙中醒來。十年前，她第一次住宿搬行李，程維德就是這樣站在門口等她的……

林守潔放好行李就下樓，從外面繞到宿舍的風雨走廊，她在程維德住過的房間站住，然後全身靠近玻璃門，把整張臉貼在玻璃上，看看他是否還在裡面！透過塑膠紗網的內門，她竟然看到他在裡面！睜大眼再看，他又不見了！她輕拍大門低聲抽噎「程維德！你在哪裡？程維德你在哪裡？」沒有人回答，只有西北風圍毆松樹發出的哀鳴「嗚嗚——嗚嗚——」，聲聲傾瀉著她的慊恨。這裡不會再有程維德了，他再也不會回來了！淚水似乎混入了水銀一顆一顆沉重地墜落。

林守潔翻過身無力地靠在門上，雙腿虛軟地站不穩。宿舍前的景致看上去依然如故，稀疏的枯草盡顯殘冬的肅殺，無力的陽光把草坪抹得蠟黃；西北角夕陽亭下的櫻花樹光禿禿的，墨黑的軀幹埋葬了清妍的花色。過往，程維德躺在纖纖瑩瑩的綠草坪上曬太陽；櫻花怒放的那兩周，他幾乎有空就坐在亭子上觀賞，夏日的夜晚他則坐著深思……她故意背對著他坐在宿舍的陽臺上，但腦後生眼睛似地知道他在遙望她。如今人去樓空，背後哪裡還有心愛的人？

有幾個病人經過草坪，林守潔不能久留，也不忍久留，趕忙順著廊簷溜回去。

林守潔又回到了宿舍，屋子還是那樣的屋子，床還是那樣的床，唯有人不再有那年的人，同茬的人都結婚走了。如今同室的都是外地來的女醫生和護士，她們二十出頭三十不到的年紀，恰似十幾年前的林守潔、胡春芸們。然而，兩者處於不同的年代，更似處於不同的世界。她們懂得享受消費生活，閒暇時談得最多是穿著打扮，每次有人買一件新衣裳，一樣新飾品，彼此不無爭豔地評頭評足。她們還暗下攀比，這月你買一件新款連衣裙；下月我買一襲流行的套裙；去年她買了一枚十八K的金戒子；今年我要買二十四K。

林守潔一邊覺得現在的年輕人蛻化了，毫無理想，不把精力用在學習業務上；一邊又隱隱地妒羨暗歎，與她們相比，自己當年的「簡樸」生活多麼無趣。

有的年輕醫生護士去病房前化妝，對著鏡子在臉上「輕描淡寫」，林守潔吃驚的發現，不怎麼漂亮的女孩，一經粉飾也「判若兩人」，她第一次懂得化妝的奇妙。

室友們常拉上林守潔，有的說，林姐，你這麼漂亮，再化妝一下就是仙女下凡了；有的說，林姐已經是下凡的仙女了，哪還用化妝。直性子的還說，林姐這樣的美女不嫁人，不是天大的浪費？話音剛落，其他人就遞眼色，示意不要刺激她。不用說，她們知道她的底細，在她的背後沒少議論她。以她們的眼光看，她是時代的落伍者，是被社會淘汰的怪物。

有個禮拜天，女孩子們結伴逛街去了。林守潔一個人待著無聊，突發好奇，坐到一位室友的寫字臺前。臺上有一枚方鏡，鏡下放著化妝盒，她打開盒子，學樣用黑燃料刷了眼睫毛，用海綿蘸了粉餅從額上抹到下巴，再用猩紅的唇膏塗了嘴唇，她有點不相信鏡子裡的人是自己。記得程維德曾說她有點像王丹鳳，那一刻，她真的有當年照相館櫥窗裡的王丹鳳味道了。

林守潔第一次確認自己的美，這個美本該獻給心愛的人，如今卻枉然得荒棄了，正如室友說的是「天大的浪費」。淚水默默地淌下來，她用手絹一擦，臉上的紅白黑三色混成大花臉。她趕緊去盥洗室清洗，盥洗室牆上的鏡子恢復了她的原貌，額上的皺紋凹顯了，白皙的面色隱現著沙黃，憔瘦開始蠶食她了。

次日，她的舊寫字臺上多了一枚小圓鏡，她又恢復了童年的習性，寢室裡沒人時攬鏡梳頭敷點面油。

林守潔和室友沒多少共同語言，中午休息，她還是去動物房找小姐妹胡春芸。

胡春芸的心情壞透了。兒子七、八歲了，阿章有心理障礙，總覺得兒子不是他生的，對兒子不是罵就是打，她自己遭罪也罷了，但不能看著兒子受苦，她決定和阿章離婚，但單位還沒給她分房子，她沒處去。阿章也看出她的心思，逼著她去辦手續，教她過不安生。

林守潔一來，胡春芸就拿她撒氣，不停地向她訴說阿章的不是，拎出她當初的行為。林守潔只能好言相勸賠不是。兩個小姐妹各有各的愁腸，說到最後，常常不是一起哭就是一起笑，當然是苦澀的笑。

九三年初的一天中午，胡春芸一見林守潔就說，「有大喜事呢？」林守潔料到啥地問，「啥大喜事？」胡春芸這才意識到自己失口，趕緊打馬虎說，「他來信不就是喜事？」林守潔毫不生疑，紅起臉笑著從胡春芸手裡拿過程維德的信，還沒看完就喜不自禁地說，「春芸，倒給你猜準了，真有喜事呢？」

九二年秋，程維德從理療專業畢業，他直接轉入老人院的理療室工作。半年後，他用積蓄為林守潔申請上語言學校。

胡春芸假裝不知地問，「啥喜事？」

「程維德說，他回不來，讓我出國和他相聚，我一直等著他回來，毫無出國的思想準備。」

胡春芸心裡不是滋味，嘴上卻說，「近年那麼多人出國，他們誰有思想準備了？你謙虛啥，趕快去辦簽證，維德等不及了。」

林守潔已經等了程維德十七年，分分秒秒地期盼相會的那天，她也等不及了，便言不盡意地囁嚅，「不過……不過……」，她樂得抿不攏嘴，好一會兒才說，「也只能這麼辦了。」

晚上，林守潔拿出入學通知書，照著英文字典一字一句譯出大致內容，然後看了一遍又一遍，好似看她和程維德的結婚證書。想到不久就要和程維德重逢，她整宿興奮不寧，睏到迷迷糊糊盹著時，幾次在夢中撲到程維德懷裡。

翌日，林守潔一上班就去人事科，請單位開去公安局辦護照的證明，辦事員讓她去找李湘筠。

李湘筠僵著臉說，「經過組織討論決定，不為你出具證明。」

林守潔狷急地申明，「我是自費留學，國家不是鼓勵年輕人自費留學麼？你們為啥不批准？」

李湘筠說，「你的情況與眾不同啊？」

「怎麼與眾不同？」

「我問你，誰給你辦的入學手續？」

林守潔知道瞞不了，坦然道，「程維德啊。」

李湘筠面露訕笑說，「是啊，程維德是誰，你不知道嗎？」

「程維德就是程維德啊，何必明知故問？」

「不！程維德是逃亡外國的動亂分子，又在海外從事反共反人民的活動，是叛徒賣國賊，他給你辦留學和別人一樣嗎？」

「你說他是『賣國賊』是過獎他了。他手上沒有一寸土地可賣，只有一腔熱血獻給這個容不下他的祖國，為了中國早日實現自由民主，他不惜犧牲自己的生命，他是真正的愛國者。再說，即使他真是罪人，跟我申請護照有啥關係？如果你們認為我還是一個公民，就不能剝奪我擁有護照的權利，至於誰為我辦的與之無關。」

「好一個『與之無關』！你說這番話的氣勢，已經和十幾年前不是同一個人了，可見自從結識了程維德，你受他的毒害有多深。更證明組織把他和你聯繫起來完全正確。你說的不錯，你是一個公民，但你別忘了，你是中華人民共和國的公民，就得遵守這個社會主義國家法律法規，如果任何人都可以無條件辦護照何必要單位出證明？」

「你的意思，因為我們是社會主義國家，就可任意剝奪公民的權利，你的話正好佐證你稱道的這個國家的專制特性，反證了程維德反對這個制度的正確，表明他追求的自由民主多麼必要！」

李湘筠一下子蒙了，她撐開臃腫耷拉的眼皮驚異地盯著林守潔，再次認清，林守潔已不是那個曾經對她言聽計從的部下了。她卡了好久才接上話，「你這樣說毫不奇怪，什麼階級說什麼話，不同的階級對同一個問題的看法當然截然相反。我們說六四是反革命暴亂，西方國家卻說是鎮壓民主運動。過去，你站在無產階級立場說話，現在你站在程維德的資產階級立場說話，當然勢同水火了。不過，你愈辯愈證明單位不批的正確。」

林守潔站起身說，「這是你們濫用權力，我不接受！」

林守潔含怒走出辦公室，卻在樓道被錢羽飛劈面攔住，他好似在等著她，操著鴨嗓音嚷嚷地問，「你準備出國？」他緊張地幾乎踮起了「鴨腳」，伸長了「鴨脖」。

林守潔憋著的火都衝錢羽飛發去，「出不出國跟你有啥關係？」

「有沒有關係是兩個人的事，你認為沒關係，我認為有關係，不可以嗎？」

「你長了鱷魚皮是嗎？」

「隨便你說啥，我只是問你，你真的死心塌地去投靠程維德？你真的完全不考慮我的事？我已經為你鬧得快離婚了，你還不知道？」錢羽飛彷彿精神受傷，擺出乞求的孱弱樣子說，「你就不能對我發點善心？」

林守潔哼了一聲，「善心？今天西邊出太陽了，你也懂得善心兩字？你把打擊程維德當往上爬的臺階，可想過世界上有善心兩字？你玩弄女性時可想過善心兩字？你裝得好像是為我鬧離婚的，那是你在作孽？你現在的妻子不過是你的一個犧牲品！難道也要我做那樣的犧牲？如果你真想表達善心，就用你的權力幫我開出申請護照的證明，讓我去和程維德團聚。」

錢羽飛咬著牙胡謅，「說了半天，你非但不領情，反而要我為你去疏通，我如那樣做，不止是『為他人做嫁衣裳』，等於是自己戴綠帽子了。」

林守潔氣得高聲說，「啥『戴帽子』，你在說人話麼？我和你是啥關係？好了，領導剝奪了我應有的權利，我不出國了，你的目的達到了。請讓路，我要下去！」

裝申請材料的大信封躺在床頭櫃上，林守潔好幾天對著它發呆。她銜恨李湘筠仗勢欺人，銜恨錢羽飛乘人之危，但回味李湘筠的言行和蠻橫，她遽然反芻到，六四前，自己不也和李湘筠一樣，這般無情地對待「犯錯」的人？如此說來，是天道好還，是果報不爽！

留學是林守潔與程維德重逢的方舟，是打開她和程維德婚姻之門的鑰匙，如今，鑰匙給人沒收了，方舟不可能啟航了，自己該怎麼辦？她決定和胡春芸商量。

八　夢斷天涯

錢羽飛先急吼吼地去找胡春芸了。他鎖住籠子不讓鴿子飛走不夠，還要胡春芸配合他中斷林守潔和程維德的關係，為此顧不上她的線人角色，對她說，「雖然林守潔走不了了，但如果讓程維德繼續影響她，她仍然不死心，早晚還會讓反共分子達到目的！」最後強調，「這樣做對你有好處。」

錢羽飛所說的好處就是胡春芸日盼夜盼的房子。

胡春芸看穿了錢羽飛，他假公濟私，憑著手中的權力，不放棄佔有林守潔的私欲，但她已經上了賊船，哪裡頂得住錢羽飛的威嚇。再說，她自己也存有心魔。她這一輩子完了，還不是林守潔參與害的？所以也不樂見林守潔出國。

林守潔對胡春芸說，「單位不肯出證明，我出不去了，程維德等著我回復，我該怎麼辦？」

胡春芸試探著說，「你還能怎麼辦？實話告訴他麼。」

「得知單位卡我而出不去，他一定會猴年馬月的等下去，儘管我願意等他一輩子，但我不忍心讓他等我一輩子……」

胡春芸便抓住話頭說，「這還不好辦，你就說，你媽媽早就為你在國內找對象了，你辦出國的事也瞞著二老，出國不成只能依順他們在國內解決婚姻問題。這樣程維德就斷了念頭，他也可能在國外找洋人，同時，你自己也儘快在國內找個男人，你們彼此都有了歸宿，就不再耽誤對方。」

林守潔紅了眼圈說，「我是『曾經滄海難為水』，決不變心。」

胡春芸進逼說，「你願意在他身上吊死，他知道了能忍心遵從你？」

林守潔輕聲嗚咽著說，「我不忍心這樣說，我不忍心這樣做，不！我還是不捨得他啊！……」

胡春芸急了，「你已經教他等了十七年，準備教他再等你十七年？」

林守潔醒過來了，含淚嘀咕，「是啊，十七年！我難道教他再等十七年！」

胡春芸承受著罪犯的心理壓力，也想盡早結束可恥的線人角色，便加碼催逼說，「寫完這封信就斷絕和程維德聯繫，不然彼此欲棄難捨，互相折磨，到頭來同歸於盡。」

她咬了咬牙說，「是啊，除此又有啥好辦法？只能這樣了！」

是自我犧牲還是同歸於盡？林守潔又自我爭鬥了好幾天，最終還是迫使自己選擇了前者。一旦作出決斷，她的文革魄力又恢復了，猶如走上刑場的烈士，手中的筆成了一支槍，果決地以此

自裁

維德：

……你寄來的沉甸甸信封，托住了我新的希望，它裝的不是留學材料，而是你無言和無盡的愛，你支付的不是昂貴的學費，而是你贈與的無價禮物。我浸沐在被愛的甘美中，只想著儘早聽從你的召喚，投入你的懷抱。

這些日子，夢中我總是在坐飛機，彷彿騎在鯤鵬的背上，乘雲駕霧飛往Y國……直到美夢被無道的現實擊碎！醫院拒絕給我辦護照的許可，原由你能推測。我想去衛生局說理，去爭取自己的權利，再一想，罷了，上級哪有不護下級單位的，何必自找沒趣！

如即將刑滿的囚徒被宣判禁止出獄，我沮喪到極點，憤怒到極點，也絕望到極點，但我無能為力，有高牆在，有鐵柵欄在，不具孫悟空的本領，我插翅難飛。

這些年，父母一直催我在國內找對象，現在護照辦不下來，我死心了，既然走不了，就遂二老的心願吧。再說，我已經耽誤你十七年，不能再耽誤你十七年，我們的關係也該結束了。

萬望你接受我的決斷，在海外開啟自己的新生活，找一個好姑娘，洋人也好，華人也好，只要人好，只要像我一樣地愛你，我就放心了，這是我唯一的心願。

我相信，你一定會如願的，不！是我一定會如願的！
為了不影響你的未來，我決定不再打擾你。
相信緣分，相信命數吧！

林守潔

程維德在計算林守潔的行程中度日：她大約一周收到材料，一月內辦好護照，簽證要兩周左右，一切順利兩個月就可來Y國了。想到和她相識十七年，九曲十八彎，經歷多少道溝坎，終於要「墜歡重拾」了！他甚至設想起他們在海外的生活，可就是沒想到辦不出護照！他本該想到的！

六四後國內風聲鶴唳秋後算賬，跟隨他遊行的人人過關寫檢查，李湘筠和錢羽飛當道，一個是極左死硬派，一個是妒忌他的小太子黨，他們為追捕不到他而惱羞，哪會輕易放林守潔出國。

怎麼辦？他為此愀然無措。

一天早上，他給兩位老人推拿後感到頭暈。喝茶時，他去休息室沖英國紅茶，還多加了幾塊方糖。他用茶匙攪動著糖塊走近大方桌。先到的麗薩關切地問「Moral，你怎麼啦？臉色蒼白，是不是不舒服？」程維德解釋說，早上沒用餐。

麗薩說，「不止今天，這幾天你都精神不振，看上去很疲勞。」

程維德默認最近晚上沒睡好。

麗薩問，「是不是你的戀人出事了？」

程維德不願和麗薩談林守潔的事。

麗薩一年前和丈夫離異了。此後，麗薩和他一起喝茶時常扯上此類話題，他能感覺出麗薩探尋的眼神。麗薩是西洋美女，四十不到的年紀看上去可減去十歲，寶藍色的瞳仁含著熱辣辣的瑩光，直射他的黑眸。她的乳白色頸項和裸露的雙肩，細膩凝脂得能壓出水，一派好萊塢明星的風采。

前不久，麗薩邀請程維德去酒吧，兩人喝到血湧身熱時，麗薩向他表示了愛意。嫣媚的麗薩如此誘人，不時撥動程維德的欲念，使他湧起欲拒還迎的衝動。每當那時，林守潔就出現在麗薩的身後，楚楚動人又愁神哀婉。程維德不想誤導麗薩，堅定地說，「我有未婚妻了」。

麗薩非常生氣，她不相信，以為程維德搪塞，操弄她的真情，她不能想像有未婚妻的人在外獨身幾年。麗薩爆發出譏笑聲，「Moral，好一個Moral！我終於認識你了，Moral——！」

程維德只得告白和林守潔的戀愛故事，還快慰地說，「漫長的等待將結束了，守潔就要來和他團聚了。」

此刻，程維德看著麗薩，耳邊掠過林守潔的規勸，「你可以在海外找個好姑娘」，他不由自問，「我能從麗薩那裡找到林守潔的愛？」

……

程維德知道，林守潔的決絕，是為了他的幸福，他不相信她自己會輕易「改嫁」。他以同樣的赤誠給林守潔回信——

……儘管阻擋你的是難以逾越的高牆，但那不過是六四屠城的餘波，是長不了的。你看，中國的六四民主運動失敗了，但隨之而起的東歐顏色革命勢不可擋，不到一年大多數社會主義國家都實現了民主化。面對浩浩蕩蕩的民主化潮流，中國的獨裁政權還能獨霸天下？我堅信，要不了多久高牆就會轟然倒塌。故此，你不必洩氣，要滿懷冀望，樂觀地等待時局的變遷，我堅信我們絕不會再等十七年……

林守潔明白程維德的用心，他對中國前景一向悲觀，這次不尋常的樂觀，與其說受東歐事變的鼓舞，不如說是篤愛助燃了熱望。林守潔看了信，多想回復說，別說十七年，就是七十年我也願意等，但不能讓他等我啊！

胡春芸看出林守潔的心思，裝模作樣地拿過程維德的信掃一眼說，「小程以為柏林牆塌了，中國也快了，說明他不瞭解國內的形勢，但你應該知道。六四時跟著他慷慨激昂的，清查時沒一個敢作敢當，不是逃避責任就是乖乖寫檢討，還有痛哭流涕乞求從寬的。時下興起經濟改革，他們都熱衷於淘金扒分，還有誰念叨六四？」

胡春芸說的是實情，連李湘筠都變得不可理喻了。她已榮升醫院黨委書記，十幾年前在大會小會批「經濟掛帥」，如今卻言必稱「經濟效益」。近年，醫院職工的工資都在增長，住房也在逐漸改善，人們似乎對現狀很稱心，已不再有平反六四的意願。

胡春芸見林守潔默然，進一步激將說，「當年你聽信了李湘筠的話，誤了程維德十七年，這次你不能再誤他十七年了。現在，你不必去解釋，愈解釋愈讓他誤解，只要你堅決不回信，就顯示了你的決心，他不認也得認。」

林守潔一千個不同意也只好忍淚應允。

九　靈與肉

兩周過去了，沒林守潔的回信，一月過去了，還是沒回信，程維德只得直接寫信問胡春芸，「林守潔到底發生了啥事？」

胡春芸為了自己早日解脫，不惜為林守潔圓謊——

……你的懷疑不無道理，被人說成「相思病」的林守潔怎會輕易放棄生死相依的戀人？從你出走至今，她父母一直催她找對象結婚，她渴盼與你相聚，始終硬頂著。前不久她弟弟結婚了，別說家裡沒她住的地方，按中國人的世俗觀念，她成了嫁不出去的老姑娘，難免遭弟媳嫌棄。你想盡辦法為她辦了留學，又被單位無情地阻撓。她想有尊嚴的活下去，除了嫁人，還有別的抉擇嗎？

不過，這只是問題的一面，問題還有另一面。有一件事，或者說一個隱秘，我至今緘口封藏，為解釋林守潔的行為，我不得不向你披露。

我和守潔一起住宿時，你們已經在「暗戀」了。有幾次星期天晚上，宿舍只有我們兩人，半夜，我被上鋪的守潔「叫醒」，她在呼喊你的名字「維德！維德！……」我輕輕下床，慢慢站起來，把頭伸到她的床沿偷看，只見她蜷曲著身子，把枕頭當作你抱著說夢話；還有幾次，我在沉睡中被搖動的床架弄醒，鬆弛的榫頭髮出輕微的「吱吱嘎嘎」。我起先以為守潔在上面翻身，但又不像，翻身不會持續這麼長，而且以一定的頻率扭動，有時還隱約可聞類似呻吟的「哼—哼」聲。我終於明白，原來她在自慰，只是吃不準她是清醒著還是夢中，或者在似幻似眠中。我臉紅了，不敢動身，更不敢起床看她，怕她知道我察覺了她「見不得人」行為。

當時，我正為是否找人而游移不定，便忍不住捂住被子飲泣，為守潔，也為我自己。她也是女人啊，也有正常的情欲啊！但白天她千萬百計地壓抑自己，簡直就是一個中性人，只知道黨支部的工作、團委的工作、病房護理工作；對於醫院裡團員青年的戀愛婚姻，她總是繃著臉干涉訓導，對我的未婚先孕毫不寬容，絕對是一個清心寡欲的清教徒。只有到了夜晚，到了睡夢中，她才暴露出作為女人的天性。

你判斷的不錯，守潔對你的愛傾注生命，最想獻身與你，這個意願至今沒變。但當這條路走不通了，她面對現實在國內找個男人過日子，難道不正常麼？從某種意義上說，這也是她因摯愛你而作出的犧牲，她不願你遠隔重洋無盡地獨身。所以，她走進婚姻與其說是依順父母，不如說是成全你。

我想，如果你同樣愛她，對得起她的無私犧牲，就應該遵從她的意願，在海外尋找伴侶，那是對她的最好報答。

過去幾年，出於小姐妹的情分，我為守潔和你通信，現在我完成了自己的使命，這是我寫給你的最後一封信……

胡春芸

程維德濕濡眼簾上的字跡暈化了，左手上的塑膠杯蓋不知何時被捏扁了，也無可辯駁地被「說服」了。

他急突突出門，然後開車上路，不打招呼直奔麗薩住的公寓。他自己也不知道，去找麗薩做啥？上次，他告訴麗薩有了未婚妻，等於拒絕了她的求婚。此後，他能感覺麗薩的失悅，和他一起休息喝咖啡時，她不再主動和他談天。

麗薩沒想到程維德會上門，驚喜地把他迎進屋。得知程維德的戀人無法出國，她認為程維德終於死心，考慮和她之間的關係了。

麗薩從酒櫃裡拿出一瓶杜松子酒，他們各自斟了半杯，加了冰塊再用湯力水兌滿，然後面對面在沙發上坐下慢慢啜著，彼此向對方散發一種奇特的氣息，曖昧的目光霓虹般交織……

在杯酒的微醺作用下，程維德視線恍悅地看著麗薩，尋找她身上的東方女性的嫵媚。他把空杯子放在沙發旁的茶几上。他頭枕沙發長長吐了一口大氣，然後仰望著天花板發呆……突然，他的嘴被另一張嘴堵住了，是麗薩被酒灼熱的嘴，像吸盤一樣吮嘬住他，一條滾燙的火舌炙人地往裡鑽。他暈了，不由迷幻地嗚喚，「守——潔！守——潔！」火舌捲縮回去，兩片薄唇從他的嘴上飛走了，他的雙肩被人往前猛地一拉。他醒了，只見兩顆寶藍的玻璃彈子吊在頭上，是麗薩驚愕的眼睛，麗薩帶熱氣的話音噴到他的臉上，「你在說啥？So-Jane是啥？」

程維德回過神，用雙手撐開麗薩的雙肩說，「我喝多了，在說胡話吧！……我喜歡你，但不能……」他無法向麗薩說出，他守護著自設的原則和底線——靈與肉的交融只能給林守潔，他還在等待林守潔，永不放棄。出於對麗薩的尊重，或者說是另一種愛，他不和她結緣，就不該和她發生男女私情。

麗薩惑然地看著他問，「為啥？」

他別有含義地說，「現在不能！」

麗薩想起來了，中國人的性觀念很保守，婚前是不發生性行為的。她掃興（性）地退回自己的沙發，拿起茶几上的酒杯把剩下的酒一飲而盡。

程維德站起身，歉意地叫了一聲「麗薩！我得回去了！」他跨出門時腳步不由戛然停住，回身看著她，低聲說，「請原諒我！」

快到家了，程維德猛然把車子停靠在路口，他拿出手機撥電話，接通後問，「Cherry空著嗎？」

這是一家非公開的妓院，門楣上掛著「春色旅館」的幌子。大廳是酒吧，幽暗的燈光下坐著一對對男女。程維德剛進門，Cherry就從一張座椅起身，然後扭著細腰迎上來，「親愛的德，好久不見你了，可想你了！」她發不出「維」音，只會說「德」。

程維德一臉緊張，只說了聲「哈羅」就算招呼過了。

幾個月前，麗薩的進擊煽起他的生理欲望，把他「逼」到這裡。

結識林守潔後，無論他白天看到她如何迷戀，但夜寐夢遺過剩的男性「精」力時，常出現裸體女性的場景，卻沒見過她的身影。奇特現象揭示了他的深層意識——林守潔是他心目中的聖女，他和她唯有靈與肉完美結合的愛情，排斥純粹的色欲，不容「淫穢」的媾合。

不帶情感的買春，既滿足了肉欲又不玷污林守潔。

儘管他如此自我寬解，但第一次走近春色旅館時，他還是帶著犯罪心理，在門前欲進不敢欲退不甘，徘徊了兩、三日才咬牙跨進去。當他在假笑著的Cherry對面入座時，他心口狂跳卻說不出一句話。Cherry知道他是個生手，引導他鎮定下來說，「來一杯酒還是咖啡？」他竟然說，「對，我是來喝咖啡的。」那天，他真的喝了一杯咖啡就走了。

翌日，他再來找Cherry。他沒在外面入座就直接和Cherry進房了。那次他心急莽撞，只是排泄慾聚在身的男性精力。事後他才意識到，他也出賣了自己的「童」貞，時年已四十。

這天Cherry明知他從不跟她喝酒，還是問，「喝一杯嗎？」

「不！」他說完熟門熟路地走向大廳旁的一條走廊，Cherry親昵地追上去，挽起他的手臂，「你今天這麼猴急？」

程維德不回她話。Cherry引著他進入一間臥房，四面牆上的壁燈向天花板噴射粉紅色柔光，彌散出淫靡的色情氣息，程維德沒好氣地說，「快關了壁燈！太刺眼！」

Cherry只套著一件大開胸的連衫裙，幾秒鐘就脫光了，她躺在床上看著程維德脫衣服……她接過不少東方男客，最近也有從中國來的遊客，他們進門急吼吼地直奔主題，完事後付錢走人。有些西方男客完全不同，他們把她當臨時「情人」，先請她喝一杯，說些情話，進房後拉她一起沐浴調情，然後才上床進入高潮。一幕一幕好像演戲。從賺錢上講，她喜歡東方男人，但心理上有點不甘，他們只把她當泄欲工具。

程維德赤條條地壓在Cherry身上，他雙手撐在Cherry臉龐的兩側，仔細地打量著她。從Cherry高聳的鼻樑往下看，一雙碧眼是深谷中的兩汪清潭，塗得過濃的櫻桃小嘴是一方花壇，兩側的酒靨是待用的花盆。Cherry是西洋美女，因這張櫻桃嘴花盆靨，庶幾有些許東方女性的味道，他就為這挑中她。重彩模糊了她的年齡，厚粉敷蓋了她額上的溝紋，靈活的碧眼和媚惑的笑靨，透出職業性的虛情假意。他不去計較，本是買賣交易，不必當真。他照例拿過備用的一方真絲手帕，覆在Cherry臉上，手帕上繡著一幅仕女圖，仕女使Cherry身首分離，「她」借Cherry的身子饜欲。

Cherry不知想逗他，還是不甘做蒙面人，用嘴「噗」的一聲吹去手帕，半嗔半嬌地說，「手帕上的肖像是你過去的情人？」

程維德無心打趣地說，「不用問，今天我只是不想看你的臉！」說完，再次拿起手帕覆住Cherry的面孔，然後，看著手帕上的仕女扭動起身子……

林守潔切斷和程維德的聯繫，丟了命根子似的喪魂落魄，絕望的野草在胸中漫長。上班時，她常手握清洗的針筒呆半天，邊上的同事互相遞眼色，示意她的舊（相思）病復發。她又開始通宵達旦地失眠，服兩粒、三粒安眠藥都無效，一周下來，她感到頭疼欲裂，去門診一查，竟然血壓高了，她只能三天上班兩天休息。

不久，醫院實行崗位責任制，老病號林守潔第一批被刷下來。她因病假引發同事不滿，常無端受閒氣，已無心上班，只要能拿對付衣食的生活費，她不在乎下崗。

李湘筠不知林守潔心態，通告她時歎息著安撫說，「別說你下崗，現在提倡幹部年輕化，我也快退休了，要不是小程害你走到這一步，本該是你接我的班。當初，我盡心培養你，誰知會是這樣的結果？」她想從林守潔這裡撈取一點謝意，說得十分動聽。

林守潔冷嘲說，「我怎會忘記你的『栽培』？可惜，我不配也沒資格接你的班。有一點你說反了，不是小程害了我，是我害了他。是我被烏鴉蒙了眼，漠視他的人格和尊嚴，違心地強求他入黨，就像硬逼一個回教徒吃豬肉，教他無辜受傷。」

李湘筠還想教訓林守潔，「組織上多次告誡你，程維德是什麼人？他在國內幹了啥！目前在海外又幹了啥！你還不認清他？」

「我不但認清他了，還認清了你們！他無論在國內還是海外，只幹了一件事，就是為中國人爭自由民主而抗爭！是你們給他按上『暴徒』罪名，迫使他流亡異鄉，至今不允許他回國！」

「六四風波過去幾年了，你還陷在小程蠱惑的思想裡不能自拔，這樣下去非常危險。」

「你不用嚇我。我跟你說，小程走了，帶走了我的一切，我的靈魂一直跟著他，留在這裡的只是我的軀殼，跟你談話的是一個活死人，還怕啥危險?!

「別瞎說，作為一個醫生，我把你當病人，不和你計較，要是別人聽了會怎麼想，你冷靜一點，正好下崗了，好好吃藥休養。」

「你說得對，我承認，我是病人，在這個畸形的社會誰又不是病人？難道你不是病人嗎？依我看，你比我病得還要重，唯一不同的是，我知道自己病在哪裡，而你病入膏肓卻不自知，無可救藥的是你！」

「守潔，你愈說愈昏了，我看你還是吃了藥再說吧？」李湘筠逃也似地走了。

林守潔衝李湘筠吐出了壓在心底的嫌恨，像積年的一團地火噴發了，心理上難得如此暢快。

林守潔不用上班了。白天，同室的人走了，她一個人留在宿舍，就用看書打發閒寂的時光。她拿出早已爛熟的程維德寫的詩文，雒誦著，歎息著，到哪裡去尋找詩詞的主人，到哪裡去追悔逝去青春？見不到程維德的身影，她只能找尋他讀過的書，從中搜索他的情感，作為和他對話的橋樑。

醫院的文藝圖書室關閉了，她就去區圖書館借閱。她一本又一本讀，一遍又一遍重溫程維德講解過的人物和情節，咀嚼他沉湎其中的理由，揣想他可能用哪些人物來比附，再猜想他可能把她置換成哪些女主角，又如何在他的心中演繹。如今輪到她來「導演」，她教男女主角出演他們的身世，悲劇地注釋他們的人生，她臆造不曾有過的懷春歲月，耽溺在虛幻的愉悅夢境。

她先借來四冊一套的《紅樓夢》，程維德曾譏評她沒讀過《紅樓夢》，她要好好補課。然而，斯時斯刻，她已不能用平常心去品鑒了。她把林黛玉當自己的替身，因恨自己，非但不同情林黛玉，還恨上了她。她認為，是林黛玉用「作」的方式對待躭愛她的寶玉，最後「作死」了自己……

她重讀《牛虻》，明白了，當時自己用入黨要脅程維德，比瓊瑪因誤解扇牛虻的耳光更不可原諒！

她去書店買來中短篇小說集《同情的罪》，是程維德酷愛的茨威格作品。《一個女人的二十四小時》、《一個陌生女人的來信》中的女主角愛得驚世駭俗，是程維德愛戀的女子——她——

的對照標本。與「陌生女人」相比，她被人深愛著卻不惜福，無端耗費了他的摯情。骨子裡她和「陌生女人」愛著作家R一樣，同樣深愛程維德的啊？怎不叫她悔斷柔腸！

她讀《葡萄牙修女的情書》時，看一節歎一聲，看一節扼一腕，女主角瑪麗安娜寫給情人夏密伊的信，讀得她淚流滿面。她似乎不是在讀瑪麗安娜，而是在讀自己，或者說瑪麗安娜在為她代言——

> 命運使我們分隔兩地，這比我們所恐懼的更加殘酷，卻不能將兩顆心分開，因為更強大的愛使我們的心緊緊相連，直到海枯石爛！
>
> 我決意要用一生的時間來膜拜你，除了你之外，不會將目光放在其他人身上。
>
> 我已經習慣那種折磨了，若失去在茫茫苦海中愛你的那一絲喜樂，我也活不下去，我永世都會被棄世厭世的極度不耐煩所折磨；家人、朋友、修道院都令我難以忍受；……
>
> 如果我們可以共度這輩子的話，我該有多幸福！但如今既然我們已相隔千里，我唯一能做的似乎就是對你矢志不移，……
>
> 我很清楚相思病的解藥是什麼，只要我停止愛你，就可以立刻痊癒，但是老天！這是怎樣的一帖解藥啊！我寧願受更多折磨也不要忘記你……

單看這些海枯石爛天荒地老的貪愛傾訴，林守潔和瑪麗安娜的怨情何其相似，但再看她和瑪麗安娜人生體驗，她又如何能與瑪麗安娜比附？瑪麗安娜寫信時已和夏密伊忘情纏綿了好幾年，極盡人欲地享受過雲雨之歡。而林守潔是春日滴血空悲切的杜鵑；是夏夜一現的曇花；是獨立寒秋的美人蕉，一輩子「孤芳自賞」，唯有熔化生命的悱惻愛情，根深葉茂地密植在她的心裡，誰也無法把它拔去。

晚上，林守潔去專放老片子的電影院，觀看程維德偏愛的《簡．愛》、《巴黎聖母院》等經典。《蝴蝶夢》的帷幕拉開，開場旁白響起，她又聽到了來自天籟的聲音，「昨夜我夢見我去了曼德利。我正走進那道鐵門，私家的道路已如緞帶般狹窄，路面蓋滿了碎石和荒草。……許多樹木長出了新枝，橫伸在我經過的路上，我突然走上那座房子，心跳加劇，淚水湧上了眼眶……」她跟著淚濕衣襟，這不是她正在回溯的路徑？

週末，院裡的團委組織開舞會，宿舍的年輕醫生護士都去熱鬧，她們攛掇林守潔也去，「林姐，你太極拳打得那麼好，舞一定也跳得很優美。」她說不會。等她們走了，她倚在床上，手會無意識地伸向床頭邊上的卡式錄音機，鄧麗君的嗓音響起，一泓清泉暖暖流過，溫化了她的身，撫慰了她的心，當年舞場的情景重現，淚珠帶著記憶一顆顆滾落。

那次她失去被程維德摟著跳一曲的機會。過後程維德遞給她一張信箋，上面抄著《月亮代表我的心》的歌詞，還問她「月亮代表了我的心，能代表你的心嗎？」他說著輕輕地哼起來。「月亮掛在天上，照著整個地球，能代表世界上所有人的心，能代表你的心，自然也能代表我的心羅！」林守潔大而化之模棱兩可地答道。

此刻，她多想被他掖著瘋狂地勁舞，多想聽他再哼一次《月亮代表我的心》！

「你問我愛你有多深，我愛你有幾分，我的情也真，我的愛也真，月亮代表我的心……」

林守潔半昏半醒地走出宿舍，走近開舞會的飯廳，她不敢進門，只是躲在外面的松樹叢中，諦聽裡面傳出的狂奮的迪斯可音樂……程維德在哪裡？我到哪裡去呼喚他？

失去了，不再回來……

十　尤小婷的故事

次年初春的一個禮拜天，一早就下起了小雨。這樣的天氣，患者不出病房，院裡比較空疏，又逢白玉蘭綴滿枝頭時節，林守潔打著傘散步。她穿過洋樓間的小徑，走進排列著白玉蘭樹的甬道，沒走幾步就見有人打著花洋傘站在樹下。聽到她的腳步聲，那人把傘往後傾斜露出臉看，正好對上她張望的視線，她們不約而同地輕聲招呼對方，「尤小婷！」「小林！」

一個月前，尤小婷因關節炎併發神經官能症又住院了。

上回尤小婷住院，林守潔因程維德而防範她，此刻意外邂逅，互相難免尷尬，喚聲中混合著驚訝。

林守潔和尤小婷對視著，不知從何說起，雨點打在兩人的傘上，也一滴一滴地滲入兩人的心上，寂闃中格外清脆。過了好一會兒，還是尤小婷先開口說，「小林，我正想找你聊聊，你不在病房工作了，我又不好意思去宿舍找你，能在這裡碰上太好了。」

林守潔應付說，「知道你住院，我也想著抽空去病房看你。」

樹下有幾朵被風雨吹落的白玉蘭花，尤小婷俯身拾起兩朵，隨手遞給林守潔一朵說，「你如有時間，我們一起走走好嗎？」

林守潔接過花朵和尤小婷一手撐傘，一手拿花並肩行走。

尤小婷歎了口氣說，「這次住院，最教我吃驚的是，沒見到程醫生，也沒見到你。向其他護士打聽，才知道程醫生出走了，你跟著生病了。說起來，我很對不住你，應該向你道歉。上次我就聽護士議論過你們，也從你的態度中察覺到你誤解程醫生了，卻沒法向你解釋。當時，我陷在要死不活中，程醫生憑著俠義和正氣寫我的事，曝光我們社會的陰暗面，使我心生敬佩和感念，像溺水者看到救生圈，我只管拚命地抓住，顧不上其他了。

林守潔急於解開心裡的疑團，憋不住問，「如果你不介意，能否告訴我，你到底蒙受了啥？」

「現在我還介意啥？我找你就是想告訴你一切。

我是芭蕾舞演員，在《白毛女》中跳群舞，我丈夫是電影樂團的小提琴手，我們經人介紹相戀結婚，婚後我們出雙入對感情日深。

誰知，天有不測風雲，平地起了事端。一九七八年末的一天，芭蕾舞團領導接到一個緊急政治任務，要我們女演員在兩天後去為中央首長伴舞。我們十一、二歲進芭蕾舞團，會跳芭蕾卻不會跳交誼舞，只好臨時抱佛腳，加班加點學會了三步、四步舞。

第三天晚上，一輛大麵包車把我們接到錦江飯店，我們被領到錦江小禮堂。我們從七點半一直等到九點，中央首長才姍姍出現，我的腿禁不住打抖，他們竟然是國家最高領導葉健英和李賢念。廣播裡幾乎天天報導他們的活動，報紙上隔三差五地刊登他們的照片。市委的幾個領導圍著他們進來，後面跟著他們的家屬和隨從。他們剛吃了晚宴，一個個油光滿面，我的肚子條件反射地「嘰咕」起來，為了提前趕到，我們上車後吃了一個麵包，早消化了。我的激動也減去了幾分，還不由閃出疑問，李賢念七十，葉健英八十，他們來跳舞還是看跳舞？

葉、李兩人情趣勃勃，音樂一響就起身，領導早就安排好團裡的兩位主角陪他們，我還眼熱她們能夠陪伴大人物呢。拉我上場的是一個年近六十的男人，他自報是市委辦公室的工作人員，說話時嘴裡噴著酒氣，把我剩下的幾分好感都噴走了。

葉健英畢竟上了年紀，跳了兩回四步舞就力不從心了，他坐到場邊當觀眾，不久，李賢念也下來了。中間休息時，我走進陪葉健英跳舞的同事，悄悄地問『首長和你說啥？』她難為情地說，『還能說啥，不過年紀多大啦，跳了幾年芭蕾啦之類的家常話。我崇拜他，想看看他那張不平凡的臉，沒料到，他雙眼直勾勾地盯著我看，弄得我滿面通紅，只得避開他的目光，沒想到這麼大年紀了……』她欲言又止，我明白了她的意思。下半場起舞後，葉健英和李賢念都不跳了，待在下面做觀眾，我每次旋轉到他們面前就瞥他們一眼，總是對上他們貪婪的眼神。女同事的話得到了證實，他們的光環在我面前霎時熄滅了，先前見到他們時的欣悅變成了嫌惡。」

林守潔犯疑地問，「葉健英和李賢念真的會跳舞？」

「當時老態龍鍾了，舞步有點遲鈍，但看得出過去是舞場好手。」

林守潔難以置信地追問，「那毛主席也會跳舞囉？」

「那還用說。我原來也不相信。就在那次舞會上，我的一位漂亮女友被市委某領導的公子看中，她不顧恩愛丈夫的規勸離婚改嫁。她告訴我許多不為人知的內幕。中南海的舞會一直開到六六年，文革開始後才結束。」

林守潔吃驚道，「毛主席等中央首長一直跳到六六年！我們醫院放射科的曹醫生六二年在家招朋友跳舞，被里委幹部告發開『黑燈舞會』，為此吃了三年官司，那真成了『只許州官放火，不許百姓點燈』了！」

尤小婷說，「還有更吃驚的事呢，我受不了葉健英和李賢念的貪婪眼神。同事說，我們還算幸運，他們不過是過過『眼癮』，據說去中南海陪毛跳舞的女文工團員，有的還被毛主席招上床呢。葉健英也是，住院時看中了一個護士，就搞上了。這些話，我跟你說，你可不能亂傳啊！」

林守潔的心被錘子重重地一擊，「真有那樣的事?!」

尤小婷說，「扯遠了，再回到那天的事。跳到他們盡興了才收場，已經快十二點了，我們這才去吃晚飯。我們中有幾個洋溢著受大人物寵愛的自美，但多數人覺得是被迫當了舞女，精神上受到莫大凌辱。

最可惡的是，領導要我們保密，即使對家人也只能說參加內部演出。我自己也怕丈夫知道，當時社會上還在禁舞，丈夫知道我在外面跳舞會怎麼想？我十二點多回家，《白毛女》早就停演了，丈夫問我在哪裡，我就照領導的話說去錦江小劇場演出。他是內行，說那種地方怎麼能跳芭蕾。我不會吹牛，只能說演出芭蕾舞劇的片段，解釋得破綻百出。一次，丈夫也沒計較，後來市委又招我們去了幾次，丈夫就懷疑上了。

事後，我好懊惱啊，我對陪舞也是不滿的，也有被葉健英和李賢念『獵色』的受辱感，我為啥不坦率地和丈夫說！也合該我倒楣，結婚幾年沒懷孕，就在跳了幾次舞後有喜了，丈夫罵我肚裡懷的是野種，逼我打胎，我只得忍淚依從……」

她們來到夕陽亭，兩人一前一後走上去，把傘擱在地上，那天刮著西北風，南側圍欄間的木條凳沒淋上雨，兩人挨著坐下。

細雨如針，針針紮在她倆的身上。

尤小婷凝望亭外渾蒙的天色，黯然地說，「夫婦間一旦失去信任，如何以誠相待？婚姻還有啥意義？我早就起離婚念頭了，但丈夫不說，我不能主動提。去年，知道他有了外遇，我就果斷了結了我們的關係。事後，我極度絕望，反覆自問，我做錯了啥？當然不會有答案，我整夜的睡不著，安眠藥愈吃愈多，這不又住院了……」

林守潔默默地聽著，臉上毫無表情，心裡卻翻江倒海，這時才呢喃地說，「當時，我不但錯怪了程醫生，也誤解你了。」

尤小婷把手上濕濡濡的白玉蘭放到鼻子底下，嗅著清馨說，「你說對了一半，你錯怪了程醫生，但沒誤解我。白玉蘭花滿樹時，程醫生常帶上幾朵放在我床邊的窗臺上。我說，你喜歡白玉蘭，他說，是的，我喜歡，因為我喜歡的一位『朋友』喜歡。我說，那你怎麼不送花給她？他說，『朋友』離開他了，離得太遠，他送不上了……他因憂愁而頓住了。

我早就從碎嘴的護士那兒得知你們的事了，我以為他用這話給我暗示。儘管我已婚，而且比他大兩、三歲，根本沒敢生非分之想，但心裡確實有一個念頭，要嫁就該嫁這樣的男人，就含羞地說，你就把她不要的花送我了？他說，不是，是我代她給你送花，我想，她一旦瞭解你的遭遇，一定會理解你，給你送花，望你有好心情。我這才想起，我曾向他抱怨『護士小林好像對我有偏見』，我立即明白了，他也是借送花，流露出他對你的思念……」

林守潔的淚水早已滴下，她扭頭避開尤小婷的目光。手上的白玉蘭也跌落到地上，尤小婷俯身幫她拾起說，「從那以後，我也喜歡上了白玉蘭，每年這個季節我都去公園賞花。這次住院，我以為程醫生還在，想著萬一你還為難他，一定勸你不要錯過機會，這是一個有情有義有責任有抱負的男人，值得你愛一輩子。住院後，我才知道你倆六四後的故事。有一點我至今不明白，當初你為啥不直率地向他表白？」

林守潔抹著淚敘說當年的蠢行和艾怨。

尤小婷反過來安慰她，「你不必對自己太過不去，當時的大環境如此，也不是你一個人那樣做。我們文藝界都知道電影大明星孫道臨和越劇皇后王文娟的戀愛故事。孫道臨解放前入過黨，後來因被捕入獄和組織失聯，解放後就成了他的歷史問題。他們準備結婚時，王文娟是新黨員，組織問她瞭解孫道臨的問題嗎？王文娟說知道，他沒造成黨組織的損失。領導對王文娟的態度很不滿，暗示她如不遵從組織的勸導就得退黨，她承受不了壓力回絕了孫道臨。他們一個四十歲，一個三十五歲，彼此分離了又不捨得。事情傳到周總理夫婦耳中，他們出面說情才使兩人終成眷屬。你想，多少普通人的婚事被政治身分卡住，他們不可能得到一國總理特批，最後還不是以分離告終。」

林守潔覺得兩位大明星和李湘筠的事如出一轍，她和程維德不過是重蹈覆轍，只是結局比他們更慘。

尤小婷看破了林守潔的心思，「經過一個多月的治療，我逐漸康復即將出院了。我想對你說的是，我要重新審視以往的婚姻，走出歷史的暗角，清除時代留在身上的傷痕，去尋找淳樸的愛，尋找新的生活……」

林守潔說，「你說得對，我相信你會找到的！」

「謝謝你的鼓勵，那麼你呢？我也是說你啊！照中國目前的形式，程醫生不知啥時候才能回來，以我對他的瞭解，我相信他一定期望你尋找新生活的！」

林守潔強打精神說，「我也會的……」

林守潔清楚，那是支吾的話，是哄尤小婷棄舊自新的謊言，她無法欺瞞自己，回到宿舍就否定了自己，「不會了，不可能會了！」

林守潔為尤小婷的話鬧心了好幾天。她不無自嘲地想，當毛在招女孩「鶯歌燕舞」時，她卻把毛視為具人形不具人「性」的神。她用毛的石膏像取代菩薩像供奉，以為毛的真身和石膏像一樣聖潔。當江青高調站在毛身邊時，她連帶把江青也視為「中性人」。得知毛有幾個兒子，她還難以理解，毛如何生兒子？難道他也有過男女之事？這念頭一出，她就自批不該褻瀆毛。

在否定毛的性別時，林守潔也喪失了自己的性別意識。第一次來月經時，她以為下體出血，嚇得大哭。媽媽跟她解釋這是女孩的生理反應，以後每月來一次。聽說每月要來一次，她的身子發冷，寒氣從頭滲透到腳，出現一種將長期受內傷的惶惑。此後好幾天，她見到血跡就發抖。

仔細回憶，最初對程維德產生的好感中，她也毫無異性相吸的生理反應，僅從精神層面賞識他的睿智，被他獨特的異端言論吸引，就像佩服有才氣的哥哥。直到春芸和袁少魁鬧出「未婚先孕」，她的兩性意識才漸漸甦醒，才戴上「有色」眼鏡看出程維德的男性雄姿，性本能才隨之浮起，成為潛意識裡的情感動力。

她終於徹悟，她和程維德「空戀」十三年，皆因喪失了應有的「性」感，才生出一個又一個關隘，阻擋了她和他的戀情。對照胡春芸被袁少魁「未婚先孕」，無論從生理心理上評介，她都比胡春芸更異常……若說那些女文工團員在肉體上被毛佔有，那麼，她甘做毛精神戀人就是在精神上被強姦，最後做了毛和黨的犧牲品，還試圖把程維德拖入屠宰場。

十一　枯萎的花魂

九四年，醫院決定拆除宿舍樓，建造專為富人服務的高級病房，凡是上海戶口的住宿者一律回家，林守潔又要被趕走了。

但林守潔已「無家可歸」。七十好幾的父母垂垂老去，週末回家，他們催她結婚的心死了，但總是一臉愁緒地看她，令她不忍面對，只得吃好晚飯就「逃」走。要她天天回家，且不說住處，看她的樣子就是折父母的壽。

林守潔只好硬著頭皮再去找錢羽飛，不久前他剛擢升為負責後勤的副院長。

林守潔住宿後，錢羽飛輪到晚上行政值班就來找她，他已經和妻子離婚，便更露骨放肆地對她展開攻勢，每次都被她嚴詞拒斥。他終於澈底死心，惡形惡狀地撂下話，「你以為還是十年前，看看你額頭的皺紋！我找你只為向程維德宣告勝利！其實我已經勝利了，程維德出逃了，流亡了，回不到你的身邊，也永遠別想佔有你了！既然你鐵了心，我也不再費勁熔解你。你等著，我找一個比你年輕的給你看。」

錢羽飛耍手段弄上了年輕漂亮的化驗員小萱。小萱二十七、八年紀，是外地人，住在林守潔的隔壁宿舍。她談了男朋友申請住房，錢羽飛掌握分房大權，一面作梗不給她房子，一面用自己的官位、金錢、洋房利誘攻心，她最終軟化了。他洋洋自得，和小萱結婚前幫她搬行李，有意敲錯門，到林守潔房間來吆喝小萱，以此氣她。

本來就是不要的東西哪裡氣得了林守潔，錢羽飛的「O」型腿邁著鴨步跳進跳出，操著鴨嗓「嘎嘎」叫喚，不過令她噁心。

為了生存，林守潔還得去面對這樣的噁心。

錢羽飛狡慝地對林守潔說，「你還是來找我了？我以為你再也不來了！」

林守潔撇過臉避開他猥瑣的目光，沉住氣說，「我為公事找你，這是一名職工的權利，也是你作為領導的職責。」

「我的職責就是執行院部的決定，本市戶口不再安排住宿。」

「不安排住宿，你分房子給我住。」

「是啊，你是有二十多年工齡的職工，如果結婚單位早給你分房了。可惜，說好聽點，你是單身女子，說難聽點，你是嫁不出去的老姑娘！所以，分房沒你的份！」

淚水快湧出眼眶了，林守潔咬牙屏住，強抑著義憤說，「這話不是詆毀我，是恥笑你自己，你太有出息了，一年前還在找我這個嫁不出的老姑娘！」

錢羽飛的猴腮翻成殷紅的猴屁股，怒道，「你去死等程維德吧，為啥不跟他去國外，去了那裡，可以住洋房了，還申請啥宿舍？」

林守潔看穿了錢羽飛的獰惡，睥睨地正色道，「我為啥要去國外，程維德是被你們逼走的，他會堂堂正正的回來，我等著那一天！看著程維德得到我的愛，你喝了滿嘴的醋，想通過征服我來宣告你的勝利，達不到目的，又以程維德回不來自詡阿Q式的勝利，這是自欺欺人！程維德暫時得不到我的人，卻永遠得到了我的心，我的心永遠屬於他。失敗的是你，儘管你戳父親的牌頭，在這個社會如魚得水，仕途上節節高升，情場上隨心所欲。但你在我這裡碰壁了，在我這裡你輸給了程維德，在我眼裡你永遠是程維德的手下敗將！」

錢羽飛一拍桌子，跳將起來，可憐一米六的矮腳鴨跳起來也不高，他氣惱地伸出右手點著林守潔說，「你……你……好！好！說得好，我是個失敗者，那你就不要來向我這個失敗者要住處！」他猴屁股似的兩塊顴骨霎時變白，戳向她的手指不停的顫抖。

林守潔軒昂地看著天花板，輕蔑地說，「那好，我是愛民醫院的老職工，要一個安身處天經地義，你不安排我自己安排！宿舍拆了，我就把床擱在你辦公室門口，除非你把愛民醫院也拆了。」

說完，林守潔邁著勝利的步伐砉然摔門而出，誰知，一跨過門檻眼淚就不爭氣地流下來。殺敵一萬，自損八千，她是勝利者，也是失敗者。

宿舍裡的其他人都搬走了，馬上要拆房子了，林守潔賴著不動，錢羽飛不得不讓步說，你不是要一個住處嗎？唯一多餘的房間在動物房，他把一枚鑰匙仍給她。林守潔抓起鑰匙想扔還他，你把我當動物？但最後沒出手。她沒有選擇的餘地，至少有一塊放床的地方，率性拒絕正好讓他達到趕走她的目的。

各科醫生急功近利，不願潛心做基礎研究，所需的動物逐漸減少，動物房空出不少房間。林守潔拿到的空房在胡春芸休息室隔壁，胡春芸氣憤地說，「錢羽飛真是牛首阿旁，小人得志，把你逼到動物房來，欺人太甚，你為啥容忍這樣的侮辱？」她帶著自己的恨意詈罵錢羽飛，當初，是他和李湘筠逼她做見不得人的勾當，導致林守潔今天的處境。

林守潔不知胡春芸的心病，感激地說，「我不要就沒地方去了，再說，這裡有你作伴就好。程維德跟我說起過小說《動物農莊》，前年我借來看了，沒想到我也被逼成「動物」了。不過，和動物相處肯定比和人相處更安全。」

林守潔用石灰把牆面刷白了，把宿舍的舊寫字臺搬來，然後恭敬地放上粗瓷杯和小圓鏡。粗瓷杯裡又開始四季如春。胡春芸怕她睹物思人觸景傷情，誘勸說，你還不淘汰這個粗瓷杯？買個像樣的花瓶多好？她說，只有這只粗瓷杯才配得上這些鮮花。

早上起來，林守潔第一件事就是給杯裡的鮮花換水，然後呆呆地看上半天。最上心的是白玉蘭花！每年樹上第一批花蕾綻放，她就踩著落日餘暉來到峻拔的樹下。程維德的話音在耳中迴響，「樹上的花朵有點『高不可攀』」。當時，她明白他的言外之意，卻不肯泰然應和，如今誰來幫她摘花？誰來為她送花？她用兩根小棍子綁在剪刀上，爬上一張凳子，落手剪下幾株插入杯中，然後從早看到晚。

花苞如緊湊的玉片挺立在粗瓷杯，慢慢撐出一把白綢布傘，她用指腹蜻蜓點水似地輕挲花瓣，感受它纖柔如棉的嬌嫩，願它永遠開下去。可惜，十天左右它就一點一點地被鐵銹色侵蝕，隨之變成絲絲縷縷的焦黃，最後漸漸蔫塌凋謝，應了他贈她的詞句：

……

不辨奇妍自悴荒。

歆慕何人？鬱鬱悽惶。

仙葩難耐夏復秋，

無盡情懷，空訴衷腸。

她聽任白玉蘭枯萎在杯裡，看著攣作一團的花骷髏，好幾天垂淚不忍拔去，直到竄入窗戶的寒風把糜瓣吹落一地，她俯下身一瓣一瓣地撿起來……

林守潔在杯裡尋找程維德，花苞悠悠舒展時，她看到他嫋嫋地從中探出頭，便輕輕地喚他，他不應，直到花瓣閉縮了，把她帶進去，恰似一頭紮進枯井，她一次次體驗隕滅……

林守潔的桌上放著一本舊相冊，裡面插著她從小到大拍的照片，其中有愛民醫院青年團活動時的各種留影。她一天幾次聚焦在她和他夾在同事中的唯一「合影」上，還或傻笑或抹著淚在白紙上上寫寫畫畫。有的是，「白玉蘭花的花語是啥？是報恩！我報恩了嗎？」接著反覆塗抹「報恩！報恩！」有的是「白玉蘭的寓意是忠貞不渝的愛情，我忠貞不渝嗎？」隨之反覆塗抹「忠貞不渝！忠貞不渝！」有的是，「今天，我在白玉蘭樹下和程維德見面了！」然後反覆塗抹「白玉蘭樹下，程維德，見面！」有的是：「今天，我看見程維德坐在夕陽亭！他不理我，為啥不理我？」跟著反覆塗抹：「不理我，為啥？為啥？」諸如此類。

有時，她還用各色彩筆畫圖，每張圖上總有那只粗瓷杯，杯裡插著各色花朵，得細辨才能認出雪白的是玉蘭，絳紅的是茶花，還有粉色的水仙，鵝黃的桂花。她把花瓣抹得很濃很厚，看上去明豔熱烈，花下的粗瓷杯總是畫歪了，卻歪打正著，扭曲的粗瓷杯古樸自然，有幾分梵谷的《向日葵》的韻味，更像五、六歲孩子的摹本，是浸透幻象的絢目燦爛，是她對花魂的「寫實」，也是她碎屑思緒的印記。她在畫的邊上自問，「當時我真的不喜歡它們嗎？怎麼會呢？這些花不是很好看嗎？」

晚上，職工下班了，病人回房了，動物也安靜下來，周圍少有的冷清，林守潔可以去院裡遛步了……暮色冪罩時分，天色半明半暗，視線溟溟濛濛，景物只剩下一個輪廓，程維德會在她眼前出沒：走上夕陽亭時，她見他斜靠在亭柱上，嘴唇戰抖地翕動著，似有千言萬語要說，卻被她冷峻的目光制止，只能惘然地眙視著她；雨天，她撐傘走上桑榆河的石拱橋，透過河水騰起的水霧，她見他佇立在搖晃的小舟，不顧衝他狂射的雨劍微笑著向她招手，她傾身撲在石獅子上，把雨傘伸過去拚命撈他……

深夜，她從河堤踅進風雨長廊，「踢哆，踢哆」，她從這頭蹀躞到那頭，「踢哆，踢哆」，她再從那頭蹀躞回這頭，邊走邊追憶程維德留在這裡的話本：他很不情願地跟著她張貼悼念毛的文章；他亢奮地張布競選團委委員的宣言……長廊拆除了大批判專欄，修復了畫梁雕棟的原貌，有幾分豫園的拙樸古境，死寂中，在此穿梭的腳步聲回蕩出幽靈般的氣息。

一次，一個穿白大衣的高大男子從小徑折入長廊，掠過林守潔身邊時，她竟失聲叫他「程維德」！他是新來的年輕醫生，大概沒聽說過她的事，著實嚇了一跳，回頭看她一眼，然後往前面的病房飛跑。

林守潔知道，明日他說出這個「鬼怪」見聞，她的「相思病」「瘋女人」的名聲又多了一個證據。她不過是行屍走肉，不在乎他們說啥了，唯一教她心裡落空的是，每次出去散步，她能夠看見程維德，但始終不能「抓」住他，回到動物房後照例灑落一串冷淚。

林守潔鎮日精神恍惚癡癡呆呆，時刻在悔恨中自損，日漸枯羸，酒靨見淺顴骨見凸的臉，對著鏽黃朽爛的花瓣，圖解著「人比黃花瘦」的實景。

胡春芸在一旁不忍目睹，心裡一次次一聲聲歎息：菩薩，你可見人間的這份悲苦？此前，她明知林守潔不會接受，還是熱心為她介紹男朋友，以此平衡自己的內疚心理。如今日日與林守潔相伴，就像未逮捕的罪犯，發酵的罪惡感纏擾著她的神明。她好幾次下決心對林守潔揭底認錯，但諉過的本能，令她最終選擇繼續瞞哄。為彌補自己的失德，她想出各種新花樣來分散林守潔注意力。

中午休息，她開著收音機聽越劇《紅樓夢》，問林守潔是否記得小時候她們「演戲」的事？兩人照小人書《紅樓夢》的人物「化裝」：胡春芸把林守潔的長髮束成一個霧鬟頂在後腦勺，裝扮成小姐或貴婦，胡春芸叫她林黛玉；林守潔把胡春芸的黑髮弄出左右兩個雲髻，裝扮成丫鬟或女僕說，我是林黛玉，你就是紫鵑，她們互相對看，一起笑彎了腰。

林守潔呆看著胡春芸說，「是麼？我裝扮過林黛玉？不過，小人書過時了，程維德說要看『大人書』《紅樓夢》，我看過了。可笑當時自己犯傻，還恥笑他愛摘花賞花，到頭來，自己不也落得個林黛玉的下場，不僅葬花，還要葬了自己！」

胡春芸見自己的好意引出相反的結果，指摘道，「我跟你重溫我們小時候玩的遊戲，哪有葬花這一出？」她找出一疊紙說，「對了，你還記得怎麼折紙麼？」

林守潔說，「折啥？」

胡春芸說，「飛機呀，輪船呀，還有各種各樣的鳥。」

林守潔拿過一張紙慢慢折出一隻小舟，似乎忘了胡春芸在場，一邊推著小舟在桌上移動，一邊自言自語，「小舟？小舟能渡過大洋麼？能去遙遠的歐洲麼？不行！」她又折了一架飛機，「飛機行！但是，上飛機要護照，我沒護照啊，也不行！」她忙不迭地折出一隻天鵝，「天鵝好，天鵝會浮水，又會飛，可以去Y國，可惜天鵝太小，背不動我……」

看著林守潔喋喋不休，胡春芸明白自己的徒勞，忍不住損她說，「你為啥死守程維德？死守得不到的東西？死守到何時為止？難道中國沒有其他好男人了？你只要另找一個好男人，就可以獲得重生。」

「重生？」林守潔心裡說，自己還能「重生」嗎？倘若自己是水，暫時結成冰，還有來春，還可以融化，而她的情和心已成水晶，經過一千度高溫的熔煉，即使把它打碎，也無法還原。她說，「我知道中國還有好男人，但我只要一個就夠了，我要的這個為我付出了全部，我也只能用全部去回報他，別無選擇！」

胡春芸說，「全部，你知道他現在的狀況麼？好幾年過去了，他沒來跟你聯繫，可以肯定他早就結婚了。」

林守潔用纖弱的聲音說，「他要是結婚了，正是我心裡祈望的，是對我的最大寬慰，表明最終我沒有妨礙他的幸福，以此減輕自己的罪過。」

胡春芸不死心地誘導說，「既然如此，我相信程維德也是這樣想的，他也祈望你結婚，你為啥不去找對象？」

林守潔一臉自足地說，「我愛過，也被愛過，這就夠了！」

胡春芸氣道，「你愛過？是的，可以算愛過，也被愛過，但那只是精神戀愛！現在是啥年代了？你看看外面的世界，你的戀愛觀念倒退了一個世紀。」

林守潔頑固道，「一個世紀也好，兩個世紀也好，我的戀愛觀由我判斷，我不管其他人怎麼樣？你說是精神戀愛也好，我得到了，就知足了！」

胡春芸憫恤道，「沒有結婚過的女人，做過真正的女人嗎？」

胡春芸說得愈悲鳴，林守潔愈無動於衷，「為啥非要每個人都進入結婚那一步？我這輩子就做個沒結婚的幸福女人！給世界留下一個特例。」

「幸福?!」胡春芸見林守潔傻乎乎的笑著，終於明白她「病」得無法治癒了。

十二　飄逝的白玉蘭

在陽光照不進的動物房，粗瓷杯裡的花瓣交替萎謝，似撕去的日曆，歲月在林守潔的凝眸中無聲流逝。

九七年初的一天早上，林守潔捧著養水仙花的盤子去換水，粉白的花冠中間躺著金黃的花蕊。她一邊走一邊看，翠葉支著花冠微微搖盪，好似雜技演員用枝條頂著白色瓷碗抖動。快到水池時，她腳底打滑趔趄了一下，盤子失手摔在地上，白瓷碎片和盤中的小鵝卵石連同翠葉花冠撒了一地，她拿來一隻畚箕，俯身揀拾，心情糟透了……

正在這時，胡春芸叫林守潔，說她弟弟來電話，有急事找她。她出現了不詳的預感。她住宿後弟弟從不來電話，每逢端午節中秋節都是父母打電話叫她回家吃飯。

林守潔接過電話，弟弟急促地說，「姐姐，爸爸早上起床時突然昏倒在地，我叫救護車送他去醫院，現在正在急診室搶救！」

「醫生說是啥毛病？」

弟弟用不耐煩地口氣說，「醫生正忙著搶救，哪裡這麼快下結論？你來了再說吧！」

林守潔知道弟弟對她有怨氣。過去那些年，父母操心她的婚事，不說吧心裡擱不下，勸多了又惹她不高興，還要看她的臉色。所以，她週末回家，進門時父母一副期盼的表情，離開時望著她的背影哀聲歎氣，為她的事無盡的傷神。

父親五十幾歲起心臟就出問題了，林守潔出事後日益加重，近日在用藥情況下也不能控制症狀，她一直為之懸心……

林守潔含淚趕到醫院急診室，醫生說是心衰促發腦血栓。父親已經不會說話了，手上打著吊瓶，嘴唇因缺氧而發紺，她把嘴湊到他耳邊呼叫，他也沒有反應。母親坐在床邊，捋摩著父親冰冷的手，不時用手絹拭淚。她走到母親的身後，雙手輕揉她的雙肩，以減輕她的憂淒。

看看父親半脫的頭頂，再看看母親枯槁的銀髮，林守潔一陣心酸。她雖是他們領養的，但和弟弟比，他們沒有虧待她半分，沒少費心血，孩兒在養不在生啊！她盯著父親的臉，疊映出兒時的場面：一個又一個夏天，父親從煤球店下班回家，臉上還沾著烏黑的煤屑，手上捧著掛在頸上擦汗的黑黢黢毛巾，笑咪咪地看著她說，「守潔，熱了吧，來吃冰棒！」說著打開毛巾拿出一根給她，再拿出一根給弟弟，他自己捨不得吃；到了冬天，毛巾裡換上了兩個烘山芋或一包糖炒栗子。漸漸地成了習慣，到了父親下班的時候，她會坐在門口，拿了一本小人書，心不在焉地看著等父親。然而，自己長大成人了，可曾帶給父母一點歡樂？更別說報答他們了！她不由深深自責，這些年，她回家總是沒好氣，顧不上關注父親。直到父親躺在病床上，她才吃驚，父親瘦多了。文革時，得知自己生母的本相後，她一邊暗自慶幸被領養，沒跟著受累，一邊又本能去看父親的臉，父親臉上的痲點格外矚目，心裡又閃過一個念頭，父親真醜。

今生今世，何時反哺父母的養育之恩？

父親好像聽到了林守潔的心聲，眼角滾出兩行淚水，她趕緊用自己淚濕的手帕去拂拭……

父親走後的幾天，母親平靜下來，拉著林守潔的手說，「你弟弟出生後，你爸爸當然高興，但他特別提醒我，弟弟是守潔帶來的，不能因弟弟虧待守潔啊！你小時候，又漂亮又乖，你爸爸從心裡疼愛你！你不會走路時抱著你出去，你會走了攙著你出去，逢人就誇你聰明乖巧，眉花眼笑地看鄰居逗你樂……你成人了，他盼著哪天你帶回一個英俊帥氣的女婿，相信以你這樣的美貌會有這一天的。他要看著你結婚，那是他辛苦撫養你一場的最大的心願……現在，他只能帶著遺憾走了……」

媽媽紅著眼圈，說得期期艾艾斷斷續續，林守潔知道這也是媽媽自己的心思。她啥也說不出，只能低下頭，心裡在喊，「爸爸，我對不住你，請原諒你的女兒！」

林守潔父親走後，母親一個人終日枯坐發呆，為丈夫傷心過度，為守潔擔憂過度，不到兩年查出胰腺癌。

一天，林守潔回家看母親，母親知道自己時日不多了，費力地從衣櫥裡翻出一隻小巧的紅木匣子說，「這是你生母留給你的，她再三叮囑我，等你結婚時把裡面的東西交給你。」說著打開蓋子，掀起一層厚絨布，露出一副金手鐲和一根金項鏈，崁在一個合身的絨布凹槽。「我活著看不見你帶上它結婚，只希望我死後，你自己有一天戴上它，這是你生母的心願，也是你爸爸和我的心願！」母親顫抖著手遞給她，她僵硬地伸手接過匣子，憋住想痛哭的衝動，機械地說，「媽媽，你放心，一切還來得及，你們的心願一定會實現！」

媽媽有氣無力地哀歎，「放心？我放心？也怪我，早知你如此鐵心，我不該聽你醫院領導的話，不讓你和逃亡的醫生聯繫，不然，說不定你可以去國外找他！你爸爸後來也為此事怪我！」

林守潔裝作無所謂地曉慰母親，「不要說了，我不會去外國的，我怎麼捨得離開你們！」

那天晚上，林守潔打開匣子，用手輕輕拈出那副金手鐲，手鐲表面鏤著一條龍，她輕撫著燦燦發亮的龍磷，從即將離世的媽媽想到自己的生母。

文革批鬥會的場景一幕幕倒映：那個孕育她的人站在臺上。生母本是個美婦人，但頸上掛著破鞋，事後頭髮被剃成陰陽遊街，妖化的形象吻合著揭發出的惡行。她無法掩飾自己的厭薄和恚恨。此刻，她才從人性的角度理解了生母，也終於諒解了生母。如果生母的資本家丈夫不遭殃，決不會年紀輕輕就守寡，也不可能和廚師好上，她就是一個清白的良家婦女。

林守潔對著鏡子把項鏈掛到頸上，把手鐲套進腕上，再看看鏡中的自己，想像著生母的樣子。她相信，把肉團團的她交給養父時，生母是怎樣得心碎，手鐲和項鏈包含了無盡的母愛，祈願她有一個美滿婚姻，護佑她一生幸福。生母絕不會想到，女兒永遠沒能用上這兩件首飾。

母親的病拖了三個月不到就隨父親走了。

一年又一年過去，林守潔不見平反六四的先兆，卻見愈來愈多的人輕輕抹去血腥的記憶，程維德的回歸已遙遙無期，她想再見他一面的執念也成虛妄。她認同《同情的罪》裡殘疾女子意迪的選擇，無望的愛如同無望的人生，不如縱身一躍了結殘缺的生命。她度日如年賴活在這個世上，就是不忍心父母遭受「白髮人送黑髮人」的致命打擊。如今，雙親故世了，她的第一反應是輕鬆，不必再憂心他們為她的事楚痛了。她失去了最疼愛她的人，也終於擺脫了所有外在的壓力，不再有任何顧忌。除了胡春芸，她幾乎與這個社會隔離了，也和這個世界絕緣了，是到了結束一切的時候了。

林守潔決定最後做一件事，寫一份記述自己一生的回憶錄。

她拿出所有的日記本一頁頁翻看。

上中學時，全國都在學雷鋒、王傑，報上發表他們的日記，滿篇是豪言壯語和學毛著的體會。語文老師教學生學英雄寫革命日記，學生跟著模擬。她的目標是哪天當上英雄，自己的日記也被公開，就盡寫準備給人看的大話套話假話：什麼參加紅衛兵的感受啦，開批鬥會的體會啦，對毛主席最新指示的理解啦……寫的最多的是鬥私批修的「曲折」過程：先誇大甚至捏造一個缺點或錯誤觀念，再用毛澤東思想自我糾正，最終提高覺悟戰勝私心雜念。比如，在批評其他女同學愛穿著打扮時，自己也潛藏著想穿不敢穿的羨慕心理；在拉練動員會上高調表態，一下臺又擔心大冬天身體受不了；下鄉時缺乏和貧下中農同樣的階級感情，撒豬塮後怕臭怕髒，雙手在河裡洗了又洗……如今重溫，似大學生看自己小學時做的作業，或成年後詳憶幼年時尿床細節，讓她羞赧不已。

直到結識程維德，她才不知不覺改變觀念，開始記錄自己的真情實感。

似汲水的轆轤不停倒轉，三十年的日子被吊桶打上來，林守潔邊看邊寫，那是贖思的苦旅，好比重演舊戲，寫到高興處，她笑出聲；寫到悲傷處，她哭出淚；寫到痛悔處，她雙手錘腦袋；寫到憂鬱處，她一天吃不下飯。

胡春芸看著林守潔癡癲的樣子，說「你在寫啥啊？哭哭笑笑的，我看你真的瘋了！」

胡春芸不知道，這是林守潔最後的遺言，是留給程維德的文字，她要向他傾述自己的內心世界，向他解釋自己曾經是迷途羔羊，因昏聵而「負心」於他，她會在來世償還一切。

白玉蘭又花開花落了一次，手稿完成了，林守潔在扉頁加了個題目——《粗瓷杯裡的白玉蘭》。

程維德逃離中國時，她含混地多服了幾片「安定」，被人誤為因相思程維德而自殺，當時，她一口否定，也許那正是下意識的行為，此後，她仍受此念迷誘。

隨後幾天，每天深夜，林守潔手握一把小刀，幽靈般潛入白玉蘭樹叢，藉著甬道上灰暗的路燈，在一棵又一棵樹幹上刻字，從上到下豎著劃出「程林維守德潔！」每刻完一棵樹，她就用身子死死抱住那段樹幹，再把臉緊緊貼在那幾個字上，清淚在字跡上慢慢往下流……

林守潔棄世的日子是九月九日，二十三年前的今天，她曾經甘願在精神上「嫁給他」的那個人死了，二十三年後的今天，她用肉體「殉葬」的方式做出無聲的「紀念」。

翌日早上，胡春芸發現林守潔時她已安然進入另一個世界。因早有預感，也因結束了日日直面的慘狀，她近乎麻木地看著林守潔喃喃自語，「守潔，這場悲劇早點落幕也好！你從此不再受折磨了，你的夭亡是真正的解脫，就如你盼望的，早日奔赴天國。死是你今世的末日，也是你來世的新生，你進入了下一個輪迴，將在那裡和程維德重聚！」

胡春芸盯著舊寫字臺上的粗瓷杯，杯裡的幾株白菊花焦黃了，花也有靈性的，它們曾感受林守潔的癡愛，如今和她一起死去。杯下壓著林守潔寫給她的遺言，第一條就是，「不要為我開追悼會，更不要舉行遺體告別」，還特別加注，「別讓任何人看到不應屬於我的醜陋」。醜陋永遠不屬於她。她的容顏如活著那樣潔淨姣好。臨走前三天她只喝水，以免吞藥後嘔出穢物，她保持了最後的尊嚴。胡春芸忍不住飲泣悲吟，「守潔！可憐的守潔，你終於認識到自己的美了，可惜，已香消玉殞，一切都晚了！」

桌上鏡框裡的相片是林守潔一年前照的，也是程維德走後她唯一的一張照片。照片上，早春時節驟然捲來的一場帶雨的大風後，已經半枯的白玉蘭花被吹落一地，林守潔腳邊盡是染上鐵銹色的花瓣，那是花的遺容，也是她的陪襯和象徵。她極度枯瘦，一對酒靨窅得更加深凹，好像在苦笑；挺直的鼻樑凸顯她曾有的冥頑和不屑；櫻桃小口照例微微嘟起，似乎在表達最後的自嘲，一雙丹鳳眼依舊包含著靈性，還是那麼美，那麼迷人。

「守潔，白玉蘭花季過了，我不能為你獻上一朵。其實，你本人就是一朵美麗的白玉蘭，只不過生錯了環境和節氣，一生一世只是被花萼和枝葉束縛著的花苞，從沒有過傲放的壯觀，也沒有享受被人捧被人吻的陶醉。你是一朵無蕊的花，空耗了青春，空擲了美麗，空瀉了情感，空費了心血，你原本可以有別樣的幸福人生。」

在愛民醫院熱鬧過的林守潔，住進動物房後就成了一具生物古董，如今像一片白玉蘭花葉，無聲無息地飄逝了。院領導以尊重死者遺願為由，免去一切悼念她的儀式，老同事們再次把她當作談資，向後輩講述她的故事，讓他們聽得一驚一乍，彷彿她是一個遠古的異人。

林守潔託付胡春芸將遺物交給程維德。

胡春芸整理寫字臺的幾個抽屜，邊拿出七、八本日記和一遝手稿邊哀切慨歎，林守潔是為程維德而活，也是為程維德而死的！她陡然驚覺，林守潔的癡情是否得到回報？十多年過去，程維德即使不忘舊人也總有新人了吧？

十三　再見「林守潔」

二〇〇九年初春，白玉蘭花飄逝時節的一個晚上，程維德去附近小鎮的一家酒吧，這是他無聊時常來小坐的地方。他很少與人交談，當地人愜意的熱聊他不感興趣，但他喜歡感受他們自由、閒散、隨性的生活，並在嘈雜喧嚷的人聲中消融孤獨。

那天，程維德端著酒杯找座位，眼中猛地劃過一束鐳射，他呆住了，「林守潔」坐在臨窗的屋角，他本能地趨步上前，貿然走近，才瞥見「林守潔」和對座的一個壯年洋人在說話，他們看上去很熟稔。這個「林守潔」不是自己的林守潔！他意識到自己的魯莽，不好意思地繞過去，挑了一張離她不遠處的桌子，坐在那裡癡癡地覷望她。

「林守潔」注意到程維德了，去櫃檯經過他的桌子時主動和他打招呼，「活脫脫一個林守潔！」但她的名字叫「Jane」。

Jane是上海來的留學生，在程維德同區的一棟公寓租住，他們由此相識了。

回家後，程維德無法入睡，枯坐在客廳沙發，對著壁爐架上林守潔的照片發呆。過了好久，他起身走近窗邊，看著院前的白玉蘭樹，稀疏的樹杈網住孤高的月，瓷白的月色被拆成亂線在他眸中編織。

他和林守潔「斷聯」十多年了。當時他迫不得已地決定，與其無望與她「隔海」相守，不如「遵命」倒逼她去改變人生。儘管如此，他還是不甘心也不死心，每天都夢想著中國發生突變，他可早日返回故里，即使不能和林守潔結婚，也要看看她找了啥樣的男人，她是否幸福？

見到Jane後，程維德無法再忍耐了，他渴望瞭解林守潔的現狀。他在網上找出愛民醫院新的電話號碼，然後緊張地打過去找林守潔，電話接線員竟然說「沒有這個人」！他一想，林守潔和胡春芸已過了退休年齡，她們不上班了。他便去找胡春芸新家的電話。

他料到林守潔可能保持獨身，料到林守潔一個人過得很蹇厄，很孤淒，但萬萬沒料到林守潔走了。

胡春芸中斷了電話交談，他只得心神不寧地等她回信。

想到林守潔死於一九九六年九月九日這個獨特日子，他忍不住邀請Jane去一家獨特的酒吧。Jane見他開車來接，不解地問，「不去附近酒吧？去哪裡？」他說，「到了你就知道了。」

一小時後他開進了L市。Jane說，「今天你興致這麼好？特地到L市來『喝一杯』？」

這是一家十八世紀農舍裝飾的酒吧，屋頂上鋪著厚厚的茅草，老遠就能看見麥黃色燈罩下亮著「Mao」字店招。

酒吧十多年前開張，店主是六八年搞學運的洋「毛粉」。麗薩是店主的朋友，舉辦開業志禧派對那天，她前去捧場，還興頭頭叫上程維德。麗薩開車，一路上神祕兮兮地賣關子說，到了朋友的酒吧會教他吃一驚！他們下了車往酒吧走，來祝賀的人很多，熙熙攘攘的人從酒吧潽到人行道，每人手上的杯子閃出不同的酒色。程維德遠遠看見霓虹燈繞著大大的「Mao」字串流，真地吃了一驚，輕鬆談笑的表情霎時板結了，依稀的人形在他眼中變得鬼影重重。他兩腳一個「急剎車」，沉下臉對麗薩說，「我不去了！」

麗薩訝然道，「為什麼？」

「我不能去！」

麗薩讓他解釋，他說，不想掃她的興，以後再說。

此後好幾天早茶午茶時間，麗薩避開程維德的桌子休息。程維德知道麗薩負氣了，也不去和解，冷了她一個禮拜才在她辦公桌上留了一張紙條，「今天下午我請你喝一杯『希特勒咖啡』！」麗薩終於忍不住了，午茶時坐到程維德對面。

麗薩把紙條一丟，「moral，你是什麼意思，想戲弄我！」

程維德說，「你生什麼氣？」

「我知道你的意思，你把毛比作希特勒來回擊我！」

「是的，那又怎麼樣！」

「他們倆是一回事嗎？」

「是的，不是一回事，他們有很大的差別，就是毛比希特勒更殘虐可怕。」程維德向麗薩解釋了毛時代的歷史後說，「希特勒只殺猶太人，毛卻專殺自己的同族，而且殺的人數遠遠超過希特勒，對中國傳統文化的滅絕，對知識份子的敵視和鎮壓更是連希特勒都會不齒，在古今中外也是史無前例的。」

麗薩說，「我也看過介紹毛的書，他們也提到毛犯了不少錯誤，那是他實踐馬克思主義走的彎路。」

程維德用鼻子「哼」了一聲說，「馬克思主義？哈哈，告訴你吧，毛從沒信過馬克思主義，那是當時騙中國人，現在濛濛你這樣的外國人的。」他知道麗薩是綠黨黨員，注重人道主義，就用另一種說辭，「毛曾說，不怕打核戰爭，大不了死一半中國人，也就是三、四億人！」

果然戳準了麗薩的要穴，她驚駭地張大嘴「啊——」出聲來，如此視人民為螻蟻的何止暴君，簡直就是魔鬼，習慣於「政治正確」的麗薩無法想像，更遑論接受。

麗薩的拇指和食指輕叩白瓷杯，盯著「希特勒咖啡」思索。程維德進一步進擊，「幾年前你反對天安門屠殺，但你不知道禍根還是在毛，大屠殺不過是毛獨裁手段的延續。沒有毛我絕不會流落到這裡。」他舉起手中的咖啡說，「沒有比這個更黑色幽默了，毛時代的中國，連喝咖啡都是挨批的布爾喬亞，敢於開酒吧的等於自投監獄！」

麗薩低眉啜了口咖啡說，「Moral，對不起，我錯怪你了。關於毛，以前你斷斷續續也跟我講過一些，不過我以為你偏見，這次帶你去朋友的酒吧，也有給你糾偏的意思，現在看來是我錯了！」

「我那天也過於粗魯了！」程維德拿出一份稿子，「我寫了一篇關於『毛吧』的評論，請你幫我修改一下，我想向《獨立報》投稿。另外，也請轉告你的朋友，如果他願意換店名，我將上門道謝！」

報紙沒刊登他的「讀者來信」，麗薩的朋友也沒改店名。程維德也難以苛責，希特勒也還，史達林也好，都是德國和蘇聯先清算了他們的罪惡，國際社會才明白真相。中國的天安門城樓上還掛著毛像，普通外國人哪裡能甄別是非。

這次，程維德主動跨進了「毛吧」。

不是週末，酒吧比較冷清。店堂牆上畫著許多楷體漢字，各色毛像貼在上面。程維德領著Jane走到屋角，那裡有一幅毛穿著軍裝接見紅衛兵的圖片，圖片下的一對桌凳是不飾加工的粗樸樹樁，他們面對面坐下。

程維德死死盯著Jane看，「你知道毛澤東吧？」

Jane說，「毛澤東誰不知道，政治課上講了很多他的事，不過，班裡同學最討厭上政治課，所學的內容考完試就還給老師了。」

程維德仍然死死盯著Jane看，心裡在掂量「像，太像了！」他手指圖片說，「見過這樣的圖片嗎？」圖片上紅衛兵手拿《毛主席語錄》小紅本，聲嘶力竭地哭喊『萬歲』！」

Jane說，「看到過，我還懷疑地問過爸爸，那情景到底是真的還是假的？爸爸說，他當年就是紅衛兵，大家都那樣。我還是不解，你們也太幼稚了，狂呼亂叫了多年「萬歲」，毛最後還不是死了嗎？」

程維德像第一次見面那樣細察Jane，對比心中的林守潔。Jane的五官和林守潔十分酷似，但打扮有雲泥之別，她畫了眉毛塗了口紅，而林守潔永遠素面朝天。侍應生送上他們點的酒，Jane用手輕輕托起酒杯，塗了蔻丹的指甲十分刺眼，Jane嬌柔如吟的語音也與林守潔完全迥異。Jane呡了口紅葡萄酒，酒色增亮了抹著口紅的櫻桃嘴，「大哥，你也是紅衛兵嗎？」

他盯著櫻桃嘴機械地答道，「是的！我參加過。」

「那你也喊過『萬歲』囉？」

他機械地回答，「是的！」

「大哥，你帶我到這裡來上政治課？」Jane笑著說，假嗓音帶著一股「嗲勁」。

程維德癡癡地看著她輕慢的表情，心裡嘟囔「『Jane』和『守潔』是多麼不同的啊！他再次確認，「這人不是『林守潔』！」毛時代真的結束了？林守潔真的走了！」

「咦！你怎麼不說話，光看著我？」Jane甜甜地笑了，兩個酒靨動人地起伏。

「我就為看你才叫你出來的。」程維德捧著一杯吉尼斯啤酒，只顧打量著Jane，忘了啜飲。

……

一周過去了，胡春芸沒音信，一月過去，還是沒有音信，他又去找Jane跳舞排遣焦躁。

車子停在Jane住的公寓下，他按了幾聲喇叭。Jane穿著一條紫醬紅的連衫裙出門，邁著跳躍的步子走來。程維德以為她裸露著大腿，她跨上車時他才看清是肉色連褲絲襪。

程維德刷新目光打量Jane，心裡冒出嗟歎，「一樣的人為啥那麼不一樣？」

路上，蛋黃色的路燈似兩串金珠拖著車子往前延伸，溫潤的光暈在車前的擋風玻璃上晃動，拉洋片似地閃出一幕幕舊事……他扶著女護士的腰旋轉，眼睛卻在尋覓林守潔，她的太極拳打得那麼柔美，在舞場跳起來定如仙鶴滑翔……他邀林守潔上場，卻被錢羽飛插一腳，他和林守潔失之交臂，成了終生的憾事。

「多像啊，可惜，你不是！」程維德扶著Jane的腰肢在爵士樂中悠悠搖擺，周圍都是一對對的老年洋人，他們圓熟高雅的舞步顯出他的生硬，多虧有熟手Jane帶著。

到Y國後，他孤寂難熬時就去街市幽靈樣夢遊，只要看到交誼舞場的招牌，腳步就會無意識地邁過去。但真的跨進圓形旋轉門，他會繞一圈又轉出來。失去了林守潔，也就失去了心儀的舞伴，他也不再有跳舞的興致。

他從高處俯視Jane的冶豔面容，挺直的鼻樑，鼻樑兩邊一對丹鳳眼，鼻尖下一口櫻桃小嘴，簡直是林守潔再生。然而，塗得口唇猩紅，眼瞼青紫，東方式的仕女，過分西洋式的化妝露出幾分妖氣。他近乎自言自語地說「不像」。

「你老是說像不像的，我到底像誰，你把我當替身，是嗎？」Jane嘟起嘴，兩隻酒靨深陷下去，似乎生氣了。

程維德看著盛滿風情的酒靨，苦笑了一下，「不像，沒說你像誰。你多大了？」

「你猜？」

「二十六」

「不，我二十八了。」

「多好的年華啊？你不可能知道，我們在你的年齡在幹啥？」

「幹啥？」

「在爭鬥！在冷戰！」

「誰和誰鬥？」

「當然是人和人羅！」

「為啥？」

「為不同的思想、或者不同的主義！」

「有那個必要麼？」

「是的，完全沒有必要，所以，我羨慕你們！」

「有啥可羨慕的？你羨慕我的年華，我還羨慕你呢！在外國療養院工作，多好！再說，大哥你不過四十出頭，又不是老頭子！」Jane有意少說他十歲。

程維德心裡暗歎，Jane根本沒明白他的意思，他倒明白Jane的暗示，試探地說，「你沒具體目標的出來學英語，不是既破費父母的錢又不珍視自己的青春？」

「父母賣了房子讓我留學，是有附加條件的，就是攻克外國堡壘，死守陣地不撤退！」

「為啥？現在國內經濟大發展，年輕人不是前途無限麼？」

「我是無所謂啦，在國內也很寫意，來國外不過開開眼界，瀟灑一場，不枉人生！但父母總揪心國家的未來，要我在外面尋生路。」

在程維德聽來很嚴肅的話題，Jane說得很輕浮，一副遊戲人生的態度。她身上哪有林守潔的影子？Jane的父親是出版社的編輯，母親是小學教師，他頗有興趣地叩問，「你父母憑啥說國家沒未來？」

「我媽媽是老觀念，總覺得外國生活比國內好，我爸爸的意見是中國人錢比過去多了，但人心壞了，人心亂了，這樣下去國家早晚要出事。我覺得，你和我父母很不一樣，雖然你們是同一代人。」

「啥地方不一樣？」

「我也說不清楚，總之不一樣！」

「對了，大哥，你老是問我的年齡，卻一直沒回答我的問題呢！你結過婚嗎？」Jane仰面看程維德，花葉樣的眼睛澄澈地映著他的臉。

「你為啥對這事感興趣，這可是我的隱私啊！」他和Jane的眼睛互相對流，他和「林守潔」貼得很近。

「我們是老朋友了，不應該例外？」Jane帶著他旋轉著身子含笑說。

「是的，我們是老朋友了，何止是一般的老朋友，是生死之交的朋友。」程維德在喁喁低語，「那麼，我告訴你吧，我結過婚。」

「後來離了？」Jane好像射中了一條謎語。

「沒離！」程維德微微轉頭跳開Jane追逐的目光，

「沒離？那你為啥獨身過日子？是夫婦分居？」

「不！沒分居，喔，說分居也可以。」

「就是說，你們沒辦離婚手續？」Jane緊張地問。

「不是，我們沒辦過結婚手續。」

「大哥，你總是跟我開玩笑，沒正經！」

「我從來沒跟你說過一句假話。」

……

程維德開車送Jane回家。他讓Jane先上。她跨上車時，特意高高褰起湖綠色裙子，露出裹著肉色絲襪的性感大腿，腳上的中跟皮鞋使她站立不穩。

他的眼簾跳躍性回閃：服飾時髦亮眼的Jane；衣衫粗簡失容的林守潔；交織對照，桃紅柳綠抹去了Jane的清雅和本真；淡青灰藍反芻出林守潔的樸素和單純……

程維德上車後打開卡式錄音機，響起了卡本特的《昨日重現》——

When I was young,
I'd listen to the radio,
Waiting for my favorite songs.
When they played I would sing along.
It made me smile.
Those were such happy times......
當我年輕的時候，
我常守在收音機旁，
等待我悅愛的歌，

歌聲一響起我就跟著哼唱，
歌聲使我歡笑，
那是多麼愉快的時光……

Looking back on how it was in years gone by,
And the good time that I had,
makes today seem rather sad.....
回望逝去的當年，
我擁有過的美好時光，
如今讓我不無感傷……

程維德送Jane到住所，他看著她裹著裙子下車，再次確認她不是林守潔。

十四　罪與罰

胡春芸出其不意接到程維德電話，慌亂得張口結舌，只好以寫郵件回復敷衍。送走林守潔後，她鬆暢了一陣，以為和林守潔及程維德的瓜葛了結了，自己的負罪心結也可以解開了。然而，當她捧起林守潔的手稿，才意識到這事還沒完，林守潔的託付更像無形的報復，讓她繼續承受良心的譴責，逼她等待程維德的「追蹤」。她曾閃過一個念頭，橫下心，也狠下心，無視林守潔的遺托，但她在林守潔生前欠下的孽債，令她馱上不堪承受的精神重負，若再愧對死後的林守潔，必將遭她在天之靈的嚴懲。

胡春芸不敢違逆林守潔，惟冀望程維德永遠不要來找她。似乎如她所願，一年又一年，平安無事地過去了。她認定程維德和新人過著新生活，不再牽絆林守潔的事了，匍匐胸間的警戒漸漸鬆懈。就在她以為一切都過去時程維德卻找上門來，她還沒條件反射地回絕就認命了，冥冥中菩薩早安排好了，她無法逃遁。她終於下筆了——

維德：

首先請包涵我拖了這麼久才回信。

接到你的電話，就像逃犯接到員警的電話，對了，就像你喜歡的小說《悲慘世界》裡冉阿讓聽到沙威的聲音，我驚恐失措。放下電話，我的第一反應就是趕緊回避，今後不再接你的電話，反正你回不了中國，也不能「逮住我」？但我一起念心臟就「砰砰」亂跳，目光下意識地掃向衣櫥頂，上面放著守潔的遺物，守潔囑咐我把這些東西交到你手上，它們是守潔的亡靈，「監視」我的一舉一動，更有五鬥櫥上的菩薩，祂也在看著我，讓我不敢對祂存有欺心。

我怕（面對）你，因為我做過有愧於你，特別是有愧於守潔的事。

我和守潔真是彼此「孽報」的冤家姐妹！我遭難時，她善意地幫倒忙，夭折了我和袁少魁的婚姻，也是我和阿章分手的源由；輪到她受虐時，我無奈地挖了一個陷阱，葬送了她可能得到美滿愛情。

不同的是，可憐的守潔至死蒙在鼓裡，不知我陰損她的一切，還在生命的最後幾年把我當唯一朋友。醫院拆除宿舍樓，她被逼到動物房住，我們天天在一起。那段日子，看著守潔一天比一天憔悴，我的良知經受了一次又一次地拷問，意識到自己鑄下了怎樣的罪愆。我寄希望於你，只要你放棄等待走進婚姻，我就可以卸責，也有了解套的理由。如今才知，你也是初心不改，竟和守潔一樣癡情！

我可以想像，「守潔走了十多年」這個「通告」，對你的心靈造成怎樣的重創；可以想像，你面對這個殘酷結局的絕望，而這絕望是對我的無言詰伐，是讓我遭受最畏憚的無聲「天譴」，宣告我的孽債沒被守潔帶走，我還得背負餘生。

如此一想，我豁然開朗了，你找到我，是菩薩讓我通過你湔洗過咎，我應順從並為之高興……

守潔留給你一份手稿，向你也向世人傾心吐膽，實錄她一生的境遇和心路軌跡。手稿上有不少塗改，有些字跡無法認全，我依據她平日言談，大致能明白它們的意思，我幫你補全謄寫後傳送給你。

今天就寫到此。

胡春芸

春芸：

感謝你道出真相，也解開了我這些年來的疑端，你能夠想像，這些年我是怎麼度過的！

鑒於你的處境，我無權苛責你。但我又說不出的殭塞，不無怨望地假設，當初，如果我能和林守潔繼續溝通，她就不至如此早地去另一個世界，她是帶著絕望走的，那絕望是否附於她的靈魂，教她永遠哀吟下去？

近日，我總是夜半醒來。星夜觀天，明月如鑒，欲切反省，最該自吡的不是我麼？我破釜沉舟踏上流亡之路，說起來正氣浩然，英勇無畏，但反過來說，不是缺乏擔當臨陣脫逃？以道義責任而言，對林守潔是失信無情；對雙親是失職無孝；對祖國是失忠無義。某種意義上我是一個可恥的逃兵。倘若現在讓我選擇，我寧可留在中國，寧可坐幾年牢，那樣，林守潔就不會有今天的結局。如此想來，老同事們風評，是我害死了林守潔並不為過，我確實是戕殺她的罪人。

事實上，我早就在做贖罪的努力了。得知林守潔出不了國，我幾次去中國大使館申請護照，每次都被要求書寫一份悔過書，我不能蔑棄自己的理念，不能抹黑六四烈士的鮮血，最後都無功而返。

我在強權面前高傲地守住了良心，守住了自己的人格和尊嚴。但回到私室，回到自己的內心，我不敢正視林守潔的相片，今後也不知如何面對她的亡靈……

感謝你為我整理守潔的手稿！我渴望閱讀，渴望瞭解她的內心世界。對了，你提到的那個粗瓷杯，確實是我的，到時請你把它和手稿一起寄來，讓它返回我的身邊。

拜託你了！

程維德

胡春芸給程維德的郵件——

維德，你對我的理解和寬宥，教我於心不安於心不忍，是我助紂為孽，毀了你們可能得到的幸福啊！我寧願聽你數落甚至斥罵，以此減輕我的負罪感。

這些天，我開始整理守潔的手稿，覺得她又回到了我的身邊，她的神情又一一重現：一張寫滿自怨自哀的臉，至死不渝地等著你擷取她的心靈和肉體，因無法實現矢願，不惜自我損毀，直至自殘。正是看著她墜入不歸路，我才意識到自己背德行為的惡果，才明白自己犯下貽誤她一生的大罪。

古今中外殉情的故事舉不勝舉，活在當下社會的守潔竟重演類似的悲劇，以童貞女降生以童貞女離世，一生沒盡過女人的本分。我為之哀惘，為之哭泣！她把一切寄託於來世，我只能以此自恕，來世做你們的紅娘，讓她做一次新娘，讓你們安享美滿幸福的婚姻。

自盡前的一段時日，林守潔悒鬱傷感地伏案書寫，把生命揉進文字。她常年靠安眠藥緩解嚴重失眠，早就積了幾十片藥，在那個晚上一氣吞下。

……

程維德的眼簾潮了，他顧不上關電腦就衝出門。

他開車上路，不打招呼直奔Jane的家。外面下著小雨，擋風玻璃上的刮水器摺扇似的向兩邊抹水，「咕吱咕吱」的摩擦聲劃著他的心尖，說不清的傷楚擊潰了他，使他無法關閉淚腺。

程維德在公寓外按鈴，Jane下樓開門，沒想到他來，驚凸起丹鳳眼說，「今天怎麼想到夜闖閨房？你滿臉水跡，外面下雨了？我在看電視沒注意。」

Jane的房間有點雜亂：書架上放著幾本書和幾件衣服，椅子的靠背上披著褲子，筆記本電腦躺在床上，大概方便在床上上網，有剩飯剩菜的碗還在寫字臺上……程維德想起林守潔的宿舍整理得乾乾淨淨，他明白這個「Jane」不是那個守潔。

程維德主動上門使Jane放浪起來，她雙臂熱絡地掛到他的脖子上，「大哥，你終於接受我了？」

程維德用手輕輕托起她的下巴，第一次認識她似地問，「你是守潔（Jane）？」

「你這個人真怪，又來了，我不是Jane是誰？每次見到我你都要問一下，要問到幾時？大哥，你就這麼一個人過下去？」

「不一個人過下去又能怎樣？」

「為啥不找個人？」

「誰會要我這個半老頭子！」程維德「自謙」地強調。

「誰說你老，我就不嫌你，我們雖然認識不久，但你應該看出我對你的感情！」

「你？」程維德裝作不相信，「我比你爸爸小不了幾歲吧？」

「你不會沒讀過《簡．愛》吧？簡愛和羅徹斯特的年紀差多少？你不知道我的名字叫Jane，不就是『簡』嗎？」

「哈哈，難怪你叫『Jane』，」他苦笑了一下說，「你是Jane，我卻不是羅徹斯特。你瞭解我的過去嗎？」

「我找的是現在的你，我為啥要追查你的過去？」

程維德心裡喟歎，「好一個現代派！」他不自禁地扭頭看Jane，她幾乎是林守潔的翻版，可惜她不是，便似夢似幻地說，「你不是守潔，你是Jane！」

「Jane不就是Jane嗎？大哥，你沒睡醒就來的吧？」

「是的，你是Jane，就是Jane。」他說著用嘴輕輕地啜她的額頭。

Jane一下子撲進他的懷裡，並順勢把他往後面的椅子推，兩人一起倒在椅子上，「大哥，你到現在才想我，我可早就想你了喲！」Jane說著，麻利地把他夾克衫的拉鏈往下拉。

程維德知她的意思，趕忙抓住Jane的手不讓動，「我可沒答應和你結婚啊！」

「我相信你遲早會答應的。」

「萬一我不答應呢？」

「不答應就不答應，跟現在有啥關係？我們不可以找樂子，彼此快活麼？」

程維德猛地推了Jane一把，她一屁股跌坐到地上，「不，我要對你負責！」他「嗖」地站起身，「你是Jane，不是守潔！」邊說邊往外走。

Jane被弄得莫名其妙，一把抓住他的夾克衫衣角爬起來，有點羞惱地責問，「你今天是不是喝多了，亂七八糟說的啥？」

程維德這才意識自己的失態，「是的，今天我一個人悶酒喝多了，對不起，我得走了。」他說著掰開Jane的手，往外走，到門口時說，「我會再來的。」

Jane悻悻地說，「下次來前可別喝酒。」

程維德真的醉了似地搖晃著身子亂步下樓，外面的雨停了。Jane跟在後面不放心地說，「你醉酒開車，玩命哪！」

「別為我擔心，死不了！」他沒說完就狠勁砰上車門。

十多年前，程維德和麗薩也這樣過，後來，麗薩找別人結婚了。

十五　忘卻的紀念

胡春芸打字輸入林守潔的文稿，謄抄到有關六四的段落時感慨萬端，不由停下來給程維德寫郵件——

六四二十周年來臨之際，我正巧讀到守潔六四時劍拔弩張的心理。我問在電腦上打遊戲的兒子，知道六四嗎？他漫不經心地說「誰『落水』了？」讓我哭笑不得。怪誰呢？強強長大的這二十年裡，報紙電臺不提六四，他從小學到大專的老師不敢說六四，我怕強強沾上政治的邊，也不和他談六四，他從哪裡得到真切的資訊？

儘管我強迫自己遺忘六四，儘早驅散籠罩在心的血色陰翳，但屆時依然忍不住去看那張日曆，當年的場景會在上面重播。六四釋放了我潛在膽氣和良知，宣洩了積聚在胸的冤屈和憤懣，我真誠地為之付出過，就像我愛過的少魁，就像我和少魁的流產孩子，是埋在我心靈一隅的花崗岩碑石。

二十年來的社會嬗變，使我深為六四失敗而憾恨，我們進入了崇高失敬，卑鄙橫行的時代，獲益最大只能是錢羽飛那類人。

十幾年前，錢羽飛被提拔為負責後勤的副院長，衛生局黨委要來徵詢職工的意見，儘管是走過場的形式，錢羽飛為了不出意外，事先以邀請老職工座談為名，在飯店請客，美其名曰「請老同事給我提意見」。

我也「榮幸」受邀，但憤憤不平。文革時，錢羽飛爸爸落難，他要入團通不過，聯想到也入不了團的少魁，我在討論會上為他抱不平。誰知，他爸爸復出他跟著雞犬升天，他們那類人又開始予取予奪了，如果再來一次文革，我會拍手支持把他們統統打倒。

我相信菩薩，按說，好有好報，惡有惡報，但我看到的情況為啥相反？錢羽飛那樣的人順風順水，而我們這樣的人為何多災多難，你在自己的祖國無法立足，我和守潔陷入婚姻的厄境，最後守潔好死我賴活。

但慪氣又有何用？像我這種無名小卒，錢羽飛叫上我就是恩賜了，我不識時務不去吃敬酒，他掌握著職工的各項福利，到時就會教我吃罰酒。我丟掉自己渺小的尊嚴，掩蓋住內心的抑鬱，強作笑顏趕去。

大廳裡擺了十幾桌，我與幾個同茬的同事坐一起。司儀對錢羽飛作了一番肉麻的吹捧，還「說漏嘴」地透出他即將高就的風聲。結果，不是大家向他提意見，而是為他慶賀乾杯！大家吃得酒酣耳熱，盡胡謅些擁戴錢羽飛的好話，其中幾位六四時跟著你積極組織過遊行，如今，他們身上哪裡看到六四的印跡？

我瞭解他們，許多人加入六四遊行，在要自由要民主的口號下，和我一樣還懷有個人的利益訴求，醫護人員渴望改變「拿手術刀的不如拿剃頭刀的」現狀。六四後，政府用「錢途」消解了知識階層熱衷的政途，既然沒有自由民主也能改善物質生活，自由民主自然無足輕重。

那天，我覺得一桌子菜都是炒什錦，吃在嘴裡百味雜成，落到胃裡悶脹交加，我不喝酒一杯一杯灌冷水，身心如墜深井涼透了。回家路上我步履滯重，彷彿醉了。高樓聳立燈火輝煌的街區，在向破舊的馬路和灰暗的弄堂推進，一個人心變異的物欲時代降臨了……

一晃又過去了十多年，六四變得更遙遠了。如今每次走過淮海路我就懷疑走進了另一個世界：十里櫥窗擺著十倍於過去的誘人物品，通衢大道馳騁著各色名牌非名牌轎車，店鋪裡進出著揮霍的人群——他們中一定有人在二十年前的遊行隊伍中怒吼過。中學時讀過魯迅雜文《記念劉和珍君》，「時間永是流駛，街市依舊太平，有限的幾個生命，在中國是不算什麼的，至多，不過供無惡意的閒人以飯後的談資，或者給有惡意的閒人作『流言』的種子。」

面對如此可悲的現實景象，我很難不自暴自棄。惟有想到你，還有像你一樣在異國無盡流亡的志士，想到不能讓無望的守潔白白地殉葬，我才不甘沉淪，不屑同流合污。我要把六四真相告訴強強，期待他那一代人承傳你們的精神，哪怕星火如豆如螢，只要不滅總有焚燒起來的一天。

為此，我得謝謝你死不旋踵地堅持……

胡春芸

程維德第一次把Jane接到家裡做客。

Jane跳下車，站在程維德屋前的花園外，觀賞著兩層小樓，略顯誇張地說，「大哥，你住著這麼漂亮別墅啊！為啥不早點帶我來？」她驀然發現啥，「這不是白玉蘭樹麼？」

程維德低聲說，「是啊！是白玉蘭樹！」

「真是白玉蘭?!十幾年前，我父母買了新房，周圍社區的綠地有不少白玉蘭樹，我喜歡白玉蘭花，我在它一年一開花中長大，成年！父母為我出國賣房子，讓我最留戀的就是樓前的白玉蘭花，父母安慰我說，可以到公園裡去賞花！」

「我早就知道你喜歡白玉蘭花！」

Jane奇怪道，「咦！你怎麼知道的？通常我不太在意各種花卉，唯獨鍾愛白玉蘭花。」

程維德打著馬虎說，「白玉蘭是上海的市花，又是那樣的高潔淡雅，哪有不愛白玉蘭花的上海人？」

「我來Y國兩年多了，儘管這裡到處是花，但就是找不到白玉蘭，不料在你的院子見到了，太難得了！」

「因為我是上海人啊！」

夕照投射在白玉蘭樹的綠葉上，在Jane看來是翠茂清新，在程維德眼中卻是落寞惆悵。他在Jane的背後，溫熙的陽光勾勒出她的苗條倩影，他呆呆地看著。無數次，他進門時出現過這樣的幻影：林守潔邁著輕快的步子走在他前面，走進這棟小樓，那是他的樓，本應是他和她的樓……

「大哥，你怎麼啦？」

Jane把程維德叫醒，他若有所思地「哦」了一聲，然後機械地打開半人高的鐵柵欄，沿著小徑引她進門。

Jane一進客廳就注意到一面牆上的四幀仕女圖：扛著花鋤去葬花的黛玉；飄遊在半空的嫦娥；溪邊浣紗回來的西施；披著大紅斗篷出塞的昭君，再轉頭看對面壁爐架上的相片，她愣住了，「這是誰啊？好像在哪裡見過，不！不是在哪裡見過，好像是我的照片！」她跳躍地上前看鋁合金小鏡框，看清林守潔穿著藍布兩用衫才說，「不對，衣服不對，我可沒這麼土？可太像我了！」她返身說，「我說呢，你看我的眼神為啥怪怪的，原來你把我當替補，在我身上尋找你的過去！」她佯裝生氣地說。

程維德手臂交叉著倚在牆上，左腳尖踮在右腳尖前站著，目光飄忽地看看Jane又看看照片，一副悠閒又有點吊兒郎當的姿勢，在Jane看來充滿中年魅力男的灑脫。她不知道程維德的內心撞擊，對比太強烈了：一個是站在綠水青山的「村姑」，齊耳的短髮，藍布兩用衫，手上捏著剛摘下的一枝白玉蘭花，土氣卻質樸；一個是出入於欲望都市的摩登女郎，引人的長波浪，粉紅的連衣裙，頸部的大開領，露出勾魂的乳溝，高跟鞋撅高了她的屁股。「怎麼會是你呢？當然不是你，你再看看邊上一張合影！」

「現在我知道了，這就是你妻子？只是沒和她辦結婚證？對嗎？」

程維德不回答，走到牆角的立櫃前，拉開門拿出一張ＣＤ壓進唱機，一個男歌手開始唱——

天安門前開口說，不吃不喝也不走
長江黃河沒有錯，因為他們認得我

「聽過這首歌嗎？」程維德問？

「沒聽過，聲音好熟悉啊！哪位歌手？」

「童安格。」

「怪不得，是臺灣歌手，幾年前他來上海開演唱會，我還趕去捧場呢，我最喜歡他唱的『其實你不懂我的心』。」Jane借題發揮。

　風大的誰先過，雨大的誰先說

　生命誰沒有，不能不為真理活

「這首歌我沒聽他唱過。」

「你在演唱會上怎麼能聽到？那是大陸的禁歌，他唱這首歌就別進大陸了！」

「為啥？」

「你知道『六四』麼？」

「啥『六四』？」

　安門前開口說，全世界都聽的懂

　大街小巷都在傳，啞巴也會說自由

「這首歌名就叫『六月四日（我還活著）』你知道二十年前的六月四日發生了啥事？」

「二十年前我還不滿十歲，能知道啥事？」

「你父母沒告訴你？」

「沒聽他們說過。」

「所以你不知道這首歌的含義，也不明白為啥禁它。」

「二十年前發生了啥？」

程維德說，「你跟我來。」兩人走進書房，程維德從寫字臺抽屜裡拿出一本影集，裡面全是他在六四時拍的照片。「你坐下來看這些照片，就知道當時發生了啥！」

「啊呀呀，好熱鬧啊，這張，大學生在街上遊行……，這張，大學生坐在外灘……，那麼多單位的職工也上街了……你也上街了？」

程維德見Jane欣賞風景照似地邊看邊說，眼前掠過林守潔阻止他去遊行時的場景。

林守潔幽怨地乞求令他心疼，幾年的精神折磨消損著她的美豔，失去光澤的悴容已無法遮蓋。然而，看著看著，他的愛意漸漸變成了怨嗔，「這次事件決定中國前途，攸關中國人的命運，學生們爭取的自由民主，也是我畢生追求的目標，你為啥把它和我們的關係對立起來？教我如何取捨？我拿它來換我們的婚姻，又如何能建築未來的幸福？林守潔啊，林守潔，無論你出於怎樣的善意，對我來說都是刁難，你這樣逼我，就是又一次害我！……」Jane見他發呆，催問，「我問你上街了沒有？」

「當然上街了，不然這些照片是誰拍的？」

「從照片上看很熱鬧啊，我父母給我看過文革時的照片，好像也是這樣。」

程維德無奈地搖了搖頭說，「從畫面上看確實十分相似，但性質完全不同。哎，你竟然分不清文革和六四！文革、六四都是剛過去不久的事，和今天有著千絲萬縷的聯繫，是稱不上『過去』的歷史，你已經搞不清了？你不知道，照片上的場面看著很熱鬧，但參加遊行的許多人已經離開了這個世界，是被解放軍殺害的。對了，我給你看實況。」他打開電腦，從YouTube上點擊天安門前鎮壓的視頻。

鏡頭上坦克對著人群橫衝直撞，地上到處是血肉模糊的屍體，Jane趕快用手半遮眼睛，「太血腥了，開坦克的真的是人民解放軍？」

「當然是『人民』解放軍，現在你知道了，遊行可不是鬧著玩的，死了多少人！事後，逮捕坐牢的人更多了！」

「你怎麼沒事，還出國了？」

「我不想坐牢就逃出來了，是流亡，所以有家不能回，只能把異鄉當故鄉。」

「所以你和『未婚妻』從此天各一方？你為啥不把她辦出來？」

程維德岔開說，「對了，我是請你來吃晚餐的，你喜歡吃餛飩嗎？我從華人超市買來現成的。」

「吃餛飩，太好了！」

餛飩煮好了，Jane吃了一個說，「外國麵包哪有我們中國的餛飩好吃，只可惜速凍餛飩跟我媽媽做的不能比，出國後最想吃的就是媽媽做的薺菜蝦仁餛飩。」她見程維德呆看著她吃，自己不動調羹，就問，「你自己怎麼不吃，餛飩都快糊了！」

程維德和林守潔分別的「最後晚餐」，他帶了一包餛飩和林守潔一起吃，卻一個也沒咽下。林守潔也是用蝦仁薺菜做餛飩。他歎道，「是啊，別說店裡買的速凍餛飩，國外的中餐館也吃不到故鄉的餛飩啊！就說薺菜，這裡哪有買？餛飩沒薺菜怎麼會好吃？」

「就是啊，每次和媽媽打電話，一說到吃我就想回國，但媽媽就是不讓，說吃的東西可以給我寄。」

他們又拉雜地談了一會兒，Jane說，「大哥，我說的事你考慮過嗎？我父母著急，他們希望我儘快定居下來。」

「就是說，你為了簽證才找我的？」

「你別誤解，你不過是綠卡持有者，僅僅為簽證，我可以找外國人，也可以找有外國籍的香港老闆，為何找你？我說了這麼多，你還是不信，難道你把我當騙子？」Jane氣咻咻地扭頭跑出餐室，在客廳的沙發上一屁股落下，嘟起嘴面壁而坐。程維德跟去，依她坐下，輕怕著她的肩膀說，「Jane，你動氣了？」Jane不回答，用手絹去接滴落下來的淚珠。

「好吧，我相信你說的話，也請你給我一段時間慎重考慮一下。」

……

很晚了，Jane毫無倦意，兩手支著下巴，眼波傳情地看著程維德，沒有要走的意思。程維德有意失禮地打著哈欠說，「明天你還要上課吧，不早了，我得送你回家！」

Jane頗為氣結，不知是真是假地怨責說，「大哥，你是趕我走吧，我這麼不值得你留戀？好了，我去一下衛生間就走！」她上樓用了衛生間下來，「哎喲，大哥，你一個人住那麼大兩間臥室，租給我一間多好，我們可以結伴照應。」她恣意挑逗程維德，又補充說，「當然，我會付你房租的。」

程維德一語雙關地說，「不，我不是一個人獨居……」

「我知道，你的『心上人』和你『住』一起。大哥，我真的不明白，都二十年了，你還不忘你的戀人，還死守著這份感情，這不是為難自己嗎？」

「Jane，我理解你說的，這是你們那輩人的觀念，但你不會理解我們這輩人或者說我。人的一生總有一些非現實的東西需要堅守，比如理想、信念、愛情，不然這個世界除了物質沒有精神，而沒有精神的世界，就是沒有森林花草、沒有河流高山、沒有飛鳥走獸的沙漠。你能想像一輩子在沙漠上生活嗎？」

Jane難以接受他高標獨立的說教，哀訴道，「你顧念虛無縹緲了二十年的戀情，也得顧及近在眼前人的心情，這麼晚了，你好意思趕我回家？」

程維德心軟了，Jane一臉被人丟棄的喪氣，他暗暗負疚，是否太傷她自尊了？既然不給於她，為啥去找她，僅僅拿她當林守潔的「替身」，以填補和慰藉自己的空虛？歉仄像窗外的一陣風吹過。他咬牙守住底線，不然，「乘人之危」就更對不住她了。

護送Jane回家的路上，程維德暗下作了一個決定，不由脫口說，「放心，我會顧及你心意的！」只是說得很輕，不知陷於負怨中的Jane是否聽到。

……

程維德把Jane送回家後，拿起手機撥到「春色旅館」，「Cherry在嗎？……我是德，……請等著我！」

程維德啟動引擎向「春色旅館」衝去。

春芸：

六四過去二十年了，這二十年間，六四過程中的一切是我永不消失的夢境。夢中我無數次被林守潔逼著表態，「是帶隊遊行還是恢復我們的關係？」那是一場撕心裂肺的鞫問，她像一個凜然的女傑，我卻像做了虧心事的叛徒，偎灶貓般嗒然坐在一張方凳上，低著頭，一綹亂髮掛下來，雙手支著前額，不敢正視她。

我彷徨再三，都以屈從她告結。

這是我潛意識中的執念，是我無法排遣的省思追悔。若把我在六四中的抗爭比作投放社會的一副藥，那麼守潔承受的是這藥的副作用，我是她「心疾」的病源，是導致她自爆的引信，是她夭亡的推手。我犧牲了自己的愛情，也葬送了她的一生。假如能預料後果，我是否應避免讓它發生？

然而，清醒後我還是推翻了自己的設問。幾十年水深火熱的災難蒸發了中國人的骨氣，願意為正義和公義站出來的人如此稀少，在祖國興亡的緊要關頭，總要有人挺身而出，如果再發生「六四」，我還會帶隊遊行，還會上街「肇事」！

去國這些年，我忍受失戀的煎心和思親的孤寞，在奮鬥中體現自身價值，鞭策自己以樂觀的心情面對一切，出逃就是回歸，流亡就是堅守，奉獻就是快樂，自由就是幸福。即使今天，面對你介紹的國內現狀，我的意志仍堅如磐石，無論爭取民主的道路如何巇峻，仍篳路藍縷地向著既定的目標前行，以此賦予自己生命的意義。

總之，對我而言，所有的失去都是得到，並以此自豪。然而，為我作出了巨大犧牲的林守潔得到了啥？我這樣做對她公平嗎？人道嗎？我不敢峻刻地審視下去，我怕否定自己二十年前作出的選擇。

十六　死亡和新生

維德：

……你對守潔的傷逝和自審自省，對守潔癡情不改的摯愛，讓九泉之下的守潔得以安息，守潔雖死得惋惜卻也死得其所了。是的，無論你出於怎樣的公義，都是守潔無辜早夭的一個因由。但罪魁禍首是喪失人性的政府，既不讓你回國又不讓守潔出國，他們才是殺害守潔的真凶。

自古「忠孝不能兩全」，六四後守潔理解了你的行為，還為你驕傲，為沒更早追隨你自責，及至為你從一而終。所以，否定你，也是否定守潔的付出和獻身。

還有我！儘管我不是一個熱衷政治的人，但我不乏基本是非觀，在我心中，你就是自由勇士民主旌旗，就是不容置疑的中國希冀！

因此，我堅信你不會倒下，而是繼續屹立，直到勝利！

守潔的文稿整理完了，我替守潔完成了心願，也些許替自己贖了幾分罪。最後，有幾件事順便相告。

李湘筠不久前病故了。

她當院長前丈夫就和她鬧離婚，她不同意，說丈夫有外遇，官司打到法院，兩個女兒替父親辯護，說父母早就沒有感情了，她孤立無援敗下陣。我聞之忍不住暗咒，「你也有今天！」

我完成「線人」任務後，從錢羽飛手上分到一間房子，我就和阿章離婚帶著兒子過。一次，強強拉肚子，我帶他看急診，正巧李湘筠臨時當值。她檢查完強強，邊開處方邊開導我說，「孩子少了爸爸的關愛容易出問題啊！夫婦間難免有摩擦，你要是謙讓些，矛盾不至激化到離婚的地步。」她教訓人慣了，忘了敗軍之將不可言勇，守不住家庭的人還不知自醜大談婚姻。

我的火被煽起來了，因為李湘筠和錢羽飛的霸道，我才為少魁的事不得安生，為房子付出當「線人」的代價，便不客氣地反詰說，「夫婦一旦沒感情了，靠忍讓就能挽回？你忍讓了一輩子，都一把年紀了，你丈夫還不是跟你鬧離婚？」

李湘筠發黑的上眼瞼耷下來，嘴角哆嗦了一下說，「我的情況和你的不一樣，他唯利是圖，當初和我結婚的動機就不純……」

我搶過話頭說，「說來說去，還不是沒有感情嗎？如果你和第一個戀人結婚，會發生這樣的事嗎？」

李湘筠很敏感，知道我的潛臺詞是「袁少魁不蒙冤入獄，我就不會遭今天的罪。」趕緊為自己辯護，「春芸啊，你不能拿袁少魁和我的情況比，袁少魁是作奸犯科，即便偷看女浴室的事沒鐵證，把你搞到未婚先孕、畫黃色裸體畫，這些都是你自己的經歷，你不覺得他可恥？這樣的人，即使不坐牢，你跟他好上了，比阿章更壞，後果比現在更嚴重！」

看著李湘筠一副「你這個人那」的神態，我爭辯道，「李醫生，你怎麼還在翻文革年曆啊！你看現在，誰把『未婚先孕』當回事？書店裡出售裸體畫冊，那是藝術，誰還說它黃色？」

「春芸啊，你怎能拿時下的醜惡現象衡量當年？如今不把『未婚先孕』當回事，裸體畫裸體照充塞市場，說明社會腐朽沒落了，資產階級思想占了上風，而不是我們當年做錯了。」

這就是李湘筠，一個最需要可憐的人在可憐別人，一個最需要吃藥的人在給人配藥。她離婚後一個人生活，兩個女兒幾乎不去看她，她鬱積成疾，得了肝癌。她的病屬於消化科管，但她堅持在變態病科治療，她在變態病科工作了一輩子，要在這裡度過人生的最後時日。

我悲憫她晚年的淒涼，看在幾十年同事的份上去探望她，也想聽到她在彌留之際的反省。

癌細胞把李湘筠蛀空了。她豐滿的雙頰變成顴骨支撐的兩個坑，黝黑的皮膚透出糞黃，眼珠陷入深凹的眶裡，大而怕人。一個外地阿姨在護理她。文革時她和家庭斷絕往來，如今兄弟姐妹沒人來看她，連女兒也不把她當回事。

我明知故問李湘筠，女兒來看你嗎？

阿姨不知底細，指斥說，「現在的子女都沒良心啊，媽媽病成這樣了，一周也來不上一次，來了也是點卯似地看一眼就走！做父母的辛苦一場有啥意思？」

我不去挑破李湘筠和女兒的關係，等阿姨去沖水時，跳過話題問李湘筠，「面對這樣的處境，你追悔嗎？」

她警覺地說，「追悔啥？」

「你家人不諒解你，單位同事對你也有怨言，你當時確實積極過頭了。」

她屏足力氣說，「革命一輩子，弄到最後『眾叛親離』，確實感到失落。但我沒啥可追悔的，入黨那天我宣示『為共產主義奮鬥終生』，我做到了。我一生堅持黨性，不放棄原則，雖然得罪人，但我的人格是完滿的。」她還為處理我的事辯解，「我不久於人世了，不說違心話，關於少魁和你的事，從個人角度，我也許該對你們說聲對不起，但用黨員的標準衡量，我按上級指示辦，沒做錯啥，你說是嗎？……」她的氧氣不夠，說得嘴唇發紺，卻仍然那樣昏昧僵化，那樣義正詞嚴，又是那樣的可悲可歎。

我於心不忍，趕忙打斷她的話說，「李醫生，你不必把那些事放心上，我早就忘了。我想說的是，你當年忙於黨的工作，疏於照顧女兒，又和丈夫不和，不然，她們現在不會如此待你……」

「春芸啊！你的好意我領了，但我不在乎。女兒們這樣做，說明她們缺乏應有的孝心，也始終沒有理解媽媽的苦心。同時，她們的行為證明我擺正了家庭和工作的關係，擺正了個人和組織的關係。我這輩子別無所求，能成為一名合格的共產黨員就死而無憾了！」

李湘筠拼著最後的生命力表達忠誠，一個虔誠的教徒死前向上帝表達堅定信仰也不過如此吧？應了「帶著花崗岩腦袋去見馬克思」的俗話。

看著李湘筠的身軀，我忍不住想，她和守潔是變態病科的醫生和護士，從某種程度上說，也是這個病態社會的病人，是異化社會的祭品，最後都是為這個悖理時代殉葬。

再說說我自己的事。

我與守潔是相處了近四十年的姐妹，又遭受過類似的厄運。守潔走後好長一段時間，我長慟不已，在她的陰霾下不敢追想自己的歸宿，精神處於崩潰狀態。直到退休，我去跳交誼舞散心，才緩過氣。這期間我結識了一位鰥居的退休工程師，他向我求婚，曾經的婚戀波折使我一直不敢鬆口。

一年前，我在路上碰到少魁的一個朋友，他告訴我說少魁離婚了。少魁出獄後邊繪畫邊給人做畫框，近年藝術品走紅，他的油畫值錢了，一幅少則賣幾千，多則能賣幾萬。

我早就風聞他和妻子不睦，想當然地以為類似我和阿章，他和我的「前科」是肇因，我覺得對不起他，舊情在心中復燃。既然他和妻子離婚了，我的心動了，伴生不如伴熟，與其和工程師結緣，不如和少魁「破鏡重圓」吧！

少魁每次參展都給我一張入場券。最後一次，我乘觀展的機會，請他去附近茶室喝一杯。我和阿章仳離時沒打擾他，這次才向他傾吐衷腸。我檢討沒頂住壓力等他出獄，釀成自己婚姻敗局，對他的離婚表示理解，間接提出重歸於好的暗示。

我期待他直抒胸臆萌發舊情，未料他「大度」地勸我忘記過去，不要去追懷苦澀的往事，還用玩世不恭的口吻說，時代不同了，我們都不太老，更新觀念過新生活才是對當年的最好補償。

我手上的熱茶頓時涼了。

我以為，他記恨我當年的薄情，不願重溫舊夢。但很快從少魁朋友處得知，他將和一個三十出頭的女子結婚，那女子早就是他的「小三」，也是他妻子和他離婚的原因。

我認清了，少魁已不是我戀念的那個人了。

當年，少魁的妻子仰慕他的繪畫才能，不嫌棄他是出獄的壞分子，頂著壓力嫁給他，最後也被他拋棄了！我若等到他出獄終成眷屬，今天被「休掉」的可能是我，遑論回頭牽念我這個黃臉婆！想到這些，我不知該後怕還是慶幸？

少魁擺了八桌酒席操辦婚禮，還給我發來請帖，我當然沒去。

我這才清醒，二十年過去，我們的社會總算「進步」了，老百姓也有追求「性」福的自由了，有錢有勢的也可欲所欲為了，守潔那樣的悲劇不會再發生了，同時也宣示聖潔而偉大的愛情將不復存在了。

我也只好面對現實，為了強強接受了工程師的求婚。

你抱過的強強已經二十出頭了，大專畢業後沒找到正式工作，目前是修理電腦的個體戶。說起強強的婚戀觀，我沒少和他鬧矛盾。此前，他談過兩個女朋友，和女朋友交往期間常在外夜宿，還當著我的面和女朋友摟摟抱抱。我訓斥他沒跟姑娘「敲定」就那樣，對自己和姑娘負責嗎？他不但置若罔聞，還笑話我說，都什麼年代了，人家姑娘自己不操心，皇帝不急太監急。還說，你們那輩人甘當禁欲的苦行僧，難道要我們像你們那樣做聽大！令我吃驚的是，姑娘最後和強強沒談攏，說聲「拜拜」就分手走了，她們好像沒有「處女情結」「貞操觀念」。

我困惑不已，到底是（按強強的話說）我迂腐落伍了？還是世道人心淪喪了？說來矛盾又羞慚，我一面責罵強強，譴責開放（也許稱腐敗更恰當的）社會過於放縱，一面又莫名地暗羨他們活得爽快，不背任何忌諱包袱。

我常常看著強強的背脊發呆。當初，如果我有強強這樣的自由，就不會因「失足」而遭處罰，就可以保留那個「造孽」的「強強」，光明正大地和少魁結婚。

強強的第三個女朋友懷孕了，女方家長催他們完婚。我的住處就一室一廳，他們結婚我住哪裡？強強說，工程師老頭有房，你去跟他結婚吧。他還打著哈哈說，「這是雙喜臨門！」為了不再弄出打胎的事，作為母親我別無選擇，只能委屈自己。

這是我的定數，我沒有對抗的本錢。好在工程師真心要和我過日子，我還圖啥呢？太太平平安度晚年就是造化。

等強強的婚事辦完，我就住到工程師家去了。在搬家前，我清理自己的衣物家什，順便把守潔的文稿和遺物一起寄給你，清單如下：

一）粗瓷杯一個

二）手稿（原稿）一紮

三）日（筆）記本八冊

四）小圓鏡一枚（一直和粗瓷杯一起放在舊寫字臺上）。

五）幾張愛民醫院白玉蘭樹的照片。

最後，我冒昧提一句，過去二十年，你「守鰥」等守潔，對得起她了。死者無法復生，生者還要過下去。去找一個伴吧，中國人或洋人都好，去安度你的餘生。你如接受我的建言，就是對我的最大寬恕！因為這也是守潔所祈願的。

你若把我謄寫的守潔手稿潤色成文，請列印一份給我，我要留給強強。拜託了！

胡春芸

十七　歸宿

禮拜天早上，程維德又去了教堂。

他聆聽過鄰居的傳教，但最終沒有加入教會，也永遠不會加入了，他要相伴林守潔，等待輪迴的那一天。

那日的彌撒兼一臺葬禮。一具落葉黃的靈柩放在講臺下。發完聖餐，神父為死者祈禱，超薦她的亡魂升天，回到天父的身邊。接下來，死者的弟弟簡述姐姐的生平。他眼簾瑩瑩幾度哽咽，讚揚姐姐生前孝敬父母，熱愛兄妹侄甥，熱心幫助朋友。她四十多年的人生雖然短暫，但她把美麗留給親友，留在這個世界，親朋好友會永遠銘記她，懷念她……

他坐在後排，豎耳諦聽，眸子濕潤。

彌撒結束，四個壯漢扛起棺柩緩緩步出教堂。教堂門口停著一輛漆黑鋥亮的靈車，棺柩被輕輕放進車裡，彷彿怕驚動死者。靈車慢慢啟動，再徐徐開走，送葬隊伍跟在後面默默行進。

教堂門口的臺階下，一個吉普賽人在賣花，一籃子妍麗的鬱金香中有幾支白色的，程維德把它們當作白玉蘭花全挑出來，付了錢，然後手擎花束懵懂跟在送葬隊尾。

程維德的前面是兩個婦女，她們在竊竊私議——

「……」

「為啥要自殺？太不值得了！」

「總有說不出的絕望，才走這條路的。」

「聽說那男的去了澳大利亞，她就是不放棄他，都快二十年了。」

「也不一定就為這事，現在是啥時代，至於嗎？」

「每個人對愛情的態度不一樣，她可能鑽入牛角尖了。」

「不管怎麼說，天主不許信徒自戕，她這樣去天國，天父會接受她嗎？」

「我想天父會原宥她的，其實，她也可以說是病人，是患了『相思病』的病人……」

「……」

墓地到了，七月的陽光把墓場照得敞亮。一塊塊黑色大理石墓碑閃著寒光。大多數碑前放著一束束鮮花。有人站在碑前，嘴裡喃喃著和躺在地下的親人對話，白髮老頭老太向老伴，中年男女對父母……送葬隊伍走近挖好的一方窀穸，人群團在周圍，幾個壯漢用繩索把靈柩放進去，瘞工用鐵鏟把泥土推入墓穴，人們紛紛把手上的鮮花投上去，程維德也跟著扔下手上的鬱金香……窀穸被填平了，一塊備好的石板輕輕地蓋上……

大石板彷彿壓在程維德的心上，他感到了觸痛，不由幻想著林守潔的葬禮，她瑩塚上也壓著石板嗎？

送葬的隊伍走了，程維德還呆呆站著，看著眼前的墓碑，耳邊響起剛看過的電影《送行者》中的話：「死亡是一扇門，逝去並不是終結，而是另一段行程的開始，我作為看門人，在這裡送走了很多人，每次跟他們告別，我都會說：『路上小心，我們會再見的』……」

「我們會再見的！」他默念這句話走出墓場。

此後幾天，程維德似夜遊症者，無意識地幹著一切。初夏時節，花園裡各種不知的小花彩蝶般展翅欲飛，他像天真的頑童，蹲下身子，一朵一朵輕輕地拈起來細看，隨後放在掌心輕輕揉碎，再把碎花往天上拋灑。自家的花揉完了，他就去鄰家花園，見到漫出柵欄掛出牆頭的鮮花，也順手扯下揉碎向天拋灑，他要除卻心中所有的結鬱。

想到「質本潔來還潔去」的林守潔，程維德愧怍不已，他在麗薩面前的猶豫，就是對林守潔耽愛的輕褻，他給胡春芸寫信——

春芸，感謝你花時間謄抄如此長的文稿，林守潔用生命書寫的這份告白，是我們所處時代和社會的一份見證，我會把它整理成冊留存於世。

看完林守潔的最後陳述，我贊同你的感受，我也覺得輕鬆了，就像面對一位絕症患者，與其看著她在病床受苦，不如早點讓她安樂死，這樣興許更人道。

人的生命線就像長短不一的路，每個人到達終點的時間不會相同，面對盡頭不要懼怕也不要逃避。堅信有來世的林守潔，勇敢地跨出現世，便進入了另一個世界，一切既是結束也是開始，從此柳暗花明了。有了這樣的期待之念，就會擁抱著希望上路，儘管這希望是躲在密雲後的星星，遙遠而黯淡，但畢竟存在著，存在本身就是希望，林守潔會遂願的，我們都會遂願的。

林守潔遺物中的粗瓷杯物歸原主了，它是我對林守潔永遠的念想，我會繼續用它來插花。

祝賀你再婚！既然抓住了孔雀的尾巴，就展示應有的色彩吧！相信你的晚年一定美滿幸福。

我會聽從你忠告的，放心吧！

再見了！

程維德

此後，程維德每天把胡春芸拍的幾張照片看一遍，都是白玉蘭樹幹上相同的刻字「程林維守德潔」，林守潔把心上的字刻在樹上，此刻樹上的字又刻在他的心上，一刀一筆，一刀一劃，都在他的淚眼中模糊；每天翻幾頁《粗瓷杯裡的白玉蘭》，隨後去谷歌地球尋找上海，尋找愛民醫院，尋找林守潔留下的人跡，一次次感受林守潔自述中的情節。她辱殘的生活實態遠超他的料想，她是腥風血雨中的一塊頑石，質樸如初，誓守忠貞的愛，不懼被人嗤笑，任人踹踢，死命咬住身下那片荒草，直至自我毀滅，她用有聲的毀滅發出無聲的抗爭。

就這樣過去了半年多，滿開的白玉蘭又如雲朵飄浮在客廳窗前，程維德邀請Jane來賞花。

「守潔，你來照照這枚鏡子！」程維德把Jane推到壁爐架上的小圓鏡前，他站到Jane身後，把一朵白玉蘭花插在她頭上說，「守潔，讓我看看，你是守潔嗎？」

Jane看著圓鏡裡的自己說，「大哥，你跟我開玩笑吧，我是Jane啊，你不認識我了？我頭上還開了這麼大一朵花，哈哈！」她笑了好一陣沒見程維德反應，慢慢轉過身，撞上他侘傺的眼神，「大哥，你怎麼啦？」

「守潔（Jane），是的，你是守潔（Jane），你多漂亮啊！」

「大哥，你今天怎麼啦？不認識我了？」

「認識你，怎麼會不認識你呢？你是守潔（Jane），我們去登記結婚吧？」

程維德等著Jane的熱切反應，並用嬌羞來回答他。不料，Jane平靜說，「大哥，你想通了！還是你父母催你了？」

「父母因為想我，幾年前先後過世了，臨終也沒見上我一面。不過我一直哄他們說，我已經結婚了，我不願他們帶著牽掛走。我們結婚，可算一舉兩得，既隨了你的意，也了卻了兩老的願。」程維德說完，把Jane攬近身前，撫摩著她的頭，一語雙關夢囈般呢喃，「守潔（Jane），我們終於走（等）到了這一天，你高興嗎？」

Jane聽出了程維德含糊不清的「守潔」聲，毫不計較，少有地冷靜道，「可惜，輪到我不同意了。」

程維德疑惑地問，「你父母不同意？」

「是我自己……」

「你自己？你不是一直要和我結婚嗎？」

「是的，沒錯，現在我向你坦白。最初，我想跟你結婚是為了簽證，儘管第一次和你交談，我就知道你有與眾不同的經歷，你的談吐和學識也吸引了我。但經過這些日子的接觸，尤其知道你是六四的流亡者，我才真正認識你，知道你是一個真正的好人，有著非同一般的人格。你說的自由民主的大道理，我不全懂，但我知道，你一心為中國好，為此做了許多犧牲。我不該欺騙你的感情，汙濁你純正的心靈。」Jane說到這裡，含羞垂首，「奇怪的是，就在這樣想時，我倒真地愛上你了，是另一個層次，或者說是上了一個層次的愛。真因為是上了一個層次，我就決定，不再以庸俗的手段達到自己的目的……」

「Jane，謝謝你坦誠相告，我理解你，也樂意接受你。即使為了簽證也情有可原。百年來，中國一代又一代仁人志士，前赴後繼為實現民主而苦鬥，就是要讓每個中國人早日過上有尊嚴的日子。你有機會來這個民主國度，你父母渴望你在此先享受自由和人權，無可厚非。現在你能在真正認識我的基礎上愛我，更是我求之不得的好事，我們應該為之高興才是！」

Jane赧愧地說，「你說得那麼通情達理，我從心裡感謝你的大度，不過，我還是要想一想，容我考慮幾天再答覆你。」

程維德開車送Jane回家，Jane下車後，程維德跟下去，他用雙手托住她的雙頰，抬高她的下頜，再次癡癡地俯視著她，「你真的是守潔（Jane）嗎，你不要忘了中國的習俗，等我們辦了結婚證書，我就開車去接你，好嗎？」

一周後，程維德和Jane去政府部門，辦完結婚登記手續。

次日晚上，程維德開車來到海灣沙灘。他把車頭對著一波又一波滾來的海浪，然後下車。去年中秋節他帶Jane來此觀月。

他倆從車上跳進海灘，Jane的高跟鞋陷入鬆軟的沙灘，身子沒站穩倒進程維德懷裡。Jane乘機酥軟地讓他扶著，嬌嗔道，「這麼晚來這裡，海灘上不見人影。」說著依偎著程維德走向衝擊海灣的水邊。

程維德仰望夜空說，「外國人不過中秋節，不懂得望月蘊涵的韻味。只有我們兩人不是更好麼?你看頭上錚亮錚亮的圓月，照著海水粼光閃閃，再聽聽悅耳的濤聲，不是很浪漫麼?」

「確實很浪漫!小時候，我沒少看有關月亮的神話，其中最浪漫當數月下老人的故事。月下老人替書生韋固牽紅線，配了個小他十幾歲的三歲女孩，他斷然回絕，誰知十幾年後，他遠兜遠轉最後還是與她結為連理。」Jane用杏眼盱視著程維德說，「以我看，此刻又大又圓的月亮就是我們的月下老人，你說是嗎?」說完她踮起腳對著他的臉頰吻了一口。

他用右手托起她的下巴頦，瞰視著，彷彿在確定是不是Jane，不，是不是林守潔。

「怎麼，又不認識我了?」Jane羞責道，「你怎麼還用怪怪的眼神看我?你還在拿我和你的未婚妻比?」

他茫然地看著她，不敢回答……

海風兜起Jane的裙子，「啊，太冷了，我們回去吧!」他順從地輕輕護著她往回走。

回程路上，Jane再次提醒程維德，「大哥，好好考慮我說的事!」

他一聽這話就無意識地猛踩油門，Jane失控地前傾身子，差點撞上擋風玻璃……

他最終兌現了許諾，沒有戲弄Jane。

薄靄似青煙從水準線不停地湧來，逼著暝色快速跌進夜幕，黑色的海水和墨色的雲卷在水準線交匯，天地進入了無盡的暗洞。

程維德對著遠處發呆。

零星散步的人走空了，海灘上只剩下他一個人。他走到車尾，打開後蓋，從裡面拿出一只檀香木匣子。他卸下匣蓋，匣子裡面放著那只粗瓷杯，杯裡豎著一根粗壯的蠟燭，蠟燭周圍插滿白玉蘭花，杯子外放著一根金項鏈和一對金手鐲，還有一張白玉蘭樹照片，樹上的刻字「程林維守德潔」明晰的凸起。

他用打火機點燃蠟燭……

他捧著匣子莊重地往海裡走。他一腳踩進海水，皮鞋被淹了，再一步步往前走，海水漫過了他的大腿根。他把手上的匣子輕輕放入浮著白沫的海面，亮著燭火的匣子在水上起伏漂浮。波浪一層層捲過來再退回去，烺烺燃灼的靈光撲閃著搖曳著，一會兒升一會兒降地遠去……

他愣愣地看著靈火漸漸接近抹煞地平線的雲氣……

半空中騰起大風，大風攪起巨浪，從黑黢黢的深處爭先恐後地奔來，似鯊魚張開的大口，白色浪花恰如鯊魚口中的牙齒，匣子很快被它吞沒了。他冷冷地看著，嘴裡囔囔著，「彼岸，彼岸，那裡是彼岸？她去了彼岸？」

寒氣漫襲全身，他麻木了，毫無知覺。他遲鈍地轉身，蹣跚著一步一步走回車子。他打開車門，坐上駕駛座。透過擋風玻璃，他突然看見匣子出現在浪尖，立在「鯊魚」的上嘴唇，那柄蠟燭像一把火炬在往前行進，火光在撲騰……他看見林守潔站在火光中，火炬擎在她手上，她揮動著，好像在向他招收「來啊，你來啊！」他下意識地啟動了引擎，車輪動了，慢慢往前，他的眼睛盯著那柄蠟燭，他迎上去，車輪愈轉愈快……

他準備猛踩油門往鯊魚的口中直衝……驀然聽到有人大叫「大哥——！」「大哥你等一等——！」聲音被急瀾捲走，又返還，在海灘回蕩……他扭頭看後窗，只見一條粉紅色的裙釵向他飄來……

語言文學類　PG2008　目擊中國24

殉葬者

作　　者 / 喻智官
責任編輯 / 劉亦宸
圖文排版 / 周妤靜
封面設計 / 王嵩賀

發 行 人 / 宋政坤
法律顧問 / 毛國樑　律師
出版發行 / 秀威資訊科技股份有限公司
114台北市內湖區瑞光路76巷65號1樓
電話：+886-2-2796-3638　傳真：+886-2-2796-1377
http://www.showwe.com.tw
劃撥帳號 / 19563868　戶名：秀威資訊科技股份有限公司
讀者服務信箱：service@showwe.com.tw
展售門市 / 國家書店（松江門市）
104台北市中山區松江路209號1樓
電話：+886-2-2518-0207　傳真：+886-2-2518-0778
網路訂購 / 秀威網路書店：https://store.showwe.tw
國家網路書店：https://www.govbooks.com.tw

2018年6月　BOD一版
定價：370元

國家圖書館出版品預行編目

殉葬者 / 喻智官著. -- 一版. -- 臺北市 : 秀威資訊科技, 2018.06

面； 公分. -- (語言文學類 ; PG2008)(目擊中國 ; 24)

BOD版

ISBN 978-986-326-564-1(平裝)

857.7 107007796

讀者回函卡

感謝您購買本書，為提升服務品質，請填妥以下資料，將讀者回函卡直接寄回或傳真本公司，收到您的寶貴意見後，我們會收藏記錄及檢討，謝謝！如您需要了解本公司最新出版書目、購書優惠或企劃活動，歡迎您上網查詢或下載相關資料：http:// www.showwe.com.tw

您購買的書名：＿＿＿＿＿＿＿＿＿＿＿＿＿＿＿＿＿＿＿＿

出生日期：＿＿＿＿年＿＿＿＿月＿＿＿＿日

學歷：□高中（含）以下　□大專　□研究所（含）以上

職業：□製造業　□金融業　□資訊業　□軍警　□傳播業　□自由業

□服務業　□公務員　□教職　□學生　□家管　□其它＿＿＿

購書地點：□網路書店　□實體書店　□書展　□郵購　□贈閱　□其他

您從何得知本書的消息？

□網路書店　□實體書店　□網路搜尋　□電子報　□書訊　□雜誌

□傳播媒體　□親友推薦　□網站推薦　□部落格　□其他＿＿＿＿＿

您對本書的評價：（請填代號　1.非常滿意　2.滿意　3.尚可　4.再改進）

封面設計＿＿　版面編排＿＿　內容＿＿　文／譯筆＿＿　價格＿＿

讀完書後您覺得：

□很有收穫　□有收穫　□收穫不多　□沒收穫

對我們的建議：＿＿＿＿＿＿＿＿＿＿＿＿＿＿＿＿＿＿＿＿

＿＿＿＿＿＿＿＿＿＿＿＿＿＿＿＿＿＿＿＿＿＿＿＿

＿＿＿＿＿＿＿＿＿＿＿＿＿＿＿＿＿＿＿＿＿＿＿＿

＿＿＿＿＿＿＿＿＿＿＿＿＿＿＿＿＿＿＿＿＿＿＿＿

請貼
郵票

11466
台北市內湖區瑞光路 76 巷 65 號 1 樓
秀威資訊科技股份有限公司 收
BOD 數位出版事業部

（請沿線對折寄回，謝謝！）

姓　名：＿＿＿＿＿＿＿＿　年齡：＿＿＿＿　性別：□女　□男

郵遞區號：□□□□□

地　址：＿＿＿＿＿＿＿＿＿＿＿＿＿＿＿＿

聯絡電話：(日)＿＿＿＿＿＿＿＿(夜)＿＿＿＿＿＿＿＿

E-mail：＿＿＿＿＿＿＿＿＿＿＿＿＿＿＿＿